D1258377

La Grèce préclassique
des origines à la fin du VIe siècle

Du même auteur

Les Ivoires mycéniens
École française d'Athènes, 1977

Catalogue des ivoires mycéniens
du Musée national d'Athènes
École française d'Athènes, 1977

EN COLLABORATION

Fouilles exécutées à Malia
Le Quartier Mu, *vol. I, II, III*
École française d'Athènes
(Études crétoises), 1978-1995

Les Civilisations égéennes
du Néolithique et de l'Age du Bronze
Presses universitaires de France, 1989

Guide de Malia. Le Quartier Mu
École française d'Athènes, 1992

Jean-Claude Poursat

Nouvelle histoire
de l'Antiquité

1

La Grèce préclassique

des origines
à la fin du VIe siècle

Éditions du Seuil

ISBN 2-02-013127-7

Introduction

Nous entendrons ici le terme « préclassique » dans un sens strictement chronologique : toute l'histoire de la Grèce dans la vaste période qui précède la civilisation de la Grèce classique, dont on place conventionnellement le début vers 480 avant J.-C., au moment où les Perses saccagent l'Acropole d'Athènes, où la flotte grecque détruit la flotte ennemie à Salamine, mais dont les premières tendances se manifestent dès la fin du VIe siècle. Les réformes de Clisthène l'Athénien, après 508, sont, dans le domaine des institutions politiques, l'une des manifestations de ces changements.

Il s'agit donc d'une très longue période, qui recouvre toute la préhistoire et la protohistoire de la Grèce, des premières occupations humaines du Paléolithique aux fermiers du Néolithique, de l'Age du Bronze à l'Age du Fer, des palais crétois et mycéniens aux États-cités d'une Grèce dite archaïque. Une période très disparate, où l'on essaie volontiers de discerner un progrès continu qui nous conduirait à la Grèce classique, mais où les ruptures sont nombreuses et souvent brutales : la Grèce archaïque n'est pas en germe dans la Grèce mycénienne, elle n'est pas seulement une phase préparatoire de la Grèce classique. Le terme « préclassique » n'implique pas cette idée d'une évolution continue vers le classicisme, de phases d'une Grèce d'abord « primitive » puis « archaïque » : c'est un ensemble d'étapes variées, distinctes, dont on doit d'abord chercher à saisir l'originalité propre.

Ce qui donne une apparence d'unité à cette longue période, du moins pour l'historien, c'est l'absence presque totale de sources textuelles directes, et en tout cas l'absence complète de textes historiques. Le premier système d'écriture de la Grèce (l'écriture dite hiéroglyphique crétoise) n'apparaît en Crète qu'après 2000 et reste indéchiffré ; les textes en grec mycénien (linéaire B), déchiffrés depuis 1952, appartiennent déjà à une période tardive, celle de la fin du Bronze récent (1400-1200 environ), et, comme les textes précédents, ne sont que des inventaires administratifs et comptables des palais mycéniens. Ce n'est que dans le courant du VIIIe siècle que les épopées homériques, l'*Iliade* et l'*Odyssée*, sont composées, et le poète Hésiode, le plus ancien auteur dont le nom nous soit parvenu, appartient à la fin du même siècle. Les premières inscriptions administratives n'apparaissent qu'au VIIe. Les premiers historiens, Hérodote et Thucydide, sont des Grecs de l'époque classique.

Quel que soit l'intérêt des sources tardives, du Ve siècle à l'époque romaine, dont la comparaison, l'interprétation, constituent un large pan du travail des chercheurs, l'histoire de la Grèce préclassique repose avant tout sur l'archéologie, les données de la culture matérielle, l'histoire de l'art antique. Cela entraîne deux conséquences. D'une part, l'apport constant de nouvelles découvertes conduit à des modifications continues du tableau historique : un nombre non négligeable de dates données dans cet ouvrage sont différentes de celles admises naguère ; des sites récemment découverts suffisent à eux seuls à modifier les perspectives. D'autre part, ce tableau ne peut prendre en compte que les aspects sur lesquels l'archéologie est le plus capable de jeter un éclairage précis. L'étude des objets importés ou exportés permet assez aisément, par exemple, de déceler les contacts interrégionaux ou internationaux, même si la signification de ceux-ci (commerce, colonisation, relations diplomatiques, acculturation) est plus difficile à assurer. L'étude des nécropoles, des habitats, des sanctuaires peut donner une certaine idée des hiérarchies sociales. Les œuvres d'art reflètent, plus ou moins directement, la société dans laquelle elles sont nées. L'histoire des idées, mais aussi tout simplement l'histoire événementielle restent souvent dans l'ombre.

D'une manière générale, le tableau que nous pouvons présenter de l'histoire de la Grèce sur cette longue durée dépend de la capacité de l'archéologie à permettre une interprétation historique. Entre les pessimistes, qui estiment que l'archéologie et l'histoire ne peuvent produire sur les hommes du passé qu'un discours à l'usage des hommes de notre temps, et les optimistes, qui pensent que l'on peut tirer des données fragmentaires de la culture matérielle une image exacte de la société, des conditions de vie, voire des mentalités des hommes d'autrefois, entre l'hypercritique exercée sur les textes tardifs et une crédulité commode, la voie de l'historien de la Grèce préclassique est étroite.

Il ne pouvait être question de faire ici, en un court volume, une présentation même succincte de tous les sites, de toutes les œuvres, à partir desquels s'organise aujourd'hui notre vision de l'histoire de la Grèce. Nous avons essayé de choisir et de rassembler les éléments les plus caractéristiques de chaque période, ceux qui permettent le mieux d'apprécier les continuités ou les ruptures, et nous avons insisté en particulier sur trois points.

D'abord sur le problème des sources. L'on se heurte, des origines jusqu'à la fin du VIe siècle, à des difficultés considérables pour établir les données de base : ni les dates, ni les événements, ni les acteurs de ces événements, ne nous sont « donnés » de manière assurée. Les premiers personnages historiques ne nous sont guère connus avant le VIe siècle ; si l'on s'accorde à faire de Solon d'Athènes, le législateur, un personnage bien réel, le législateur de Sparte, Lycurgue, paraît plus proche de la légende que de la réalité. En remontant dans le temps, les événements, comme il est naturel, s'estompent encore : s'il a bien existé une ville de Troie, détruite à plusieurs reprises, et à peu près vers les périodes indiquées par les auteurs de « chronographies » de l'époque hellénistique, rien n'indique avec certitude qu'une coalition de chefs mycéniens soit la cause de l'une de ces destructions.

Ensuite sur les relations, variables à travers les époques, mais qui présentent toutefois des similitudes ou des analogies, entre les différentes régions du monde grec dans le monde méditerranéen. En Crète, le site de Cnossos, depuis 6500 environ avant J.-C., est un témoin permanent des changements historiques. Il n'est pas inutile de connaître l'importance de l'Eubée à la fin du Bronze ancien pour comprendre son rôle à la période géométrique ou dans la colonisation grecque.

Enfin sur l'état de la société, des premiers agriculteurs d'Europe aux villes commerçantes de la Grèce archaïque, de la société centralisée des palais minoens aux tyrannies archaïques. C'est sur cet aspect de l'histoire antique que nous souhaiterions souvent être mieux renseignés ; les habitats, les nécropoles, les sanctuaires, l'art, constituent pour ces époques l'essentiel de nos sources.

Mais, quels que soient les grandes similitudes, les permanences ou les changements, nous avons essayé de dresser un tableau essentiellement chronologique. Par grandes périodes d'abord : les origines, jusqu'à la fin du Bronze ancien ; la période qui voit, vers 2000, l'instauration en Crète puis dans la Grèce mycénienne d'un système palatial qui va disparaître vers 1200 ; les siècles dits obscurs, qui relient le monde mycénien au monde grec archaïque ; enfin, à partir de 750 environ, la période pendant laquelle se définissent les cités grecques. Et, à l'intérieur de ces grandes périodes, nous avons tenté, dans la mesure du possible, d'observer des strates chronologiques plus fines : cette périodisation, si difficile et si arbitraire soit-elle, permet seule de rassembler les faits contemporains pour tenter de leur donner leur sens.

1

La Grèce des origines

L'importance, dans les textes littéraires comme dans les témoignages archéologiques, de la Grèce mycénienne puis classique au sens large du terme a conduit les historiens, pendant longtemps, à n'accorder qu'un intérêt restreint aux occupations humaines les plus anciennes de la Grèce. Si la période du Bronze ancien et le Néolithique ont suscité fouilles et prospections depuis près de trois quarts de siècle, ce n'est guère que depuis une trentaine d'années que la période paléolithique a fait l'objet d'une attention comparable. La Grèce est pourtant une région importante : par sa situation, sur l'une des routes possibles de dispersion des premières populations humaines d'Afrique vers l'Europe ; par sa configuration géographique : les changements climatiques, les variations de végétation, les changements de lignes côtières qui se sont produits depuis la dernière période glaciaire, qui culmine vers 16000 avant notre ère *, permettent d'étudier les occupations humaines, en Grèce du Nord en particulier, dans des conditions originales d'environnement et d'utilisation des ressources naturelles.

Le Néolithique, mieux représenté sur l'ensemble de la Grèce, est mieux connu, même si les problèmes de son origine et de sa diffusion restent controversés ; l'étude des relations et des contacts, dans un monde égéen où la navigation devient presque une aventure ordinaire, permet de suivre les évolutions qui conduisent au Bronze ancien. Quant au IIIe millénaire, dont on connaît assez bien la phase médiane, mais beaucoup moins bien le début et la fin, il manifeste déjà, que ce soit dans les Cyclades, en Argolide ou en Crète, l'émergence de véritables civilisations.

* Toutes les dates données dans cet ouvrage sont des dates avant notre ère, sauf précision contraire.

Les sources

Les documents qui nous permettent de retracer les grandes lignes de la préhistoire de la Grèce, de l'Age de la Pierre au début de l'Age du Bronze, sont exclusivement des documents archéologiques, provenant de fouilles ou de prospections.

Cette documentation archéologique, partielle par définition – l'archéologie ne peut retrouver qu'une partie des vestiges du passé –, reste aussi insuffisante dans son champ géographique (toutes les régions de la Grèce ancienne n'ont pas été également explorées) ou chronologique. Elle est en même temps variable dans les aspects qu'elle révèle : selon les périodes et les sites, les habitats peuvent être mieux connus que les nécropoles, ou inversement ; les types d'objets retrouvés sont eux aussi diversement représentés, et la céramique, à partir de l'Age du Bronze, tient une place peut-être disproportionnée ; la connaissance de l'environnement (végétation, niveau de la mer), longtemps négligé mais que des méthodes scientifiques d'analyse (études sédimentologiques et palynologiques) permettent en partie de restituer aujourd'hui, reste encore trop souvent imprécise. Enfin, les méthodes de fouille, qui conditionnent la validité des données, ont été d'inégale valeur.

L'interprétation de ces documents ne peut être que très difficile, et l'on ne s'étonnera donc pas outre mesure, dans ces conditions, de la diversité des opinions des archéologues, quelle que puisse être la rigueur de leur méthode et de leur argumentation. Dans un domaine essentiel, celui de la chronologie absolue (c'est-à-dire des dates proposées dans notre système actuel de mesure du temps), l'imprécision des résultats obtenus par les méthodes de laboratoire (mesure du radiocarbone ou thermoluminescence, entre autres) ne permet de fixer qu'un cadre approximatif. La chronologie relative (c'est-à-dire le classement sériel du matériel trouvé sur un même site, grâce aux méthodes de fouille stratigraphique, puis sur des sites différents, par comparaisons stylistiques ou typologiques) fait elle aussi l'objet de divergences que le réexamen des découvertes anciennes et l'analyse des découvertes récentes ne réduisent que progressivement. Le petit nombre de sites connus, pour les périodes les plus anciennes tout au moins, rend d'autre part toute généralisation hasardeuse.

Les premières occupations humaines

Le Paléolithique

Des prospections systématiques (notamment en Épire, Thessalie, Macédoine occidentale ou en Élide) et quelques fouilles se sont efforcées, depuis les années 1960, de donner une idée des premières occupations humaines dans une Grèce radicalement différente, dans ses paysages, son climat, de ce qu'elle sera vers le VIIe millénaire lorsque s'y établiront les populations néolithiques. Durant la longue séquence du Paléolithique (Paléolithique ancien : jusque vers 200000 ; Paléolithique moyen : de 200000 à 35000 environ ; Paléolithique supérieur : 35000 à 8000), le climat de type méditerranéen ne s'instaure que difficilement, marqué d'oscillations de plus en plus rapides et accentuées des températures et de la pluviosité, lors de brefs intervalles interglaciaires séparés par de longues périodes froides. Le dernier des paroxysmes du froid se place vers 16000, pendant le Paléolithique supérieur ; la période entre 16000 et 8000 correspond à un intervalle entre les conditions inhospitalières de la période glaciaire et un réchauffement climatique qui entraîne un développement rapide de la forêt après 8000.

L'occupation humaine au Paléolithique ancien reste encore incertaine : seules quelques rares trouvailles de surface, des galets de la région de Corfou ou la découverte controversée d'un crâne dans la grotte de Pétralona en Chalcidique, près de Thessalonique, pourraient correspondre à cette période : âgé d'au moins 200 000 ans, ce crâne pourrait dater de 350 000 ans (l'occupation humaine en Europe remontant à plus de 700 000 ans) et serait ainsi le plus ancien vestige d'une présence de l'homme en Grèce. C'est au Paléolithique moyen seulement qu'une carte des sites (abris sous roche, grottes, campements de chasse temporaires), sans aucun doute encore très provisoire, commence à être dressée. Les principales régions concernées sont la Thessalie, avec la basse vallée du Pénée, l'Épire et la région de Corfou et des îles Ioniennes, mais aussi l'Eubée et le Péloponnèse ; la plupart des objets paraissent assez récents dans cette période (vers 45000-35000). Leur technique présente des faciès locaux qui s'accordent mal avec les typologies de l'Europe méditerranéenne mais s'apparentent toutefois, généralement, à l'industrie aurignacienne et moustérienne des Balkans. C'est l'Épire qui a la plus grande concentration de découvertes pour la période du Paléolithique moyen au Paléolithique supérieur, avec les sites de Kokkinopilos, Asprochaliko (45000-8000), Kastritsa (16000-8000), Klithi (14000-8000). On souligne généralement l'originalité de l'industrie lithique taillée en Grèce (technique du microburin, importance des microlithes), quelles que soient les influences variées que l'on peut discerner selon les périodes.

L'occupation au Paléolithique supérieur est attestée en Béotie (abri sous roche de Séïdi), en Thessalie, et tout particulièrement en Épire (Klithi, Kastritsa), même si de nouvelles régions sont désormais représentées sur la carte (l'Élide, le Magne, l'Argolide avec Franchthi ; l'île de Thasos et l'Eubée, qui devaient être alors rattachées au Continent, comme devait l'être aussi Corfou). Les témoignages sont moins nombreux qu'à la période précédente : au total une dizaine de sites seulement, représentant des types d'activité différents, ont livré une suite de niveaux d'occupation. Les oscillations climatiques (la glaciation du Würm a entraîné la formation de glaciers dans le Pinde, tandis que la mer a subi une très forte régression, à 100 mètres environ au-dessous de son niveau actuel) expliquent peut-être cela. Il faut noter toutefois une extension des zones occupées par l'homme ; d'autre part, la navigation, dont l'utilisation de l'obsidienne de l'île de Mélos (Milo), qui parvient alors à Franchthi, constitue le meilleur témoignage, s'étend peut-être jusque vers le Bosphore et la côte d'Ionie.

Les recherches actuelles tentent de définir les modes de vie des groupes de chasseurs-collecteurs, de les suivre dans leurs déplacements saisonniers ou temporaires entre les différents abris d'une même région et de comprendre leur système d'utilisation des ressources naturelles. Les sites moustériens d'Épire sont concentrés d'abord sur les zones côtières ; les sites de montagne n'apparaissent qu'après le paroxysme de la période glaciaire, lorsque les conditions climatiques s'améliorent rapidement. Les petits groupes de chasseurs recherchent le daim rouge ou l'ibex dans les sites de l'intérieur, tandis que le domaine principal d'exploitation économique reste centré sur les plaines basses du bord de mer. Sur les sites les plus méridionaux de Grèce, le long des côtes du Péloponnèse, les activités de subsistance (avec la pêche et la collecte des mollusques) semblent déjà proches de celles de l'Europe postglaciaire.

Le Mésolithique

Dans cette période courte, qui correspond approximativement aux VIIIe et VIIe millénaires, l'occupation humaine est encore moins bien attestée. Cette diminution du nombre des sites (comme Sidari à Corfou ou la grotte de Franchthi en Argolide) ne peut être imputée à l'insuffisance des recherches ; la prospection systématique de l'Argolide n'a pas permis d'en identifier en dehors de Franchthi, et l'on note par ailleurs une discontinuité frappante d'occupation : les sites du Paléolithique supérieur d'Épire n'ont pas livré de niveaux de cette période ; inversement, ceux du Néolithique de Thessalie ne sont pas précédés d'occupations mésolithiques. Franchthi est exceptionnel dans la mesure où il présente une continuité d'occupation du Paléolithique au Néolithique. La réduction du nombre de bases utilisées pour la chasse, la submersion de milieux côtiers lors de la remontée du niveau marin, peuvent être des éléments d'explication : les sites connus sont des grottes situées à proximité de la mer, où l'exploitation des ressources marines semble avoir été importante. Dans cette période où paraît se développer un mode de vie sédentaire fondé sur la pêche, plus que sur la grande chasse, le stockage de céréales sauvages et la multiplication des petits outils lithiques (lamelles, grattoirs, microlithes) conduisent à supposer l'apparition des premières pratiques agricoles.

La Grèce néolithique : les premiers fermiers d'Europe ?

Les régions de Grèce et la culture matérielle

Les sites principaux sont très inégalement répartis : en Argolide (Franchthi, Lerne), mais aussi en Thessalie ou Thrace (Sesklo, Sitagri, Dikili Tash, Karanovo) et, pour la première fois, en Crète à Cnossos et dans les îles de l'Égée, dont l'occupation ne commence guère que vers la fin de cette époque, dans les Sporades du Nord à Kyra Panagia (Haghios Pétros), dans les Cyclades à Saliagos entre Paros et Antiparos, à Kéos (Képhala). La plupart sont des sites nouveaux, caractérisés par une abondante industrie lithique et osseuse, l'élevage des chèvres et des moutons, la culture des céréales (blé, orge) et de certaines légumineuses, et l'apparition de tessons céramiques, y compris dans les plus anciens niveaux dits « précéramiques ». Les premiers habitats restent de dimensions modestes, installés à proximité de l'eau et de la forêt.

Sous l'uniformité générale de cette culture néolithique, des aspects provinciaux apparaissent nettement. C'est la Thessalie qui semble la zone la plus peuplée et la plus riche du continent grec au Néolithique ancien et moyen ; on constate une forte densité de peuplement, avec des villages, distants de quelques kilomètres seulement, dont l'occupation se poursuit sur plusieurs générations. Les villages du nord de la Grèce, Néa Nikomédia en Macédoine, Argissa Maghoula en Thessalie, avec leurs maisons en torchis sur ossature de bois, diffèrent sensiblement des petites agglomérations du Péloponnèse ou de Crète, avec leurs maisons en brique crue, à toits plats. L'occupation accrue des grottes, dans le sud de la Grèce, peut indiquer un développement du pastoralisme dans ces régions. Ces différences régionales posent le problème de la manière dont s'est faite en Grèce la néolithisation. Ce phénomène résulte certainement moins d'une « révolution », comme on avait pu le croire naguère, que d'une lente et progressive évolution, qui s'étend, au Proche-Orient où elle a pris naissance, du Xe au VIe millénaire ; mais on n'observe pas cette évolution en Grèce : les premières populations néolithiques maîtrisent déjà les nouvelles techniques. C'est ce qui a permis de penser que la culture néolithique s'était diffusée en Grèce à partir du Proche-Orient. Il est certain que les céréales, qui sont à la base de l'agriculture européenne, ont été importées : cela est assuré pour le froment et l'épeautre, dont il n'existe pas de variété sauvage en Europe, vraisemblable pour l'orge et l'engrain, qui ont pu exister à l'état sauvage en Europe (on a retrouvé des traces d'orge sauvage dans les niveaux du Paléolithique supérieur de la grotte de Franchthi), mais dont rien ne prouve qu'ils y ont été domestiqués. Il en va de même pour les moutons et les chèvres, qui sont les principaux animaux d'élevage au Néolithique, et qui proviennent d'Asie : seuls pouvaient déjà être présents sur place, à l'état sauvage, les bovins et les porcs. La technique de construction des habitats en brique crue, que l'on trouve par exemple à Cnossos, semble elle aussi une importation d'Asie.

On a donc supposé, dans ces conditions, une émigration paysanne, probablement originaire d'Anatolie, qui aurait traversé la mer Égée dans de petites embarcations, pour gagner les terres fertiles des plaines de Thessalie, de Grèce centrale, du Péloponnèse ; l'absence d'établissements agricoles au Néolithique ancien à l'est de la Macédoine actuelle et en Thrace s'oppose à l'hypothèse de migrations terrestres le long de la côte nord de l'Égée. Les nouvelles techniques agricoles ont pu être assimilées d'abord par les populations primitives de chasseurs-collecteurs de Grèce, qui seraient ainsi les plus anciens fermiers d'Europe. Mais la question est sans doute plus complexe et ne peut être séparée des discussions récentes sur le problème des Indo-Européens. L'on ne croit plus guère à une « invasion » de populations néolithiques (assimilées à une population dite indo-européenne), et il faut envisager l'idée d'une mise en place en Grèce du Néolithique selon des processus variables selon les régions. Le Néolithique de Thessalie, dans sa phase la plus ancienne, ne se rattache à aucune tradition régionale : sa base économique repose sur l'exploitation d'espèces animales et végétales importées ; il s'agit donc d'un Néolithique d'origine extérieure. Mais il n'est pas sûr qu'il faille en chercher l'origine au Proche-Orient : les industries lithiques contemporaines du Proche-Orient et d'Asie Mineure n'offrent guère de rapports avec celles de Thessalie, et l'on ne peut écarter l'idée d'un développement local à partir d'une culture mésolithique. Dans un site tel que Franchthi au contraire, dans le Péloponnèse, on constate la permanence d'une tradition locale, sur laquelle se greffent différents emprunts (introduction du mouton domestique, de certaines techniques) dont l'origine directe ou indirecte pourrait être la Thessalie. Les sites néolithiques grecs illustrent bien ainsi la complexité des processus locaux qui conduisent à l'apparition d'une économie de production.

Comment évolue, de 6500 à 3300 environ, le Néolithique ? Les grandes phases identifiées par les styles céramiques et applicables à l'ensemble de la Grèce sont bien déterminées : Néolithique ancien, dont les dates, établies par le radiocarbone, se placeraient entre 6600 et 5800 environ ; Néolithique moyen, entre 5800 et 4800 ; Néolithique récent (correspondant au Chalcolithique du Proche-Orient) entre 4800 et 3800. Une phase finale du Néolithique récent, le Néolithique final, est parfois distinguée mais réunit des séries céramiques dont la place est mal assurée. La fin de la période est marquée en général par une nette rupture : hameaux et villages sont abandonnés, les nouvelles agglomérations du Bronze ancien vont s'établir dans des sites différents. Il y a toutefois des exceptions notables. Le site de Cnossos, d'une durée exceptionnelle (son occupation se prolongera jusqu'en 827 de notre ère, au moment de la conquête de la Crète par les Arabes), est occupé dès le début du Néolithique, dans sa phase dite précéramique. Les premiers occupants se sont installés sur un plateau à la jonction de deux vallées (là où s'établira le palais minoen), à proximité de la côte. Cette installation permet de mesurer, sur une longue période (près de trois millénaires), l'évolution d'une communauté néolithique, lente malgré les contacts avec l'extérieur (obsidienne, changements dans les styles céramiques), mais qui s'accélère au Néolithique moyen avec le développement du filage et du tissage, l'apparition de maisons plus complexes, le développement de l'élevage des bœufs et la diminution du porc liés à un début de déforestation.

Les progrès des techniques ne sont pas toujours faciles à suivre pendant cette longue période. Le débitage des outils de pierre taillée fait preuve dès l'origine d'un savoir-faire technique élaboré. Pour la céramique, il faut attendre le Néolithique moyen pour constater une maîtrise véritable des techniques de cuisson et la réalisation de formes complexes ; au Néolithique récent, l'utilisation de couleurs à base de manganèse permet des effets nouveaux de bichromie ou polychromie. Des variantes stylistiques apparaissent, montrant une régionalisation accrue de la production. Les nouveaux habitats de la fin du Néolithique semblent indiquer une capacité des groupes de population à exploiter des environnements plus pauvres, ce qui aurait favorisé les régions du sud de la Grèce aux dépens des riches plaines de Thessalie. Enfin, c'est seulement à partir du Néolithique récent que l'emploi des métaux commence à se répandre dans les régions égéennes, tout au moins en Grèce du Nord et dans les îles.

Contacts et échanges au Néolithique

Le Néolithique de la Grèce se caractérise, en particulier, par ce que l'on a appelé la colonisation des îles de l'Égée. La navigation, à l'intérieur du bassin égéen, existe depuis la fin du Paléolithique ; mais ce n'est qu'au Néolithique que des établissements permanents apparaissent dans ces îles.

C'est en Crète que se situe la première installation, de deux à quatre millénaires avant les autres, bien que certaines îles, dans les Cyclades ou proches du Péloponnèse, aient été situées plus près des sites continentaux et aient constitué ainsi des points intermédiaires potentiels de migration entre l'Anatolie et la Crète. La colonisation de la Crète doit donc être considérée comme une tentative volontaire et organisée d'installation dans une île à l'environnement particulièrement favorable, et non plus comme une expansion graduelle à partir des îles du Nord et de l'Est.

Ce n'est guère qu'au Néolithique récent que des traces d'occupation apparaissent dans les Cyclades (Kéos, Naxos, Théra, Amorgos, Paros, Saliagos et Siphnos), dans la plupart des îles du Dodécanèse, au nord-est à Samos, Chios, Psara, Lesbos, Lemnos, Samothrace, Thasos, et dans les Sporades du Nord (Kyra Panagia et Youra). Les données de la géographie insulaire peuvent permettre d'expliquer en partie les étapes de cette colonisation (distance de la côte, taille des îles, possibilité d'escales intermédiaires, etc.). Le plus ancien de ces établissements semble être celui d'Haghios Pétros à Kyra Panagia, à l'extrémité d'une chaîne d'îles reliées à la Thessalie, la partie du Continent sans doute la plus peuplée au début et au milieu du Néolithique. Dans les Cyclades, le premier horizon de colonisation est représenté au Ve millénaire par Saliagos, sur la ligne de terre qui joignait Paros à Antiparos ; un second horizon, au IVe, par la nécropole de Képhala à Kéos ; c'est Naxos qui offre le meilleur exemple d'une continuité d'occupation pendant tout le Néolithique récent. Différentes hypothèses ont été formulées concernant cette colonisation des Cyclades. Il semble vraisemblable que les colons de Saliagos étaient originaires du sud-est de l'Égée ; par la suite, les nouveaux arrivants sont probablement venus aussi bien d'Attique et d'Eubée : le développement des sites du sud de l'Eubée à cette époque semble faire partie d'un mouvement général des populations vers les zones périphériques qui se poursuivra jusqu'au Bronze ancien.

On peut être surpris par l'intervalle qui sépare la colonisation néolithique de la Crète de celle des autres îles. La Crète offrait sans doute un cadre de développement beaucoup plus propice à l'agriculture et à l'élevage que ces dernières, et se rapprochait à cet égard des plaines côtières du Continent ; c'est le développement de la Crète (comme celui de l'Eubée) qui a pu favoriser l'implantation d'établissements permanents dans les îles, grâce à un système d'échanges. Ces échanges n'ont certainement pas été le facteur déterminant de la colonisation des Cyclades au Néolithique récent, à une époque où la métallurgie ne joue encore qu'un rôle infime ; mais ils ont été le cadre nécessaire qui a permis à des groupes de se maintenir sur des îlots disposant de ressources limitées. Des études récentes ont bien montré l'existence, dès le Néolithique, de réseaux qui permettent en particulier à l'obsidienne de Mélos ou de Giali de circuler dans une très grande partie du monde égéen.

Ce qui caractérise en effet le début du Néolithique, c'est le fait que les nouvelles populations de fermiers-éleveurs installées dans les plaines et bassins alluviaux fertiles, non seulement ont apporté avec eux espèces animales et végétales domestiquées, mais ont utilisé aussi principalement, pour leur outillage lithique ou les objets de parure, des ressources extérieures souvent très éloignées et d'accès apparemment difficile : alors que leurs prédécesseurs s'étaient contentés des ressources locales et s'y étaient adaptés, les groupes néolithiques ont créé un nouvel environnement ; il y a une réorganisation socio-économique de l'espace égéen. L'obsidienne de Mélos, la plus exploitée, parvient jusqu'en Thessalie, le silex d'Épire ou d'Albanie jusqu'en Argolide, l'andésite d'Égine (pour les meules à moudre) dans toute l'Attique et l'Argolide.

Ce sont les divers modes de production et de distribution de ces matériaux qui forment un objet essentiel de l'étude archéologique. Certaines lames de silex sont régulièrement produites dans des centres proches des sources, et exportées ; pour l'obsidienne, les noyaux préparés sont exportés et les lames sont produites localement. La carte de répartition de l'obsidienne, dont le commerce s'étend désormais jusqu'en Macédoine occidentale, et les modalités de son exploitation à partir de Mélos ou de Giali fournissent des indications précieuses sur le développement des échanges au Néolithique récent.

Ce développement, comme celui des techniques, semble s'accompagner d'un degré croissant d'inégalité sociale. Les habitats du type « mégaron » de Dimini ou Sesklo, en Thessalie, suggèrent l'émergence, sur les différents sites, d'élites qui auraient pu tirer leur richesse du stockage et de l'échange de surplus agricoles, soit à l'intérieur de leur communauté, soit en jouant un rôle d'intermédiaires pour des relations à plus longue distance ; quelques objets de luxe (haches de pierre polie, pointes de flèche en silex, céramiques fines) confirment l'idée d'une société déjà hiérarchisée. De la même manière, l'étude des transformations socio-économiques met en valeur la différence marquée, à la fin de la période, entre les régions du nord de la Grèce et celles du sud ; une explication en a été cherchée dans la nature des échanges : la Thessalie ne produit guère, en dehors de biens périssables, que des céramiques fines dont la diffusion est restreinte à l'échelle régionale ; c'est la Grèce du Sud qui fournit les produits utilitaires comme l'obsidienne ou les matériaux destinés aux objets de prestige tels que le marbre ou l'argent.

Le début de l'Age du Bronze : le IIIe millénaire

Les coupures établies par les historiens entre les grandes périodes de l'histoire sont généralement plus tranchées qu'elles n'ont été dans la réalité, et les successions se font par des transitions plus que par des ruptures brutales. L'Age de la Pierre n'ignore pas totalement l'usage des métaux : il est connu dès le début du Néolithique au Proche-Orient et en Anatolie, puis dans les Balkans ; en Grèce, c'est à partir du Néolithique récent qu'apparaît la métallurgie proprement dite, c'est-à-dire l'utilisation des minerais, et non plus seulement des métaux natifs. L'activité métallurgique va s'étendre très progressivement en Grèce au Bronze ancien, d'abord dans le Nord-Est égéen, en Macédoine et en Thrace, puis en Grèce centrale et en Crète.

La première phase du Bronze ancien (BA) reste la moins bien connue, mais les fouilles récentes ont permis de la définir en Argolide (avec la céramique dite de Talioti, près d'Asiné), dans les sites du Nord-Est (Poliochni, Sitagri, Dikili Tash) ou en Crète. C'est la deuxième phase (BA II) qui, dans l'ensemble de la Grèce, est de loin la mieux représentée, tandis que le BA III apparaît comme une simple transition vers le Bronze moyen. La chronologie absolue du BA reste incertaine, tout au moins pour le début, tributaire des dates hautes du Néolithique ; le BA I se placerait vers 3500-2900 environ, le BA II de 2900 à 2300, le BA III de 2300 jusque vers 2050, avec de légères différences entre le Continent, les Cyclades et la Crète.

Pendant toute cette période, les changements progressifs de l'époque néolithique semblent s'accélérer dans la partie sud de l'Égée (Cyclades, Crète, côtes du Péloponnèse). Les archéologues cherchent à définir les domaines et les causes possibles de ces changements : développement des habitats, agriculture, métallurgie, échanges, hiérarchisation sociale.

Les régions de Grèce et la culture matérielle

Le passage du Néolithique au Bronze ancien se matérialise différemment selon les régions : en Thessalie, les emplacements occupés au Néolithique continuent à l'être le plus souvent au début de l'Age du Bronze. Dans la Grèce du Sud, des villages nouveaux apparaissent, souvent sur des buttes en bordure de mer ou sur des collines basses contrôlant des plaines.

Le Bronze ancien est actuellement connu par des fouilles nombreuses, parmi lesquelles celles de Lerne en Argolide ou d'Eutrésis en Béotie ; des fouilles plus récentes à Lefkandi en Eubée, à Thèbes, Tirynthe, Kolonna sur l'île d'Égine, en Thessalie (Argissa, Pefkakia Maghoula) ou en Macédoine (Dikili Tash, Sitagri, Ézéro), ont permis de compléter les séquences stratigraphiques et d'avoir une meilleure idée des variantes régionales. En Crète, Cnossos et Myrtos ont fourni les informations les plus complètes. Dans les Cyclades, les fouilles de Phylakopi, mais aussi de Kéos, Ios, Amorgos, ont enrichi notre connaissance, de même que celles de Poliochni à Lemnos, Thermi à Lesbos, Troie enfin pour le Nord-Est égéen. De nombreux projets de prospection se sont efforcés récemment de dresser un tableau du Bronze ancien dans des régions jusqu'ici moins connues, comme la Laconie, la Messénie, l'Élide, ou les régions situées au nord du golfe de Corinthe (Locride, Phocide et Étolie).

Dès le début du BA, on semble constater, d'après les prospections de surface, une nette poursuite de l'accroissement numérique des habitats (fermes ou villages isolés), qui dénote, sinon une augmentation correspondante de la population, tout au moins une modification dans l'occupation du sol, en vue d'une meilleure exploitation des terres cultivables ; ce phénomène a été étudié notamment en Argolide, où le nombre des sites connus semble avoir doublé, ainsi qu'en Béotie. L'évolution de ces habitats, tout au long du IIIe millénaire, n'est pas toujours facile à suivre période par période : de nombreuses transformations peuvent échapper à l'archéologue. Mais il semble que les sites s'organisent désormais selon une certaine hiérarchie, avec des villages plus importants qui peuvent s'être développés aux dépens de sites mineurs par des phénomènes de synœcisme et qui manifestent une tendance à une concentration de la population.

Le mode de subsistance est toujours fondé sur les mêmes bases qu'au Néolithique, pastoralisme et culture des céréales, mais élargies ; la vigne est cultivée en Crète, en Argolide et en Macédoine ; l'olivier est attesté pour la première fois de façon sûre. Les techniques agricoles évoluent ; le passage de la houe à l'araire se produit vraisemblablement au cours de la période : des figurines de Tsoungiza, près de Némée, montrent, au BA I/BA II, des bœufs équipés d'un joug. Cette technique, qui suppose la possession d'une paire de bœufs, peut avoir contribué à l'émergence d'une élite paysanne ; elle a permis en tout cas l'exploitation de terres plus profondes. Certains changements dans les formes céramiques peuvent laisser penser à un développement des produits laitiers dans l'alimentation. L'apparition dans le matériel archéologique de « pesons » et de fusaïoles implique le développement du filage et du tissage, et sans doute celui des troupeaux de moutons. Des espèces animales nouvelles sont introduites : l'âne ou une espèce voisine, ainsi que le poulet (dans le Dodécanèse). D'autres progrès techniques se manifestent : le four de potier commence à être utilisé, en Macédoine ou en Crète. Quant à la métallurgie proprement dite, qui semblerait devoir être l'élément principal de ce passage à l'Age du Bronze, elle ne joue encore qu'un rôle secondaire et n'est guère attestée, au BA I, qu'à Poliochni et Sitagri ; c'est au BA II que se diffusent les techniques de fonderie, concentrées d'abord dans le Nord-Est égéen.

Les réseaux de relations qui existent au Néolithique se maintiennent, et sans doute sous une forme plus complexe. Les représentations cycladiques de bateaux à haute proue illustrent sans doute un développement accru de la navigation en Égée, notamment à partir des Cyclades. Les modes d'échanges, qui n'ont certainement que peu à voir avec la notion moderne de commerce, sont difficiles à préciser. Mais les cartes de répartition des objets mettent en évidence toute une série de contacts dans le bassin égéen entre les Cyclades et la Crète, entre les Cyclades et le Continent ; Kéos est en étroite relation avec l'Attique, les Cyclades avec l'Eubée, l'Argolide ou la Crète; quelques similitudes locales dans la culture matérielle ont pu faire penser à l'installation de « colonies » cycladiques en Crète à Archanès ou Haghia Photia, ou à Manika en Eubée. Les métaux commencent à jouer pour la première fois un rôle dans ces échanges : les îles de Siphnos et de Kythnos sont les sources majeures pour le plomb, l'argent et le cuivre. Certains types de récipients, comme les grandes « saucières » à bec oblique (sans doute des coupes à vin), en céramique et parfois en or, sont fréquents dans les Cyclades mais aussi présents en Grèce continentale et en Troade; ils sont le « fossile directeur » le plus caractéristique du début du BA II.

La première phase du Bronze ancien (BA I) laisse apparaître des cultures régionales spécifiques. Mais ces différences régionales sont beaucoup plus marquées dès le début du BA II – la période en fait de loin la mieux identifiable dans la documentation archéologique –, où la grande nouveauté, par rapport à la période précédente, est l'« émergence » des îles de l'Égée.

Le rapide épanouissement de la civilisation des Cyclades, après l'établissement des premiers sites au Néolithique récent dans la plupart des îles, est le phénomène le plus caractéristique de l'histoire de la Grèce au début de l'Age du Bronze. Les célèbres figurines cycladiques en marbre, de fonction encore indéterminée, sont l'aspect le plus marquant, sinon le plus significatif, de ce développement; nées d'une tradition néolithique commune au monde égéen, elles aboutiront à des types variés qui disparaîtront au moment de la transition vers le BA III. Quelques sites importants sont désormais connus dans les Cyclades : Phylakopi de Mélos, le plus anciennement et le plus complètement fouillé, Haghia Irini à Kéos. Ce sont souvent des sites fortifiés, comme le site de Markiani à Amorgos, pourvu d'une enceinte dès le début de l'Age du Bronze; plusieurs, à Siphnos, Lemnos (Poliochni), Lesbos (Thermi), Kythnos, montrent une activité métallurgique. Tous seront abandonnés vers la fin du BA II. Les nécropoles, de petite taille, sont généralement mieux connues que les habitats; celle de Chalandriani à

Syros, qui comporte plusieurs centaines de tombes individuelles réparties en groupes organisés, semble correspondre à un site d'une dimension exceptionnelle et peut être comparée aux cimetières de Manika en Eubée ou d'Haghia Photia sur la côte nord de la Crète, où l'on retrouve des influences cycladiques.

Les régions côtières de l'Égée montrent aussi, à la même époque, un développement notable. Le principal ensemble de régions – celui que l'on a considéré comme le « berceau » de la civilisation helladique – comprend l'Argolide côtière, Égine dans le golfe Saronique, l'Eubée et la Béotie (Eutrésis, Litharès). En Eubée, le site de Manika, près de Chalcis, occupe une superficie considérable, sans commune mesure avec les autres sites de Grèce ; c'est le seul qui puisse rivaliser, par la taille, avec les sites d'Anatolie ou du Proche-Orient. Celui de Litharès, en Béotie, a fourni, avec Myrtos en Crète, le seul plan complet d'un village de cette période ; il indique déjà une certaine organisation des habitations le long d'une rue. Les villages les plus importants, comme Lerne en Argolide, semblent au centre d'une hiérarchie de villages mineurs et de hameaux. Les tombes sont rares, concentrées sur la période du BA II ; les formes sont très variées ; elles comprennent désormais des formes de tombes à chambre taillées dans le rocher, comme à Manika. Les tumuli n'apparaissent qu'à la fin du BA II ; la nécropole tumulaire de Leucade, qui a fourni un abondant mobilier métallique, est le meilleur exemple des riches tombes de cette période.

La Crète, comme l'Eubée, doit en réalité, par sa superficie, être assimilée à l'une de ces régions côtières de la Grèce. Si le BA I reste, comme ailleurs, relativement mal connu, le BA II voit une floraison de villages de petite taille (Vassiliki, Myrtos), habités par quelques familles seulement, qui seront détruits à la fin de la période ; ils présentent une amorce d'organisation, et sans doute des bâtiments à fonction spécifique comme le sanctuaire identifié à Myrtos. Ils s'intègrent, là aussi, dans une hiérarchie naissante de sites, dont les plus importants (Cnossos, Phaistos, Malia) aboutiront aux agglomérations palatiales du Bronze moyen ; il est difficile, toutefois, d'identifier des maisons de chefs qui seraient les ancêtres des palais. La nouveauté majeure est sans doute l'apparition, parallèlement aux ossuaires rectangulaires de l'est de la Crète, de grandes tombes circulaires construites (les « tombes à voûte de la Messara »), qui sont connues dès le début du Bronze ancien et seront utilisées tout au long du Bronze moyen, essentiellement dans la région de la Messara près de Phaistos. Situées à proximité des villages, ces tombes collectives ont contenu jusqu'à plusieurs centaines d'inhumations ; les morts y étaient enterrés avec leurs vêtements, leurs armes et leurs objets de parure.

Les changements du Bronze ancien

Quelques grands changements se manifestent au cours du Bronze ancien, principalement pendant le BA II. Le plus significatif, sur le Continent, est la construction, vers la fin du BA II, de « maisons à corridor », dont le meilleur exemple est la maison des Tuiles de Lerne. Ces édifices, de dimensions imposantes (25 × 12 m pour la maison des Tuiles), présentent un plan particulier : rectangulaires, ils sont constitués d'une série de pièces quadrangulaires flanquées sur les côtés de corridors, qui supportent des escaliers conduisant à l'étage ; ils possèdent des toits de tuiles et des foyers d'argile cuite. Cette architecture monumentale, développement de formes locales, se retrouve sur plusieurs sites, de Thèbes en Béotie jusqu'à la Messénie, et correspond vraisemblablement aux résidences des élites locales.

Apparaissent en même temps les premières notations symboliques : marques de potiers, sceaux et scellés. Les marques de potiers (signes isolés gravés sur des vases avant cuisson), que l'on retrouvera jusqu'au Bronze moyen, ne constituent pas un système d'écriture ; leur signification reste encore obscure : peut-être étaient-elles destinées dans certains cas à fournir une information sur le fabricant. Le rôle des sceaux, portant des décors de type géométrique le plus souvent, est plus clair, au moins dans leur fonction première, qui est une fonction de contrôle économique : ils étaient apposés sur des boules d'argile servant de scellés pour des couvercles de jarres, des fermetures de coffres ou de magasins ; ces scellés d'argile, brisés lors de l'ouverture des portes ou des couvercles, étaient recueillis et permettaient ainsi d'enregistrer les mouvements de denrées. Le site de Lerne a donné au Bronze ancien le meilleur exemple d'une utilisation de ce système : une salle de la maison des Tuiles a fourni un lot de 143 scellés, correspondant à 70 sceaux différents. De tels scellés ont été retrouvés aussi sur d'autres sites : à Corinthe, Asiné, Akovitika en Messénie, ainsi qu'à Myrtos en Crète. Il est difficile d'apprécier la portée, strictement locale ou étendue à des échanges régionaux, de cette utilisation de sceaux et scellés, mais il semble bien s'agir en tout cas d'un système de « redistribution » de ressources à partir d'un centre de type administratif.

Dans le domaine artistique, le développement au BA d'un art figuratif (figurines et maquettes, vases de pierre ou de métal, bijouterie, armes, sceaux), souvent présent dans des tombes mais dont la fonction n'était sans doute pas uniquement funéraire, doit être noté. La présence de nombreuses figurines de quadrupèdes, moutons et bovidés, illustre l'importance de l'élevage, mais le rapport de l'ensemble des figurines avec la religion reste problématique ; seuls quelques vases anthropomorphes crétois, en forme de femmes tenant des vases ou des animaux, ont pu être considérés avec vraisemblance comme la représentation de déesses à fonctions variées, déesses du foyer ou de la vie sauvage, illustrant peut-être une certaine forme de polythéisme.

Les interprétations sociopolitiques de ces changements restent naturellement imprécises. Elles reposent avant tout sur l'étude de l'organisation spatiale des habitats, la présence de « maisons à corridor », l'organisation et les offrandes des nécropoles. La construction d'édifices importants indique une hiérarchie sociale et un certain degré de spécialisation artisanale ; l'apparition du système des scellés, répandu en Orient et en Égypte sur une vaste aire géographique, montre clairement à la fois des progrès de l'économie et le développement de pouvoirs administratifs locaux. Très variables à travers la Grèce, les sociétés du début de l'Age du Bronze semblent avoir connu une organisation sociale proche de ce que les anthropologues appellent des chefferies, sociétés organisées essentiellement autour de liens de parenté et qui peuvent aller d'un système égalitaire à une hiérarchie marquée.

L'arrivée des Grecs : problème ou faux problème ?

La question de l'arrivée des Grecs a constitué longtemps un chapitre obligé de toute histoire de la Grèce : les Grecs sont-ils arrivés vers la fin du IIIe millénaire, vers le XVIe siècle, ou à une autre date ? Le problème est, d'abord et essentiellement, un problème linguistique : à partir de quand a-t-on parlé, en Grèce, une forme de grec ou de proto-grec, langue indo-européenne ? Il est devenu un problème historique dans la mesure où l'on ne concevait pas l'apparition d'une forme de langue dans un espace géographique donné sans l'apparition d'une nouvelle population, « porteuse » de la langue, cette même population étant aussi supposée porteuse d'une culture, c'est-à-dire d'un certain nombre de traits de la civilisation matérielle, céramique, techniques, etc. On s'est donc adressé à l'archéologie pour tenter de déterminer à quel moment de nouvelles populations, susceptibles d'avoir été les Proto-Grecs, se seraient introduites en Grèce. Or l'archéologue ne dispose que de moyens limités. Il peut constater des ruptures stratigraphiques : des sites abandonnés, détruits, de nouveaux sites, qui peuvent impliquer une guerre, une invasion ; l'apparition de nouvelles techniques, ou objets, démontrant l'introduction d'un savoir-faire nouveau (mais rien ne permet d'éliminer, dans ce cas, l'idée de simples contacts culturels) ; des changements dans les coutumes funéraires, dans les usages culturels (nouvelles formes de vases, d'ornements, etc.). Interpréter ces changements en termes de mouvements de population n'est qu'une possibilité, parmi d'autres souvent plus plausibles ; supposer, en plus, que ces populations parlent telle ou telle langue, relève, en l'absence de documents écrits, de la pure hypothèse.

Comme dans le cas similaire, que nous aurons à examiner plus loin, de « l'arrivée des Doriens », la question se rattache à un fait linguistique précis. Le déchiffrement, en 1952 par Michael Ventris et John Chadwick, des tablettes inscrites en linéaire B, trouvées dans les palais mycéniens, a montré que l'administration mycénienne utilisait le grec. Les témoignages archéologiques les plus anciens (certaines des tablettes de Cnossos) datent, semble-t-il, des environs de

1400 ; dans ces conditions, l'utilisation du grec remonte au moins au XVe siècle, et probablement plus anciennement : à partir de là, toutes les possibilités sont ouvertes. Le grec des tablettes mycéniennes résulte-t-il d'une longue évolution, ou a-t-il été introduit en Grèce par des groupes de populations extérieures, indo-européennes, à une date récente ? On a proposé, sans succès semble-t-il, les environs de 1600, et, le plus souvent, la fin du IIIe millénaire, en particulier la transition entre le BA II et le BA III vers 2300. Ce qui est sûr, c'est que le grec, qui conserve des traces d'un substrat « préhellénique », n'est pas une langue autochtone.

Le problème a eu le mérite de conduire à un examen extrêmement soigneux de toute la documentation archéologique concernant ces différentes périodes, et notamment la transition du BA II au BA III qui, dans les Cyclades et en Crète aussi bien qu'en Argolide, est marquée par des destructions quasi systématiques. Le problème d'éventuels mouvements de populations, accompagnés de troubles, a été posé en particulier à propos de la destruction de la maison des Tuiles de Lerne en Argolide, incendiée à la fin du BA II après une période d'occupation relativement courte d'un ou deux siècles. Cette destruction, rapprochée d'autres destructions de sites du Péloponnèse, et le changement de culture au BA III ont pu ainsi être expliqués comme le résultat d'une invasion par de nouveaux arrivants ; d'autres destructions semblant être un peu plus tardives, on avait supposé aussi une seconde vague d'envahisseurs vers la fin du BA III. En fait, les fouilles menées sur d'autres sites et le réexamen précis des stratigraphies et de la céramique des couches de destruction ont clairement montré qu'il n'y a pas eu un horizon unique de destructions, mais des événements particuliers répartis sur un assez grand laps de temps. La transition a été suffisamment longue pour permettre d'une part à la céramique BA II d'Argolide, d'autre part à une céramique d'influence anatolienne (dite de Lefkandi I) de fusionner pour donner naissance à la céramique BA III à la fois du Péloponnèse et de Grèce centrale.

On pourrait naturellement supposer que l'arrivée des Grecs n'a pas été un phénomène violent et ponctuel, et qu'elle s'est produite progressivement tout au long de la période allant de la fin du BA II au BA III, se traduisant par l'introduction de traits nouveaux dans la culture matérielle plus que par des destructions relevant d'explications diverses, allant de rivalités régionales à de simples causes accidentelles. Le fouilleur de Lerne, John Caskey, avait attribué au BA III du Péloponnèse toute une série de nouveautés : bâtiments à abside, « ancres » en terre cuite, haches-marteaux, tumuli, apparition du cheval attesté à Thèbes et à Tirynthe, formes céramiques différentes. En fait, on a pu maintenant établir que ces nouveaux traits apparaissent dans plusieurs régions, de manière épisodique, dès le courant du BA II : les types de vases de la céramique de Lefkandi I, sans doute originaires d'Anatolie, ont dû atteindre d'abord l'Eubée, puis de là la Béotie, l'Attique et Égine. Les plans des bâtiments absidaux ont pu parvenir au BA III en Grèce centrale et dans le Péloponnèse depuis le nord par la Thessalie et la Macédoine ; les « ancres » peuvent être originaires de Béotie, les haches-marteaux du Nord-Est égéen et de la Grèce du Nord. Tous ces traits nouveaux sont le signe de contacts constants à partir du BA II avec la Thessalie et la Macédoine au nord, l'Albanie et la Dalmatie, les Cyclades et l'Anatolie.

En évitant toute vision trop généralisante, on peut donc seulement retenir la possibilité de mouvements limités, d'origines diverses, dont l'échelle, en nombre et en distance, reste impossible à préciser ; on a suggéré l'arrivée en Eubée, à Lefkandi, d'un petit groupe, responsable de l'établissement dit Lefkandi I ; on a proposé, pour l'introduction à partir de la fin du BA II des tumuli helladiques, une infiltration de groupes humains restreints en provenance des Balkans, des régions pontiques ou du nord-est de l'Égée, qui pourraient avoir accompagné la diffusion croissante de la métallurgie. Les Proto-Grecs ont-ils pu alors faire partie de ces mouvements, qui ont lieu avant les destructions de la fin du Bronze ancien ? On peut garder cette idée comme hypothèse de travail, plutôt que de faire remonter leur arrivée jusqu'aux groupes d'agriculteurs établis dans les plaines de Thessalie au début du Néolithique, théorie qui se heurte, sur le plan linguistique, à d'autres objections. Mais il faut prendre conscience qu'il n'y a pas de preuves archéologiques concernant la date de l'arrivée des Grecs.

Les grandes destructions de la fin du Bronze ancien, en Crète, dans les Cyclades ou en Grèce continentale, restent ainsi le plus souvent inexpliquées. Leurs effets ont été variables. Elles marquent une rupture nette dans la culture des Cyclades ; en Crète, ce sont des événements ponctuels qui ne modifient pas le cours de l'évolution générale. Dans le Péloponnèse, il semble y avoir un déclin du nombre des sites à partir de la fin du BA II, constatable en particulier dans toute l'Argolide, pendant qu'en Laconie, comme en Messénie, aucun site du BA III n'a encore été repéré, sans que l'on sache si cela correspond à une absence réelle d'occupation, ou à la permanence d'une culture prolongeant celle du BA II. Il existe probablement un déclin du peuplement ; mais rien n'indique par ailleurs l'existence d'une menace. Faut-il faire intervenir des causes climatiques, entraînant en particulier une érosion des sols en Argolide ? Y a-t-il un nomadisme croissant au BA III dans le Péloponnèse ? Les changements ne semblent pas aussi nets en Béotie, Phocide et Eubée. La fin du Bronze ancien, transition vers le Bronze moyen, correspond en tout cas à une modification dans l'évolution respective des différentes parties du monde grec.

2

La Grèce au temps des palais

A partir de 2000 environ apparaît en Crète d'abord puis, quelques siècles plus tard, en Grèce continentale, un système économique et politique nouveau, le système palatial, qui durera jusque vers 1200 avant de s'effondrer rapidement et définitivement, laissant place aux « siècles obscurs ». C'est l'époque du roi Minos, le souverain légendaire de Cnossos, dont le palais, fouillé à partir du début de notre siècle par Arthur Evans, révéla une civilisation disparue ; c'est ensuite l'époque de Mycènes riche en or, d'Agamemnon et ses ancêtres, qu'Henri Schliemann, le fouilleur de Troie, nourri des textes homériques, s'efforça de faire revivre. Ces civilisations, minoenne et mycénienne, dont la culture s'est répandue bien au-delà des limites de la mer Égée, sont aujourd'hui assez bien connues : les fouilles archéologiques se sont multipliées en Grèce et en Crète ; les îles de l'Égée, mais aussi Chypre et le Proche-Orient à l'est, à l'ouest ce qui deviendra plus tard la Grande-Grèce, témoignent d'une « influence » minoenne ou mycénienne qu'il conviendra de définir. La chronologie, relative et absolue, est assez bien fixée. La dernière des écritures de ces palais (le « linéaire B ») a été déchiffrée depuis 1952 et fournit des renseignements d'ordre historique précieux, les seuls que nous ayons pour toute la période préclassique ; les textes d'Hérodote et de Thucydide, qui mentionnent la puissance maritime du roi Minos – la « thalassocratie » minoenne –, peuvent de leur côté nous donner l'illusion que ce temps des palais est presque entré dans l'histoire.

Est-il autre chose qu'une brillante parenthèse dans l'histoire de la Grèce préclassique ? La rupture est brutale après 1200, et le système palatial disparaît alors définitivement ; mais c'est aussi la période où nombre des futures cités grecques émergent sur une carte de Grèce qui comporte encore bien des zones d'ombre ; celle où apparaissent les noms des divinités du panthéon grec ; celle, sans doute, où se constituent les premiers mythes et légendes. De toute façon, la Grèce du temps des palais ne constitue en aucune manière un ensemble unitaire : tout le IIe millénaire est une période de développement inégal et de disparités, masquées, dans les derniers temps de la civilisation mycénienne, par une culture matérielle remarquablement uniforme.

Dans le découpage toujours un peu arbitraire du temps effectué par les historiens, trois grandes phases suivent les étapes de la construction de ces palais : – le temps des premiers palais crétois (2000-1700) où seule la Crète se place au niveau des grandes civilisations voisines d'Égypte et d'Orient ; – le temps des seconds palais crétois (1700-1450) qui correspond à l'expansion de la civilisation minoenne, mais aussi à l'essor de la puissance mycénienne ; – le temps des palais mycéniens enfin (1450-1180), en Crète et sur le Continent.

Sources et chronologie

Pour la période des palais minoens et mycéniens, les documents archéologiques restent la source dominante. Des textes sur tablettes d'argile existent, mais seul peut être lu le linéaire B : son déchiffrement à partir de 1952 par Ventris et Chadwick, qui ont montré qu'il s'agissait d'une forme ancienne de grec, a marqué un tournant dans l'histoire de la civilisation mycénienne ; si l'intérêt de ces inscriptions ne saurait être sous-estimé, comme on le verra plus loin, leur caractère particulier en limite la portée historique. Il s'agit d'inventaires économiques et administratifs d'interprétation souvent incertaine ou ambiguë, documents provisoires des administrations palatiales, qui n'étaient pas destinés à être conservés dans de véritables archives et dont seule la cuisson accidentelle, lors de destructions accompagnées d'incendies, a permis qu'ils nous soient transmis ; en quantité, l'ensemble de ces textes ne dépasse guère vingt-cinq pages de nos livres. Les plus anciens témoignages de cette écriture, à Cnossos, ne remontent pas au-delà de 1400.

Deux autres systèmes d'écriture précèdent, en Crète, le linéaire B : l'écriture dite « hiéroglyphique crétoise » et le linéaire A. Mais le nombre et l'étendue des documents sont trop réduits pour qu'un déchiffrement interne, comme celui du linéaire B, puisse être réussi. Même non déchiffrés, ces textes présentent néanmoins un intérêt archéologique indirect : leur structure indique qu'il s'agit là aussi le plus souvent d'inventaires comptables, attestant l'existence d'une administration centralisée et d'une économie développée.

Les textes orientaux et égyptiens font mention, rarement et d'une manière parfois ambiguë, de la Crète et de Mycènes. Des documents du palais de Mari en Mésopotamie (le palais détruit par Hammourabi vers 1760) nous renseignent sur des relations entre la Crète et le roi de Babylone, et nous révèlent la présence à Ugarit sur la côte syrienne d'un Crétois venu y prendre livraison d'étain. Les textes égyptiens surtout font référence à un pays, le pays Keftiou, que la plupart des historiens s'accordent aujourd'hui à identifier à la Crète ; des fresques du Nouvel Empire représentent ces habitants du pays Keftiou avec leur coiffure bouclée caractéristique. Enfin, une liste inscrite sur le monument funéraire d'Aménophis III à Kom el-Hetan (Thèbes d'Égypte) comporte une série de noms de lieux égéens, comme Cythère, Mycènes, Nauplie et, pour la Crète, Amnisos, Cnossos, Kydônia, qui reflètent la connaissance directe par les Égyptiens de la Grèce du début du XIVe siècle. Dans les archives hittites de Bogazköy, il est fait aussi allusion à un royaume d'Ahhiyawa – le pays des « Achéens », nom donné aux Grecs dans l'*Iliade* –, parfois identifié par les historiens au territoire de Mycènes ; mais l'absence de toute allusion à ce pays dans les tablettes d'Ugarit, comme celle d'autres témoignages sur des relations entre le pouvoir hittite et les rois de Mycènes, fait qu'il est difficile de prendre en compte ces mentions pour reconstruire l'histoire de la Grèce continentale.

L'histoire de cette période repose donc avant tout sur les découvertes archéologiques ; l'importance des recherches, en Crète, en Argolide, Messénie ou dans les îles principales des Cyclades, Théra, Mélos, Kéos, fournit un cadre certes encore insuffisant, mais néanmoins beaucoup plus riche pour le IIe millénaire que pour d'autres époques. A elles seules, les découvertes des trente dernières années ont considérablement renouvelé les données d'une archéologie qui est à peine centenaire. Il suffira de citer ici, parmi les fouilles les plus spectaculaires – mais beaucoup d'autres ont apporté des éléments tout aussi déterminants pour notre reconstitution de cette époque –, en Crète la découverte, en 1962, du palais de Zakros à l'extrémité orientale de l'île, la fouille à partir de 1976 du port de Kommos, enfoui sous les sables de la côte sud, près de Phaistos, celles de la Crète de l'Ouest (régions de La Canée, de Réthymnon) ; dans les Cyclades, à Théra, la révélation depuis 1967 du site d'Akrotiri, nouvelle Pompéi de l'Age du Bronze, qui a sans doute donné lieu à la mise en œuvre la plus complète des nouvelles méthodes scientifiques appliquées à l'archéologie, la fouille, depuis 1962, d'Haghia Irini à Kéos, la reprise systématique de l'exploration de Mélos ; les recherches dans les îles d'Égine ou de Cythère et, en Grèce continentale, les nouvelles découvertes de Mycènes, Thèbes, Tirynthe ou de la Messénie.

La chronologie relative de la période a été aisément établie à partir des stratigraphies archéologiques, de Cnossos en particulier qui a fourni la séquence la plus complète, du Néolithique à la période mycénienne, et a permis de situer l'une par rapport à l'autre civilisation minoenne et civilisation mycénienne : les découpages ternaires retenus par Evans dès le début de ses fouilles restent, malgré leurs insuffisances ou leurs imperfections, le cadre général le mieux adapté et le plus utilisé, précisé aujourd'hui par les études stratigraphiques et céramologiques récentes. La chronologie absolue dépend essentiellement de l'Égypte ; elle nous fournit des points de repère fixes grâce aux mentions, dans des textes, de phénomènes astronomiques datables dans notre calendrier actuel et reliés aux années de règne des pharaons. La chronologie égyptienne n'est toutefois pas aussi parfaitement établie qu'on le croit parfois, et l'on hésite encore aujourd'hui, par exemple, entre une chronologie basse (1937-1759) et une chronologie haute (1979-1801) pour le début de la XIIe Dynastie ; l'avènement de Touthmosis III peut être daté de 1479 ou de 1490. Mais l'on voit que ces marges d'incertitude sont étroites et qu'elles ne sont pas de nature à modifier véritablement une chronologie égéenne qui ne dispose d'aucun repère propre et qui reste donc toujours approximative : d'où les variantes que l'on peut trouver chez les différents auteurs.

Les méthodes dites scientifiques de datation, radiocarbone ou thermoluminescence, sont cependant toujours utilisées, même si leur imprécision, qui dépasse généralement le siècle, semble beaucoup restreindre ici leur intérêt. Mais tout ne peut être daté à partir des synchronismes égyptiens, et l'incertitude fréquente sur le contexte archéologique des importations égyptiennes en Crète (ou des exportations minoennes en Égypte), les appréciations des délais de leur transfert d'un pays à l'autre, induisent souvent une imprécision aussi considérable. Les dates obtenues par le radiocarbone, souvent plus hautes que celles obtenues par les méthodes historiques, remettent parfois en question la chronologie traditionnelle. Et si la dendrochronologie n'a pu encore trouver d'applications régulières dans le domaine égéen, c'est un autre de ses emplois – la datation des grandes éruptions volcaniques, dont les effets climatiques se marquent sur la croissance des arbres jusque dans des régions éloignées – qui pourrait, confirmé par une méthode de même type – les mesures de variation d'acidité dans les couches de glaces annuelles de l'Arctique –, conduire à remettre en cause la datation du phénomène naturel le plus important pour l'Age du Bronze, l'éruption volcanique de l'île de Théra (Santorin) ; un événement de cet ordre semble pouvoir être placé vers 1628 ; s'il s'avérait, mais il est prudent d'en attendre la preuve, que cet événement était bien l'éruption de Théra, et non quelque autre fait similaire non attesté par l'histoire ou l'archéologie, il conviendrait alors de remonter de près d'un siècle non seulement la destruction du site d'Akrotiri, placée aujourd'hui dans la période 1550-1500, mais aussi, car tout se tient, l'ensemble de la chronologie du Bronze récent en Égée.

La Grèce au temps des premiers palais crétois (2000-1700)

Après les troubles de la fin du BA II, vers 2300-2200, et la transition mal connue du BA III, l'apparition des palais en Crète vers 2000 contraste avec l'apparent déclin des Cyclades et de la Grèce continentale, et surprend dans une île qui n'avait atteint au cours du IIIe millénaire ni le développement artistique des Cyclades, ni, apparemment, le niveau d'organisation économique de certains sites du Péloponnèse, comme Lerne. Pourquoi la Crète fut-elle différente ? Pourquoi ce déclin dans les autres parties du monde égéen ? Cette rupture d'équilibre dans l'évolution du monde grec invite ici encore à un examen région par région.

La Crète

Le début du IIe millénaire en Crète est marqué par l'apparition d'agglomérations urbaines, véritables villes qui succèdent, sur le même emplacement, à des communautés agricoles de taille restreinte. Ce n'est ni leur superficie, encore modeste par rapport aux villes du Proche-Orient, ni leur population, difficilement chiffrable mais sans aucun doute en forte progression, qui autorisent à leur donner le nom de villes, mais la conjonction, pour la première fois, d'éléments caractéristiques du phénomène urbain, développement rapide des productions artisanales, des échanges extérieurs, apparition, pour la première fois en Égée, de l'écriture, et construction au sein de ces villes des palais, sièges du pouvoir politique, économique et sans doute religieux, dont la taille dépasse de loin celle des demeures de chefs du Bronze ancien.

Ces premiers palais – quatre seulement ont été découverts en Crète à l'heure actuelle, à Cnossos, Malia, Phaistos et Zakros – sont à vrai dire fort mal connus, et l'on extrapole en grande partie leur qualité monumentale à partir des vestiges mieux préservés des palais qui leur succéderont après leur destruction vers 1700. Mais les quelques éléments mis au jour, notamment à Phaistos, garantissent suffisamment qu'il s'agissait déjà d'édifices prestigieux, présentant une structure caractéristique de quartiers fonctionnels organisés autour d'une cour rectangulaire centrale, selon un schéma qui ne doit rien à des influences étrangères; ils comportent déjà batteries de magasins pour le stockage des denrées, pièces à fonction religieuse et salles d'apparat avec colonnes et piliers : de telles constructions supposent un pouvoir central et la participation d'une large partie de la communauté, ne serait-ce que pour l'exploitation des carrières et le transport des blocs taillés utilisés dans l'architecture.

La Crète semble désormais divisée en grandes provinces, commandées chacune par un palais – Cnossos et la partie nord-centrale de l'île, Phaistos avec la plaine de la Messara et ses abords, Malia s'étendant vers l'est jusqu'au golfe de Mirabello et à la côte sud par-delà le haut plateau du Lassithi, Zakros dans la partie la plus orientale – et comprenant une hiérarchie d'agglomérations secondaires, bourgades et simples hameaux ; la carte générale du peuplement montre à partir de 2000 une forte progression des sites d'habitats nouveaux. L'organisation du territoire paraît aussi rythmée, au moins dans le centre et l'est de la Crète, par le développement de sanctuaires dits de sommet, lieux de culte sur le sommet de collines proches des agglomérations, matérialisés par de simples traces de feux sacrificiels et d'innombrables ex-voto, figurines humaines ou animales, comme à Petsophas près de Palaikastro, dans l'est de l'île, ou sur le mont Jouktas près d'Archanès, à proximité de Cnossos.

On a suggéré que ces lieux de culte, probablement liés à l'essor de l'économie pastorale et agricole, avaient pu jouer un rôle non négligeable dans la constitution des communautés nouvelles de l'époque palatiale. Il paraît assuré en tout cas que la naissance de ces palais, si soudaine qu'elle puisse nous sembler, n'a pu résulter d'un événement extérieur tel que l'arrivée de nouveaux groupes de populations, dont rien n'indique la présence dans la continuité culturelle, ou du développement de contacts avec les civilisations voisines, bien réels mais qui ne peuvent en eux-mêmes expliquer cette naissance. Les causes et les modalités de l'apparition, pour la première fois dans le monde grec, de véritables États restent incertaines et discutées; mais les recherches actuelles y voient principalement l'aboutissement de processus déjà en œuvre dans la Crète du Bronze ancien : progrès de l'agriculture, de l'exploitation du territoire, du stockage des produits de consommation, expansion démographique, tendance vers une hiérarchisation sociale.

Le développement économique de ce système palatial est rapide. Les innovations des ateliers d'artisans spécialisés, qui disposent de nouveaux moyens techniques, comme le tour rapide du potier, et de matières premières importées par les palais, comme l'étain, vont donner dès la première phase du Minoen moyen (MM I) un élan à l'ensemble de la production de biens matériels. La céramique de Camarès, avec ses formes fines et sa polychromie caractéristique, les vases de métal ou de pierre, l'orfèvrerie, les armes d'apparat, les cachets gravés, témoignent de la demande palatiale d'objets de prestige. Vers 1800, la phase médiane du Minoen moyen (MM II), qui correspond à de nouveaux programmes de construction dans les villes palatiales, voit l'accroissement des échanges avec l'extérieur et le développement de l'écriture appelée écriture hiéroglyphique crétoise (en fait une écriture de type syllabique, comme les linéaires A et B : un signe représentant une syllabe). Une destruction brutale affecte, vers 1700, l'ensemble des sites crétois. Les causes de ces destructions restent incertaines et font l'objet des hypothèses habituelles : tremblements de terre, fréquents en Égée et particulièrement en Crète ? L'archéologue éprouve le plus souvent les plus grandes difficultés à démontrer que telle destruction a bien été provoquée par un séisme, et un tremblement de terre ne peut guère provoquer en une seule fois un ensemble de destructions sur une vaste étendue. Destructions guerrières ? L'hypothèse d'une intervention d'éléments extérieurs à la Crète ne repose, à cette époque, sur aucune donnée matérielle ; mais quelques indices peuvent suggérer l'existence de menaces et de troubles internes à la Crète, que les problèmes de frontières ou de rivalités entre palais pourraient suffire à expliquer.

Plus que vers une histoire événementielle, c'est vers l'étude du fonctionnement du système palatial, c'est-à-dire de l'organisation économique et sociopolitique, que s'orientent les études. Le principal problème reste sans doute celui du degré exact de centralisation du pouvoir royal : dans le contrôle de l'organisation religieuse et des sanctuaires, de la production économique, des échanges de type commercial ; l'existence possible d'un secteur privé nous échappe entièrement. Les rois crétois restent inconnus, et seuls des éléments iconographiques – des têtes de sphinx d'inspiration égyptienne mais traitées à la manière minoenne – suggèrent une conception analogue du pouvoir royal et confirmeraient la présence de rois – plutôt que de collèges de prêtres, par exemple – dans les palais. L'existence de dignitaires ou hauts fonctionnaires, probable, ne peut être déduite que de l'existence de quelques grands édifices distincts des palais, à Malia (Quartier Mu) ou à Monastiraki non loin de Phaistos. Seuls l'écriture et le système de scellés qui l'accompagne, analogue à celui qui existait déjà au Bronze ancien à Lerne en Argolide, permettent d'entrevoir une organisation administrative active (plusieurs milliers de scellés ont été découverts dans les ruines du premier palais de Phaistos) assurant une gestion précise de l'économie palatiale. La hiérarchisation de la société est attestée par les objets de prestige, armes d'apparat comme les épées du palais et les bijoux en or de la nécropole de Chrysolakkos à Malia, et d'une manière générale par les différences de richesse dont témoignent, de manière souvent imprécise, les différents types de tombes de l'époque. Les grandes tombes circulaires collectives de la Messara sont utilisées pendant toute cette période et ont fourni, par exemple à Platanos, un matériel important, armes et objets de métal, sceaux, vases de pierre ou de céramique. Mais des tombes familiales, imitant des maisons à échelle réduite et comportant elles aussi un abondant matériel funéraire, prolongent les enclos quadrangulaires de Crète orientale, cependant que la nouveauté la plus significative des changements sociaux liés à l'urbanisation est la réapparition de sépultures individuelles, inhumations dans des jarres ou des sarcophages, qui prennent place dans les tombes précédentes ou s'organisent en nécropoles entières.

Les relations avec l'Orient et l'Égypte paraissent réservées à la Crète, même si l'on ne peut exclure un rôle éventuel d'intermédiaires pour les habitants des Cyclades ou du Dodécanèse. Chypre, qui ne semble pas être encore le fournisseur de cuivre de la Crète, n'est sans doute pour les Minoens qu'une escale vers la côte syrienne. Nous avons rappelé plus haut la mention, dans les tablettes orientales, de la présence à Ugarit d'un Crétois venu y prendre livraison d'étain ; des fragments de céramique de Camarès jalonnent la côte syrienne (Ugarit, Byblos, Beyrouth) ainsi que des sites de la vallée du Nil. La familiarité de l'art minoen des premiers palais avec l'art égyptien, visible notamment dans des œuvres de Malia, reliefs céramiques ou bijoux, résulte sinon de relations commerciales régulières, tout au moins de contacts diplomatiques.

Moins faciles à définir, mais attestés par toute une série d'objets importés, les contacts et échanges dans le bassin égéen entre la Crète, les îles et la Grèce continentale sont certainement aussi actifs qu'ils l'avaient été au cours des périodes précédentes ; ils contrebalancent ainsi l'image peut-être exagérée d'un déclin des autres régions de Grèce. Des relations régulières semblent exister en particulier entre la Crète et les Cyclades occidentales (Théra, Mélos, Kéos), ainsi qu'avec l'île d'Égine, qui permettent de rejoindre l'Attique et la Thessalie : des représentations de bateaux sur les sceaux crétois indiquent l'usage de la voile à cette époque. Une installation permanente minoenne est attestée à Kastri dans l'île de Cythère : il s'agit de la première colonie minoenne à proximité du Continent, relais important pour les relations entre la Crète de l'Ouest et le Péloponnèse ; de là les vases crétois parviennent jusqu'à Lerne, en Argolide, et à Haghios Stéphanos en Laconie.

Les îles de l'Égée et la Grèce continentale

De la dernière période du Bronze ancien à la fin du Bronze moyen II, la périodisation – généralement déterminée par les destructions de sites – n'est pas toujours la même qu'en Crète, ce qui peut rendre les comparaisons imprécises. Les îles de l'Égée au début du Bronze moyen offrent une image contrastée : changement dans l'habitat, changements culturels, puisque les pratiques funéraires sont marquées par exemple par la disparition totale dans les Cyclades des figurines en marbre. Mais, parallèlement, la croissance des villes, souvent fortifiées, l'apparition de grandes tombes appareillées, la relative richesse du mobilier funéraire, le développement de la métallurgie, indiquent une vitalité maintenue des Cyclades qui s'oppose à la stagnation apparente des régions continentales ; l'utilisation sur le site d'Haghia Irini à Kéos, comme en Crète, d'un système de « marques de potier » qui permettent d'identifier les vases et d'exercer un contrôle sur leur production implique un développement des structures économiques. Haghia Irini, avec sa ville fortifiée dont la porte principale est gardée par une tour, ses nécropoles qui ont fourni quelques bijoux en or, est l'un des sites les mieux connus pour le début du Bronze moyen ; le niveau IV est détruit à peu près en même temps que les premiers palais crétois. A Phylakopi, en revanche, la Cité II continue jusqu'à la fin du Bronze moyen. Le site de Paroikia à Paros est le troisième grand site de cette période. Les Cyclades semblent disposer de leurs propres réseaux d'échanges, indépendants de la Crète ; certaines formes de vases cycladiques sont distribuées de la Grèce à la côte anatolienne, tandis que la céramique helladique est fréquente dans les Cyclades.

En dehors des Cyclades, le site de Kolonna, à Égine, est l'un des sites les plus importants de cette période. Il joue certainement un rôle essentiel dans les échanges entre la Grèce continentale et le reste de l'Égée, et les vases cycladiques importés sur le Continent transitent vraisemblablement par Égine ; mais il apparaît lui-même comme un centre de production (céramique, meules de pierre), qui exporte vers l'Argolide, l'Attique, la Béotie et l'Eubée ; on y a trouvé le premier four métallurgique complexe de cette époque. Ses puissantes fortifications, qui peuvent se comparer à celles de Troie, son importance commerciale, la présence sur ses vases des « marques de potier » que nous avons évoquées plus haut, indiquent une organisation sociopolitique avancée. C'est Égine qui possédera, au début de la période suivante, ce qui semble être la plus ancienne tombe royale de Grèce.

En Grèce continentale, l'Helladique moyen apparaît comme une phase de stagnation, voire de recul, et les différences avec la Crète et les Cyclades sont tout à fait nettes ; la pauvreté de la culture matérielle, la forme apparemment rudimentaire des structures sociales évoquent assez directement ce que sera quelques siècles plus tard la Grèce des siècles obscurs. On a pu donner le nom de « minyenne » – du nom du roi Minyas d'Orchomène en Béotie – à cette culture mésohelladique qu'il est commode de caractériser par la présence, à côté de la poterie à peinture mate, de la céramique monochrome lissée dite aussi minyenne, quels que soient sa technique, susceptible de bien des variantes locales (minyen gris, noir, rouge, jaune), et le répertoire de ses formes ; cette céramique et ses imitations permettent de tracer les limites de la Grèce mésohelladique : elles abondent en Thessalie, dans la vallée du Spercheios et autour du golfe de Volos, jusqu'en Chalcidique, mais sont beaucoup plus rares en Macédoine.

De grandes variations existent dans la répartition des agglomérations, mais il s'agit partout de villages qui semblent ignorer, à la différence des Cyclades ou de la Crète, tout aménagement collectif. Les sites principaux, Lerne, Asiné, ou les hameaux comme celui de Tsoungiza, permettent de mesurer les différences qui les séparent d'un site comme celui de Kolonna. Les tombes à inhumation, tombes en fosse ou tombes à ciste, sont encore le plus souvent regroupées dans des secteurs de l'habitat. Les tumuli circulaires, qui se répandent pendant le Bronze moyen en Grèce continentale, notamment en Phocide, en Attique, en Argolide et en Messénie, sont généralement modestes, et il n'est pas certain qu'ils puissent indiquer un statut social particulier. Aucun sanctuaire du Bronze moyen n'a pu encore être identifié en Grèce continentale. Les différenciations semblent rester faibles dans une société peu centralisée.

Les seconds palais crétois et l'essor de Mycènes (1700-1450)

Détruits aux environs de 1700, les palais crétois sont immédiatement reconstruits. Une « ère nouvelle » commence, selon les termes d'Arthur Evans, celle de l'apogée de la puissance minoenne et, en particulier, du pouvoir de Cnossos. Or c'est aussi le moment où apparaissent, en Grèce continentale, les premiers signes nets d'une transformation : le plus ancien des deux cercles de tombes à fosse découverts près de l'acropole de Mycènes, le Cercle B (1650-1550 environ), livre des vases en or et en argent, des perles d'ambre et le premier masque funéraire en métal précieux, annonçant ainsi les objets encore plus riches du Cercle A, un peu plus tardif (1600-1500). A Égine, sur le site de Kolonna, une tombe de guerrier découverte en 1982 contenait des armes ornées d'or, d'argent et d'ivoire. Dans les Cyclades, les découvertes de Théra ou de Kéos ont récemment montré la richesse des cités cycladiques à partir de la fin du Bronze moyen. Les problèmes essentiels de cette période concernent les rapports complexes entre la civilisation minoenne et la civilisation mycénienne naissante, et la place des villes cycladiques dans cet essor de la civilisation égéenne.

Naissance de la civilisation mycénienne

La constante tentation d'une recherche des origines a conduit naguère à s'interroger en premier lieu sur les possibles causes de cette richesse inattendue de la civilisation mycénienne ; la quantité d'or fabuleuse et les bijoux du Cercle A de Mycènes, les objets importés, les masques funéraires, constituent effectivement un ensemble sans équivalent. D'où les multiples hypothèses sur les causes ponctuelles d'un tel événement : de l'installation à Mycènes d'une dynastie crétoise (pour Evans) à l'idée opposée d'une razzia victorieuse des Mycéniens en Crète, du retour de mercenaires mycéniens partis guerroyer dans l'Égypte des pharaons Hyksos à l'arrivée de ces mêmes souverains chassés d'Égypte ou à la possible installation d'Orientaux en Grèce : on a rappelé à ce propos les légendes de Danaos ou de Cadmos. On n'a pas manqué d'évoquer aussi l'hypothèse de « l'arrivée des Grecs ».

Les recherches récentes ont cependant clairement montré qu'il n'y avait pas lieu de chercher hors de Grèce les origines de la civilisation mycénienne. Même si l'on a tenté encore récemment de défendre l'idée de ruptures stratigraphiques sur certains sites dans la phase de transition entre le Bronze moyen et le Bronze récent, c'est la continuité, dans l'architecture, les traditions funéraires et le mobilier, qui est le mieux attestée. Les importations d'objets de prestige d'origine étrangère dans les cercles des tombes de Mycènes (ivoire d'Orient, ambre de la Baltique) ne sont que la conséquence de la nouvelle puissance des princes mycéniens.

Si la naissance de la civilisation mycénienne ne paraît plus aussi inattendue, il faut reconnaître qu'elle est néanmoins très rapide. La situation est en réalité assez similaire à l'apparition « soudaine » des palais crétois vers 2000 : le problème est moins d'expliquer des origines qui échappent que de déterminer le contexte dans lequel cette civilisation apparaît, et de définir ses lignes de développement.

Comme en Crète au début du IIe millénaire, on assiste, bien que la connaissance médiocre des sites d'habitat ne permette pas de conclusions parfaitement assurées, à un certain essor démographique et à l'émergence de centres locaux puissants, qui prennent un aspect tout à fait différent de celui des villes crétoises ; quelques constructions, parfois qualifiées de « palatiales » parce qu'elles présentent un plan élaboré associant pièces principales, magasins et annexes, comme la maison D d'Asiné, sont sans doute les maisons de chefs de l'époque ; l'on ignore à peu près tout des bâtiments antérieurs aux palais de Pylos, Mycènes ou Tirynthe. L'un des seuls autres éléments notables est la construction de murs d'enceinte, en Messénie, Argolide ou Attique : la vaste citadelle de Kiapha Thiti en Attique près de Vari, située à un emplacement stratégique dominant la plaine d'Athènes, est l'un des rares exemples bien préservés de ces places fortes continentales de la transition du Bronze moyen au Bronze récent. Seules les tombes sont bien connues pour cette période, mais elles offrent une très grande diversité : tombes à fosse, célèbres par les cercles de Mycènes, mais représentées seulement de façon sporadique, tombes à ciste plus fréquentes, tombes à chambre, tombes à tholos ; ces deux derniers types deviendront les types les plus caractéristiques de la civilisation mycénienne. L'un et l'autre présentent en commun un couloir d'accès, une entrée et une chambre, taillée dans le rocher et de forme généralement rectangulaire pour la première, construite avec une voûte en encorbellement sur un plan circulaire et recouverte d'un tumulus pour la seconde. Les premières tombes à tholos apparaissent à la fin du Bronze moyen en Messénie, avant de se répandre en Laconie, Argolide et en Attique pendant la période envisagée. On a cherché, là encore, s'il ne fallait pas voir dans ces nouvelles formes de tombes des influences étrangères ; mais il y a au moins fusion avec des traditions helladiques : la tombe à tholos associe la forme circulaire des tombes crétoises de la Messara à la tradition continentale du tumulus. De ces tombes, destinées à servir pendant plusieurs générations, et de leur matériel, on ne peut guère déduire que l'idée de groupes dominants, dont on a pu déterminer à Mycènes les particularités physiques (taille supérieure à la moyenne, force physique, grâce sans doute à une meilleure alimentation) ; ils paraissent reposer sur des liens familiaux et exercer un pouvoir de type dynastique. Il est difficile d'aller au-delà : on voit aisément que l'on ne peut déduire sérieusement l'existence d'une double monarchie à Mycènes du simple fait que les deux cercles de tombes ont été utilisés concurremment pendant un certain temps ; et les multiples tholoi primitives de Messénie n'ont sans doute pas été chacune la tombe d'un roi.

Ces groupes dominants sont des aristocraties guerrières : la présence d'armes nombreuses dans les tombes comme les thèmes favoris de l'iconographie (scènes de combat et scènes de chasse) l'indiquent clairement. Probablement issues des chefferies de l'Helladique moyen, elles affirment leur prestige par un goût immodéré pour les objets de luxe, acquis par un système d'échange de dons. Le développement des arts, influencés en grande partie par la Crète (la céramique mycénienne naît de la céramique crétoise du Minoen récent I A), correspond à ce goût du luxe : les artisans, souvent formés à l'école minoenne, peut-être minoens dans certains cas, s'installent à Mycènes, en particulier, et dans les autres centres mycéniens.

Il ne fait aucun doute que les princes mycéniens aient pris part, à la fin du Bronze moyen, à des réseaux d'échanges et de contacts de tous ordres avec le monde qui les entoure, Crète, Cyclades, Anatolie ou Grèce du Nord. Il serait peut-être imprudent, cependant, de penser que la richesse nouvelle des Mycéniens serait due aux profits du commerce international, domaine certainement encore contrôlé par les Minoens et les habitants des Cyclades. Dans une Grèce continentale qui vit essentiellement de l'agriculture et de l'élevage, un élément capital semble être, à cette période, les progrès du système de polyculture déjà mis en place en Crète et dans les Cyclades (olivier, vigne, céréales) ; l'interaction des mêmes « sous-systèmes » que Colin Renfrew avait déjà mise en évidence pour tenter d'expliquer l'émergence de la civilisation dans les Cyclades peut suffire à rendre compte d'une accumulation progressive des richesses, de leur concentration dans les mains de quelques groupes et de leur investissement, en particulier, dans la métallurgie et la production des armes, dont de nouveaux types sont créés à Mycènes. Le développement de la puissance mycénienne se fait dans un monde égéen plus riche qu'il n'avait jamais été jusqu'alors.

La Crète et la thalassocratie minoenne

Même si les palais crétois, à Cnossos, Malia, Phaistos, subissent de nouvelles destructions vers la fin du XVIe siècle, dues vraisemblablement à des tremblements de terre, ils sont aussitôt reconstruits sous leur forme la plus élaborée, celle qu'ils garderont, pour l'essentiel, jusqu'aux destructions de 1450 (et jusque vers 1370 pour Cnossos). Esthétique monumentale des façades, des escaliers, des colonnes et des piliers, décor de fresques, illustrent le statut de grande puissance de la Crète du Bronze récent ; des fresques de cette période reproduisant des scènes minoennes de capture du taureau ont été récemment découvertes sur le site d'Avaris (Tell Dab'a) dans le delta du Nil ; tout comme celles de Tell Kabri en Palestine avec leurs motifs floraux, elles indiquent bien l'influence que l'art minoen exerce sur les civilisations voisines. La mention dans les textes égyptiens des habitants du pays Keftiou et les représentations figurées qui les montrent venus livrer au pharaon des produits précieux confirment ce rôle de la Crète.

L'étude détaillée des arts crétois – les fresques, mais aussi la céramique, avec ses éléments naturalistes, floraux ou marins, les vases de pierre sculptés de scènes en relief, les sceaux – a peut-être tendu à faire passer au second plan l'examen de certains problèmes historiques. On constate un changement général dans l'organisation administrative de la Crète : le pouvoir semble encore plus centralisé qu'aux périodes précédentes ; mais dans les agglomérations secondaires ou sur des sites isolés apparaissent de grandes résidences, appelées « villas » de façon trompeuse, qui sont avant tout le siège d'un pouvoir administratif et d'une gestion de l'économie locale : ces édifices, qui copient certains traits nouveaux de l'architecture palatiale, y compris le décor de fresques, ont souvent fourni aussi des tablettes inscrites en linéaire A et des scellés : à Haghia Triada, Archanès, Tylissos, Pyrgos, Zakros (maison A). Les « villas » rurales contrôlent l'exploitation agricole d'un territoire et les échanges commerciaux effectués pour le compte du palais dans un système administratif minoen déconcentré. L'étude des formes de scellés en usage pendant cette période montre par ailleurs un perfectionnement notable des pratiques de la bureaucratie minoenne. Ces grandes résidences indiquent aussi, en même temps qu'un développement considérable de l'économie minoenne, une hiérarchisation croissante de la société. Entre les grandes résidences et les maisons ordinaires, une catégorie de maisons qui empruntent certains des éléments de l'architecture palatiale témoigne de l'existence d'une classe intermédiaire qui tend à se rapprocher de ce que l'on a pu appeler la « noblesse » minoenne.

Dans ce contexte de transformation administrative et sociale, et de l'apparition d'une classe d'officiels de rang élevé (gouverneurs, hauts fonctionnaires), la question se pose d'une éventuelle unité politique de la Crète à cette époque. Un texte égyptien de l'époque de Touthmosis III (1479-1425) mentionne « le roi du pays Keftiou » ; il rend au moins vraisemblable l'hypothèse d'un royaume unique de Crète, que diverses observations tendent à soutenir. Le palais de Phaistos, à quelques kilomètres seulement d'Haghia Triada et du port de Kommos, ne joue plus qu'un rôle secondaire, et la « villa » d'Haghia Triada paraît désormais exercer la plupart des fonctions propres aux palais. Le palais de Malia, dont le territoire subit une relative dépopulation, semble ne plus avoir d'activité maritime, au moment même où se développent les grands ports minoens. Beaucoup d'éléments, y compris la prééminence des ateliers du palais de Cnossos dans les productions artistiques les plus notables, fresques, styles céramiques, glyptique, production de vases de pierre sculptés en relief, conduisent ainsi à envisager l'hypothèse d'une primauté du palais de Cnossos. Dans ce cas, les palais crétois du MRI ne seraient que les différentes demeures du roi de Crète, à la manière dont, en Égypte, le pharaon disposait de plusieurs palais. La structure administrative de la Crète que nous présentent, dans la période suivante, les tablettes en linéaire B de Cnossos trouverait en fait son origine directe dans l'organisation minoenne du début du Minoen récent.

Le roi de Crète était-il un « roi-prêtre », selon le terme utilisé par Evans ? Dès l'époque des premiers palais, divers indices montrent clairement que le contrôle de la religion est inséparable de la constitution du pouvoir royal. Cela est encore plus net à la période des seconds palais, où le renforcement de l'autorité royale se manifeste dans tout ce qui touche au rituel. On a noté l'abondance des pièces qui paraissent consacrées au culte dans les palais, et le décor des fresques évoque le plus souvent un cadre de cérémonies religieuses. Les sanctuaires de sommet, moins nombreux qu'à la période précédente, possèdent désormais des éléments architecturaux, comme celui du mont Jouktas près de Cnossos, et semblent intégrés dans un culte officiel, comme en témoignent les tables à offrandes en pierre inscrites en linéaire A découvertes sur plusieurs d'entre eux ; ces mêmes inscriptions ont été trouvées dans des sanctuaires de grottes (comme à Psychro ou dans la grotte de l'Ida), ainsi que dans des sanctuaires de nature qui se développent à cette époque. Le sanctuaire de Katô Symi, dans une vallée rocheuse proche de la côte sud, a révélé un très vaste bâtiment avec cour dallée et un matériel (bronzes, vases de pierre) considérable ; son importance particulière vient de ce qu'il fonctionnera de manière ininterrompue jusqu'à l'époque historique, pendant laquelle il sera consacré au culte d'Hermès et d'Aphrodite. Les œuvres d'art de l'époque, comme les vases de pierre à décor sculpté, évoquent régulièrement ces sanctuaires et leurs cérémonies. Cette évolution des lieux de culte et des représentations suggère l'existence d'un rituel complexe, caractéristique d'une société hiérarchisée.

Les transformations politiques de la Crète peuvent sans doute mieux rendre compte de l'expansion minoenne attestée en Égée, à laquelle on applique volontiers le terme de « thalassocratie », d'après les textes d'Hérodote et de Thucydide. Ce dernier rapporte comment Minos avait chassé les pirates de la mer Égée et installé ses frères à la tête des colonies formées dans les Cyclades ; ces textes ont conduit à l'origine à envisager comme des rapports de forces les relations entre la Crète et les îles de l'Égée : Evans y avait vu les éléments d'un véritable empire colonial. Mais les seules colonies véritables de la Crète (colonies de peuplement) n'ont sans doute été que Cythère, où des Minoens s'étaient installés dès le début du Bronze moyen, et peut-être les sites de Trianda à Rhodes, de Séraglio à Cos, dans le Dodécanèse : sites insulaires proches du Continent et qui pouvaient servir de bases d'échanges et de relais. Dans les Cyclades, rien n'indique l'existence ni de colonies de peuplement ni même de comptoirs : les îles principales où se manifeste le mieux une influence culturelle de la Crète, Kéos, Mélos, Théra, n'ont pas connu d'expansion démographique particulière pendant cette période, et la céramique minoenne importée ne constitue qu'une faible part comparée aux céramiques locales ; l'étude de l'habitat ne permet pas de déceler une installation permanente de groupes organisés de Minoens. Il n'y a manifestement pas eu de plan de conquête minoenne sur les îles de l'Égée : Kéos, Naxos marquent la limite de l'influence de la culture minoenne dans les Cyclades ; plus au nord, les objets recueillis (jusqu'à Samos et Samothrace) ne font sans doute que jalonner des lignes de circulation maritime. La Crète n'a pas cherché davantage à s'implanter en Grèce continentale.

L'influence culturelle crétoise se manifeste essentiellement par l'adoption, dans l'architecture des grands édifices des îles, de traits de l'architecture palatiale minoenne (baies multiples séparées par des piliers, puits de lumière), qu'accompagne un décor de fresques réalisé, sinon par des Minoens, tout au moins par des artistes formés à l'école cnossienne. Plus importants sans doute dans la perspective de contacts de type commercial ou administratif sont la découverte, dans ces îles, de fragments de documents inscrits en linéaire A et la constatation de l'adoption, dans le système de poids, de l'unité pondérale minoenne. Que la Crète ait, par ailleurs, exercé un contrôle d'ordre diplomatique qui lui permettait de maintenir ou de développer ses intérêts commerciaux est vraisemblable. Le développement d'une activité de relations et d'échanges extérieurs est en tout cas la cause la plus probable de cette thalassocratie, plus que des raisons d'ordre défensif qui ne semblent pas préoccuper alors le pouvoir minoen.

Les Cyclades et la destruction de Théra

Les problèmes liés à l'influence minoenne, et les découvertes spectaculaires de Théra à partir de 1967, ont conduit à une exploration accrue des îles de l'Égée, qui ont sans doute joué un rôle considérable dans le développement du monde égéen au Bronze récent comme au Bronze ancien. Les habitants des Cyclades ont-ils été les principaux marins, commerçants, intermédiaires dans ces réseaux d'échanges que l'on discerne à travers l'Égée ? Les preuves manquent, et l'on ne peut exclure que la Crète ait elle-même disposé de ses propres navires dans ses relations avec l'Orient et l'Égypte, comme les textes égyptiens qui font allusion à des bateaux keftiou pourraient l'indiquer ; mais les villes des Cyclades ont sans aucun doute servi de ports d'escale et de transit entre la Crète et le Continent. L'idée en tout cas d'une rivalité entre les flottes crétoise, cycladique, voire continentale, ne repose sur aucun élément précis, et les textes égyptiens associent régulièrement les habitants du pays Keftiou (les Crétois) et les « habitants du milieu de la Grande Verte », expression qui désigne dans leur ensemble les habitants des îles de l'Égée.

Plus concrètement, l'étude de l'archéologie cycladique permet de suivre l'évolution de cette période. Comme la Crète, et à la différence de la Grèce continentale, les Cyclades ont de véritables agglomérations urbaines, fréquemment fortifiées. Le site d'Haghia Irini à Kéos est pourvu de nouvelles fortifications, avec des tours rectangulaires ; la maison A occupe dans son premier état près de 400 m^2, avec une pièce principale ornée de fresques et pourvue de deux colonnes. Un bâtiment cultuel, le « Temple aux statues », construit au début de la période, resta en usage jusqu'à la fin de l'Age du Bronze ; ses statues en terre cuite de personnages féminins, d'une hauteur atteignant 1,50 m, s'inspirent sans doute de l'art minoen, mais sont les seules œuvres de ce type dans une époque qui ignore la grande statuaire. A Phylakopi de Mélos (Cité III), un vaste bâtiment pourrait être lié au commerce de l'obsidienne. Le site d'Akrotiri à Théra n'a été que partiellement fouillé ; préservé par une épaisse couche de cendres après l'explosion du volcan, il a livré plusieurs bâtiments indépendants d'architecture soignée, et des quartiers organisés autour de rues et places irrégulières. L'étude de la céramique autre que la céramique importée donne des indications précieuses sur les contacts entre les îles d'une part, avec le Continent d'autre part ; elle suggère un cabotage d'île en île plus que des transports directs.

C'est à partir de l'étude de l'habitat que l'on s'efforce de préciser l'organisation sociopolitique des Cyclades ; l'absence de palais, de tombes royales, a suggéré l'idée d'États-cités autonomes, et l'on a même voulu voir dans Théra l'exemple le plus ancien d'une république maritime commerçante.

L'histoire de Théra, partiellement engloutie – d'où la résurgence à son propos du mythe de l'Atlantide – lors de l'éruption et de l'effondrement d'une partie de son volcan dans la mer, est l'un des points de repère majeurs de cette période. D'abord pour sa chronologie claire. Cet événement (dont on a pu décrire les conséquences réelles – un nuage de cendres volcaniques qui, poussées vers l'est, ont été retrouvées jusque sur les côtes d'Asie Mineure – ou supposées – un raz-de-marée dont l'évaluation de la puissance a fait l'objet de sérieuses divergences) a pu être daté de manière assez précise grâce aux importations de céramique minoenne : il s'est produit alors que la céramique de la phase dite Minoen récent I A (1600-1500) était encore en usage, soit, dans la chronologie traditionnelle, entre 1550 et 1500. Cette chronologie relative n'est plus contestée à l'heure actuelle, et il convient donc de renoncer définitivement à l'idée, encore trop répandue, que ce cataclysme naturel ait pu être la cause de la destruction des sites minoens vers 1450, plus d'un demi-siècle plus tard ; seule la date absolue de la destruction, susceptible, comme nous l'avons vu, d'entraîner une révision de toute la chronologie du Bronze récent, suscite encore des discussions. Ensuite par la richesse des vestiges conservés sous les couches de cendres volcaniques, qui nous donnent le meilleur témoignage de l'activité brutalement interrompue d'une cité cycladique, et du décor de ses fresques, beaucoup mieux conservées que les fresques crétoises. La célèbre fresque miniature dite des Bateaux, qui ornait une pièce d'une des plus grandes maisons découvertes, la maison Ouest, a déjà suscité d'abondants commentaires, non seulement pour sa qualité artistique, mais aussi pour sa richesse documentaire : représentations de villes, avec leurs remparts, leurs toits en terrasse, de personnages, de bateaux richement ornés, de scènes de genre ou d'observation précise (femmes près d'un puits, bergers rentrant leurs troupeaux, débarquement de guerriers et combat naval, cérémonie près d'un sanctuaire de sommet). Ces thèmes iconographiques que l'on retrouve, illustrés de façon moins complète, sur d'autres documents de Crète ou de Mycènes sont à l'origine de discussions nouvelles tendant à faire remonter jusqu'au début du Bronze récent les origines de la tradition épique.

La destruction de Théra ne semble pas avoir perturbé gravement le développement des échanges en Égée. Si les importations mycéniennes s'accroissent désormais à Kéos, les relations entre la Crète et les îles, bien indiquées notamment par les exportations de la céramique dite du Style marin (MR I B, 1500-1450), continuent inchangées jusqu'à la fin de la période. Des vases minoens parviennent de nouveau en Égypte, et c'est alors, sous le règne de Touthmosis III, que les relations ont été le plus étroites, au point que l'on a pu supposer l'existence d'une convention entre les deux pays.

L'époque des palais mycéniens (1450-1180)

Vers 1450, les palais minoens sont détruits, non par l'éruption de Théra, ni sans doute par le seul effet de séismes, mais plutôt par des destructions guerrières qu'un certain nombre d'indices conduisent à attribuer le plus souvent aux Mycéniens. Ce sont eux vraisemblablement qui s'installent au pouvoir à Cnossos : l'histoire du monde égéen se confond à partir de ce moment avec celle de la puissance mycénienne.

Le monde mycénien connaît alors une expansion considérable, que l'on peut comparer à celle du monde grec archaïque et classique. S'inspirant de la Crète minoenne, les Mycéniens disposent d'une écriture, le linéaire B, de palais, de réseaux commerciaux. Grandeur et décadence : en moins de deux siècles, cette puissance disparaît, et les historiens tentent de déterminer ce qui, dans le fonctionnement du système palatial mycénien, a pu entraîner cet effondrement.

De Cnossos à Mycènes (1450-1370)

La présence en Crète des Mycéniens dès 1450, au lendemain de destructions dont ils seraient les auteurs, ne fait pas l'unanimité des historiens : certains, attribuant ces événements à des conflits internes, ne situeraient leur venue qu'après 1370, date d'une autre destruction du palais de Cnossos. La solution de ce problème repose essentiellement sur la datation que l'on donne aux tablettes en argile découvertes par Evans. Écrites en effet dans une forme ancienne de grec (le linéaire B), elles constituent la preuve de la présence, dans le palais de Cnossos, d'une administration employant la langue grecque, et donc dirigée par des Mycéniens. La date de ces tablettes, qu'Evans plaçait vers 1400, a été longuement contestée. Or il semble bien aujourd'hui que, même si la majorité d'entre elles doit être datée du XIIIe siècle (après 1300), une partie au moins (celles de la « Salle des tablettes aux chars ») provient de contextes antérieurs à 1400.

Dès le début de ses fouilles sur l'emplacement du palais de Cnossos en 1900, Evans découvrit plusieurs milliers de tablettes cuites dans les incendies qui avaient accompagné les destructions du palais ; il baptisa l'écriture, jugée plus avancée que le linéaire A, linéaire B. Ces documents, de structure simple – inventaires mentionnant des biens, des noms de lieux, des noms de personnes, avec des idéogrammes représentant les biens en question et des signes numériques –, ont joué un rôle important dans le déchiffrement : Ventris a établi sa grille des signes à partir de mots qu'il avait interprétés de manière exacte comme étant les noms de Cnossos, Phaistos, Amnisos. Le nombre de ces tablettes, leur répartition dans le palais de Cnossos, leur qualité de conservation – Evans eut la chance de découvrir sur le sol d'une pièce un lot de tablettes tombées dans leur ordre de classement initial – ont permis d'établir une quasi-reconstitution de l'organisation bureaucratique du palais de Cnossos (emplacement et fonction des différents bureaux) et d'identifier, par les caractéristiques personnelles de leur écriture, une centaine de scribes.

Le problème de la datation de ces tablettes est un problème stratigraphique, difficile à résoudre une fois la fouille finie. Les études récentes ont cependant fait nettement progresser la question, en établissant qu'elles ne forment pas un ensemble chronologiquement homogène, comme on avait pu le croire, mais appartiennent à plusieurs phases de l'histoire du palais. La découverte en 1990 à La Canée, l'ancienne Kydônia, de trois tablettes, bien datées des environs de 1250, dont l'une aurait été écrite par l'un des scribes identifiés au palais de Cnossos (le scribe 115 qui travaillait dans un bureau de l'industrie textile), a été d'une grande importance : elle permettrait d'établir que tous les autres documents de Cnossos rédigés dans ce même bureau dateraient eux aussi du milieu du XIIIe siècle. Nous en verrons plus loin les conséquences historiques.

A quand remonte l'invention du linéaire B, et dans quelles conditions a-t-il été créé ? Les textes trouvés en Grèce continentale datent tous du XIIIe siècle, et les plus anciens documents connus sont donc actuellement les tablettes de Cnossos mentionnées plus haut. L'une des hypothèses est que le linéaire B aurait été créé en Crète, à partir d'une forme du linéaire A (la plupart des syllabogrammes ont un « ancêtre » en linéaire A), ce dernier convenant sans doute mal pour noter la langue grecque ; cette création pourrait être antérieure à la prise du pouvoir par les Mycéniens, les plus anciens textes semblant avoir déjà une « épaisseur » paléographique mal quantifiable ; des Mycéniens, marchands ou artisans, étaient vraisemblablement présents en Crète dès la période des seconds palais. On ne peut cependant exclure une création en Grèce continentale.

D'autres éléments, qui en eux-mêmes ne constituent pas la preuve de la présence d'un pouvoir mycénien en Crète après 1450, tendent cependant à confirmer cette vue. Des formes mycéniennes, comme les gobelets dits éphyréens, prennent place dans la production céramique en même temps que le décor nouveau du « Style du Palais » ; des ateliers de fabricants d'armes créent de nouveaux types d'épée. Des « tombes de guerrier », riches en armes, objets de métal, bijoux, comparables aux tombes mycéniennes, apparaissent dans la région de Cnossos, et, pour la première fois en Crète, deux tombes à tholos sont construites près de Cnossos et d'Archanès. Ces pratiques funéraires, qui rappellent les tombes mycéniennes, indiquent l'existence d'une aristocratie militaire d'un type nouveau en Crète ; des éléments de mobilier en ivoire, caractéristiques de la civilisation mycénienne continentale, éléments de tabourets, miroirs et plaques de coffrets, proviennent de riches tombes à chambre de cette période, à Archanès en particulier ou Phylaki dans l'ouest de la Crète.

Il ne faut sans doute pas imaginer une invasion massive, mais l'arrivée de groupes en armes qui s'installent à Cnossos, suffisamment puissants pour affirmer leur pouvoir sur une grande partie de l'île, contrôlant les villes secondaires et réinstallant leur propre réseau administratif. Cette première phase de la présence mycénienne en Crète présente en tout cas des aspects particuliers. Le palais continue à fonctionner comme son prédécesseur minoen, à une époque où les palais mycéniens sont encore dans leur phase de formation. Il est orné de fresques qui prolongent la tradition antérieure : la fresque dite de la Procession, la fresque de la Parisienne, datent de cette période ; il possède des ateliers de vases de pierre, de graveurs de sceaux, vraisemblablement d'ivoiriers. Cnossos semble être encore, avant 1370, le principal centre artistique du monde mycénien : la céramique mycénienne à décor figuré du Style pictural dérive pour une grande part de l'art minoen, fresques ou céramique.

Mais la puissance politique est sans doute déjà à Mycènes. Les objets égyptiens marqués du nom d'Aménophis III découverts en Égée ont été trouvés principalement sur ce site, dans des contextes du début du XIVe siècle. Dans les Cyclades, il n'est pas toujours aisé de déterminer le degré et la nature de l'influence mycénienne continentale après 1450 ; mais les sites d'Haghia Irini et Phylakopi montrent bien les changements de cette période : à Haghia Irini, où la ville, détruite par un tremblement de terre vers la même date que les palais crétois, autour de 1450, est aussitôt reconstruite, les importations de Crète cessent presque totalement, et la plupart de la céramique importée vient du Continent ; à Phylakopi, la Cité III continue son existence jusque vers 1380 ; le grand mégaron de la Cité IV qui est construit à ce moment-là semble refléter l'architecture continentale, au moment même où apparaissent les palais mycéniens.

Ce n'est guère en effet qu'au début du XIVe siècle, sur le Continent, que s'affirme à nos yeux la civilisation mycénienne palatiale. Les palais mycéniens se placent probablement dans la tradition architecturale des « maisons à corridor » du Bronze ancien, mais les chaînons intermédiaires font défaut, et les trois seuls palais mycéniens connus dans leur plan d'ensemble – ceux de Pylos, Mycènes et Tirynthe – ne sont pas antérieurs à la fin du XIVe siècle. Le seul « premier palais » mycénien véritablement assuré est celui de Tirynthe, où un grand édifice, comprenant déjà ce qui sera le noyau architectural du palais mycénien – un porche *in antis*, un vestibule, et une salle dotée d'un foyer entouré de quatre colonnes –, est construit vers 1400 ; un édifice comparable pourrait dater lui aussi, à Pylos, de cette même période. C'est en même temps l'apogée de la nécropole de Midéa en Argolide : la tombe 12, dite « tombe à la Cuirasse », du début du XIVe, à peu près contemporaine des « tombes de guerrier » de Cnossos, a fourni une armure complète, avec des restes de jambières, ainsi qu'un casque du type à dents de sanglier, bien connu par les représentations figurées. De nouveaux types d'épée, sans doute issus des ateliers cnossiens, apparaissent.

On ignore les causes de la destruction vers 1370 du palais de Cnossos, qui marque en Crète la fin de la plupart des productions de l'art palatial (armes, vases de pierre, cachets, ivoires) : le palais ne fonctionnera plus comme avant. La poursuite et, sans doute, l'accentuation de la présence mycénienne dans l'île après cette date ne donnent aucun crédit à l'idée d'une révolte locale de la population minoenne. L'hypothèse d'une nouvelle intervention mycénienne depuis le Continent – du type « guerre de Troie » – est certainement beaucoup plus séduisante ; mais elle ne repose sur aucune base précise. Après 1370, en tout cas, les Keftiou disparaissent des textes égyptiens, et référence est faite aux seuls habitants des îles égéennes ou aux Mycéniens : c'est un des indices que la destruction de Cnossos correspond à un changement politique majeur en Égée.

Le monde mycénien (1370-1180)

La Crète fait désormais partie d'un monde mycénien qui, en dépit de nombreuses variations locales, atteint une uniformité de culture que l'on ne retrouvera pas avant la période géométrique. Elle reste quelque peu à part dans l'évolution générale. L'examen des vestiges archéologiques, dans une Crète qui n'est nullement en déclin après la destruction de Cnossos en 1370, confirme l'impression d'une mycénisation profonde de l'île. La carte de répartition de l'habitat indique une progression continue de l'occupation du territoire, et sans doute une progression démographique, notamment dans la Crète de l'Ouest. De nombreux sites connaissent une période intense de construction (à Palaikastro et Haghia Triada notamment, à La Canée) avec des bâtiments publics imposants, associant des traits de tradition minoenne et de tradition mycénienne. Les nécropoles de tombes à chambre, sépultures familiales, renfermant parfois des sarcophages à décor peint comme à Arméni près de Réthymnon, deviennent la règle pendant cette période. La céramique, qui fournit l'essentiel de la documentation archéologique, s'insère dans la *koinè* mycénienne, tout en développant des styles locaux sur lesquels l'influence cnossienne s'affaiblit de plus en plus. C'est dans le domaine de la religion que les traditions minoennes semblent les plus fortes. De petits sanctuaires, comme ceux qui ont été identifiés parmi les ruines du palais de Cnossos lui-même, se multiplient alors en Crète et témoignent d'un développement des formes locales de la religion ; les figurines de « déesses aux bras levés » caractérisent cette période. Mais les noms de divinités livrés par les textes, où Dionysos est attesté à côté de Notre-Dame du Labyrinthe, montrent la réalité et la complexité du syncrétisme crétomycénien.

Le problème essentiel, dans cette seconde phase de l'histoire de la Crète mycénienne, est celui de l'organisation politique de l'île et de sa place dans le monde mycénien. Les tablettes en linéaire B de Cnossos fournissent ici les renseignements les plus directs ; le relevé et l'étude de la centaine de noms de lieux crétois mentionnés permettent de dresser une carte des régions de Crète soumises au contrôle du palais de Cnossos : ce contrôle englobe à l'est la région de Malia et le plateau du Lassithi (mais ne semble pas comprendre la Crète orientale), et à l'ouest s'étend jusqu'à La Canée ; quelques centres secondaires, Amnisos, Phaistos, Kydônia, possèdent eux-mêmes, comme cela devait être déjà le cas à l'époque des seconds palais crétois, un système d'administration. Tout le problème est de déterminer exactement à quelle(s) période(s) correspond cette carte. Alors que le palais de Cnossos semble avoir été le seul palais mycénien de Crète jusqu'en 1370, la découverte à La Canée de tablettes et, sur plusieurs sites (La Canée, Réthymnon, Malia), d'amphores inscrites datant du XIIIe siècle, dont une partie était destinée à l'exportation vers le Continent, peut suggérer en effet l'apparition de royaumes secondaires.

Les tablettes récemment découvertes en 1989 et 1990 à La Canée posent une série de problèmes complexes. Elles impliquent des relations administratives et politiques étroites entre Cnossos et Kydônia, et la mention de roues de char, sur l'un de ces fragments, est intéressante dans la mesure où le contrôle des chars paraît être une prérogative royale. Doit-on en conclure que Cnossos et Kydônia appartenaient toujours à un royaume unique, mais que la capitale du royaume avait changé de lieu après 1370 ? Cnossos serait resté seulement un centre d'administration secondaire, continuant à contrôler en particulier, comme l'indiqueraient les tablettes maintenant datées du XIIIe siècle, des sanctuaires et la production des textiles. Les grandes amphores à étrier à inscriptions peintes du XIIIe siècle, fabriquées notamment à La Canée et à Cnossos, posent des problèmes du même ordre. Certains exemplaires de La Canée portent l'abréviation *wa* (*wanakatero*, « royal ») et confirment donc les indications des tablettes.

Indépendamment du problème de l'organisation politique, les recherches se sont orientées aussi vers les questions d'acculturation et d'hellénisation de l'île. L'étude des noms de personnes mentionnés dans les tablettes apporte des renseignements précieux : de nombreux anthroponymes d'origine grecque sont attestés, surtout parmi les couches les plus élevées de la société, ce qui peut laisser supposer l'arrivée répétée en Crète, à différents moments, de groupes de Mycéniens du Continent.

Sur le Continent, après la destruction de Cnossos, la construction des palais mycéniens dans le courant du XIVe siècle témoigne d'une organisation économique et d'une structure sociopolitique nouvelles. Très différents, dans leur forme, des palais crétois dont ils imitent le décor (les fresques) mais non l'agencement architectural, ces palais sont le siège du pouvoir politique et de l'administration. D'autres palais que ceux de Mycènes, Pylos et Tirynthe ont sans doute existé : à Thèbes certainement (mais les sondages sous la ville moderne, qui ont livré tablettes et objets précieux, ne permettent guère d'en saisir la structure d'ensemble), à Athènes de façon hypothétique. Mais bien des régions du monde mycénien n'ont livré ni palais ni tablettes : le système palatial n'a sans doute eu qu'une extension limitée en Grèce continentale. Lorsque l'on parle du système palatial mycénien, et de sa disparition brutale vers 1200, il faut bien avoir conscience que cela ne concerne qu'une petite partie de la Grèce : la Messénie, l'Argolide, la Béotie et l'Attique.

La reconstitution de l'organisation politique de la Grèce dans son ensemble laisse donc subsister des problèmes considérables, que l'on tente de résoudre par l'analyse des textes des tablettes en linéaire B, comme nous le verrons plus loin, ou par celle des tombes. Les tholoi mycéniennes, qui atteignent à Mycènes (Trésor d'Atrée) ou à Orchomène en Béotie une monumentalité nouvelle, sont un des meilleurs « marqueurs » de la civilisation mycénienne continentale ; on en trouve des exemples jusqu'en Épire (à Parga) et en Thessalie (Volos), un seul exemple dans les Cyclades à Ténos ; elles disparaissent elles aussi à la fin du XIIIe siècle. Mais les variations régionales de leur utilisation, dans le temps et dans l'espace, l'incertitude sur le statut social exact des personnes inhumées, ne permettent guère d'en déduire l'organisation sociopolitique de la Grèce dans son ensemble.

Le matériel des tombes, tombes à tholos ou tombes à chambre souvent aussi riches que les premières, illustre la prospérité mycénienne au XIVe et au XIIIe siècle. Les ateliers palatiaux mycéniens du Continent produisent des objets de luxe et de prestige ; des ateliers d'ivoiriers, d'orfèvres et lapidaires ont été retrouvés à Mycènes, Pylos, Thèbes. La céramique, où apparaissent de nouvelles formes caractéristiques, telles les coupes à pied haut, présente des séries à décor figuré caractéristiques, fabriquées essentiellement dans le nord-est du Péloponnèse (le Style pictural), qui vont être largement répandues dans la Méditerranée orientale. La vaisselle de bronze, relativement abondante, montre, au même titre que les armes, que les métaux sont largement disponibles.

Un des éléments nouveaux de cette période, dans le domaine souvent incertain de la religion, est l'apparition en Grèce et dans les Cyclades de sanctuaires clairement identifiables. On a pu parler, à Mycènes, d'un véritable « centre cultuel », datant du XIIIe siècle, inclus dans le complexe palatial, composé de ce qui a été appelé inexactement un « temple », d'une « pièce aux fresques » et d'une « pièce aux idoles », avec de grandes figurines d'adorants. A Phylakopi de Mélos, le sanctuaire de caractère mycénien, composé là aussi d'un ensemble de bâtiments, date quant à lui du début du XIVe siècle ; l'une de ses figurines, la Dame de Phylakopi, pourrait être une importation du Continent ; des figurines masculines sont plus exceptionnelles. Même si les tablettes fournissent des noms de divinités, dont certaines font partie du panthéon grec traditionnel (Zeus, Héra, Poséidon, Dionysos, Hermès), il est impossible de savoir à quelle divinité étaient consacrés ces sanctuaires. Il semble d'ailleurs que ces ensembles cultuels pouvaient servir à plusieurs divinités. A Kéos, l'offrande de figurines mycéniennes dans le « Temple aux statues » de la période précédente paraît indiquer une certaine mycénisation du culte.

On assiste pendant cette période à une progression sans précédent des relations entre le Continent et l'ensemble du monde méditerranéen. Si l'on se fonde sur l'aire de diffusion de la céramique mycénienne, qui englobe la Sardaigne et la vallée du Pô, l'Illyrie, la Macédoine et la Thrace au nord, l'Euphrate et la haute vallée du Nil, on constate que les contacts touchent des régions très éloignées ; la céramique mycénienne trouvée sur le site de Tell el-Amarna, capitale d'Akhenaton (Aménophis IV, 1352-1336), fournit l'un des meilleurs synchronismes chronologiques pour cette période. En fait, ces contacts sont le plus souvent ponctuels et sans doute indirects, et ne correspondent en aucune manière à une expansion colonisatrice mycénienne. Les limites de l'expansion culturelle mycénienne sont très variables selon les produits considérés. La diffusion des éléments spécifiques est très restreinte : les sceaux se trouvent limités à la Grèce continentale, à quelques très rares exceptions. Les tholoi sont inconnues à Rhodes et dans le Dodécanèse, et seul un exemplaire dégénéré existe à Colophon sur la côte anatolienne. Les ivoires mycéniens, dont un lot important, mêlé à des ivoires chypriotes, parvient à Délos, ne sont représentés qu'à titre exceptionnel à Troie, Chypre, et jusqu'en Sardaigne.

En fait, dans le Dodécanèse, les Mycéniens ont d'abord établi des contacts avec des sites colonisés par les Minoens ; c'est à partir de ces sites qu'ils ont étendu leur réseau de relations ; Rhodes, en particulier, permet de contrôler les échanges vers la Méditerranée orientale. En Anatolie, où le site de Milet a pu être interprété comme un comptoir mycénien, Troie représente le point de diffusion extrême. En Méditerranée occidentale, le matériel mycénien est principalement attesté à Ischia et à Vivara, dans les îles Éoliennes, en Sicile autour de Syracuse, sur le pourtour du golfe de Tarente et dans les Pouilles ; à l'HR III B, il se concentre le long du golfe de Tarente et atteint la Sardaigne. Mais c'est déjà plus une influence orientale que strictement mycénienne qui s'exerce ; deux tombes de Thapsos, en Sicile, comportent à la fois du matériel mycénien (HR III A) et du matériel chypriote. Les objets égéens parviennent là principalement dans le cadre d'un commerce assuré par les navires orientaux.

La destruction des palais minoens et la fin de la thalassocratie minoenne vers 1450, puis la destruction de Cnossos vers 1370, ont sans doute modifié les conditions commerciales en Égée. La nature des échanges reste le plus souvent inconnue ; la diffusion d'objets ne renseigne guère que sur les directions de ces échanges. Quelques récentes découvertes dues à l'archéologie sous-marine ont apporté des éléments importants qui témoignent des liens commerciaux entre Chypre et le Péloponnèse. Deux épaves ont été retrouvées sur la côte sud de l'Anatolie. L'une, celle d'Ulu Burun (vers 1300), qui contenait des lingots de cuivre, de l'étain, de l'ivoire, des vases syriens, chypriotes et mycéniens, des morceaux d'ivoire d'éléphant et d'hippopotame, fournit les meilleures indications sur les chargements de toutes origines de ces navires vraisemblablement syriens ou chypriotes ; la seconde épave, de la fin du XIIIe siècle, a été découverte au cap Gelidonya et transportait aussi des lingots d'étain et de cuivre, dont les analyses (recherche d'origine du métal par les isotopes du plomb) ont permis d'assurer qu'une partie au moins venait bien de Chypre. Sur la côte sud de l'Argolide, à Iria près de Spetsai (cap Strouthous), un bateau daté de 1200 environ a fourni une cargaison de céramique en majorité d'origine chypriote. Le port de Kommos, en Crète, dont les entrepôts et hangars à navires soulignent l'importance, a livré de nombreux fragments importés de poterie chypriote, d'amphores orientales et de céramique égyptienne. Un texte de Mari mentionne des voyages de bateaux d'Ugarit en Crète, et l'îlot de Marsa Matruh, sur la côte égyptienne, a fourni lui aussi des fragments mycéniens et chypriotes.

Les bases économiques de ce commerce, assuré sans doute en grande partie, sinon en totalité, par des bateaux orientaux qui annoncent en quelque sorte les navigations phéniciennes postérieures, restent à préciser. A l'intérieur du monde mycénien, nous avons mentionné la provenance crétoise, attestée par des inscriptions et par des analyses d'argile, d'amphores à étrier trouvées sur certains sites palatiaux du Continent ; la Crète exportait probablement de l'huile : obtenait-elle en échange, par l'intermédiaire des palais mycéniens, les métaux qui lui étaient nécessaires ? C'est en tout cas, comme pour les périodes précédentes, la nécessité d'obtenir de l'étain et du cuivre qui est présentée le plus souvent comme le moteur essentiel de ces activités commerciales.

Chypre, qui fournit du cuivre à l'Égée depuis la période des seconds palais et qui joue un rôle capital d'intermédiaire vers l'Orient, tient une place particulière dans la diffusion de la culture mycénienne. La céramique mycénienne et, notamment, les vases du Style pictural y connaissent une diffusion considérable ; mais il paraît exclu que des groupes importants de Mycéniens se soient installés dans cette île avant la fin du XIIIe siècle, au moment des destructions des sites de Grèce continentale.

Les tablettes ne mentionnent jamais les relations extérieures des États mycéniens. Très rares, de leur côté, sont les textes orientaux qui font allusion au monde égéen après 1370. On a souvent évoqué les mentions, dans les archives des souverains hittites de Bogazköy en Anatolie centrale, d'« Ahhiyawa », terme que l'on a été tenté d'interpréter comme le pays des Achéens. Ces mentions datent du XIVe siècle, sous les règnes de Suppiluliuma (1380-1346) et de Mursili II (1345-1315) ; une série de tablettes évoque des conflits entre le roi hittite et le roi d'Ahhiyawa. Mais l'identification avec Mycènes n'est qu'une hypothèse : il pourrait s'agir de groupes liés au monde égéen, en rapport avec la région de Milet qui est mentionnée, semble-t-il, dans ces textes sous le nom de Milawata.

L'administration et la société mycéniennes

Cette période est la seule pour laquelle nous ayons des documents contemporains déchiffrés qui nous permettent de saisir directement certains aspects de l'organisation économique et sociopolitique. Cependant, les tablettes inscrites en linéaire B ne permettent de restituer une partie du fonctionnement des palais mycéniens que de manière indirecte, par le biais d'inventaires et d'enregistrements de groupes de personnels : elles ne comportent malheureusement ni annales ni textes diplomatiques ; elles ne donnent qu'une vision partielle de l'économie et de la société mycéniennes : tout ce qui n'est pas sous le contrôle du palais nous échappe. Enfin, elles ne concernent que quelques régions de Grèce, celles précisément qui dépendent d'un palais ; grâce au nombre de tablettes retrouvées, ce sont la Crète et la Messénie autour de Pylos qui sont les régions les mieux connues.

C'est sur le mode de gestion de certains secteurs de l'économie que les tablettes nous renseignent le plus directement. Le mieux représenté dans les enregistrements retrouvés est celui des textiles, essentiellement la laine ; plus d'un millier de tablettes de Cnossos nous livrent les comptes des troupeaux de moutons, plus de cent mille têtes, répartis dans les différents districts de Crète ; on connaît le nom des bergers et des fermiers, on peut chiffrer la production lainière et le nombre de pièces de tissus fabriquées par les groupes d'ouvrières : une trentaine d'ateliers sont mentionnés. L'élevage des moutons pour la laine avait, semble-t-il, la même importance à Mycènes et à Pylos. Dans le royaume de Pylos, c'est l'organisation de la métallurgie qui nous est la mieux attestée, avec ses 400 forgerons recensés dans plus de 25 localités du territoire. Sur les différents sites est mentionnée la production d'huile d'olive et d'huiles parfumées. Dans cette économie très centralisée, fondée principalement sur l'agriculture, l'élevage et la métallurgie, le statut des personnes dépendant du palais n'apparaît pas toujours clairement ; on perçoit leur nombre, et leur répartition en groupes (hommes, femmes, enfants), par les tablettes faisant état de distributions de rations alimentaires (blé, figues). Les textes font état d'esclaves hommes et femmes ; en font sans doute partie des groupes de femmes qui, à Pylos, sont désignées par un ethnique indiquant une origine est-égéenne (milésiennes, cnidiennes, lemniennes) ; mais le statut exact de ces esclaves reste imprécis.

Les tablettes nous permettent, de manière indirecte, de comprendre partiellement le fonctionnement des administrations mycéniennes. Quelques systèmes généraux de gestion s'en dégagent : la perception de prélèvements fiscaux en nature (animaux, tissus, produits divers), selon des barèmes identiques à Pylos et à Cnossos ; un contrôle précis de la circulation des biens par l'utilisation du système de « scellés », parfois inscrits, qui servent à l'établissement de tablettes récapitulatives. De l'organigramme administratif, elles ne nous montrent que certains rouages : il n'est pas vraiment surprenant que le personnage du roi mycénien nous échappe presque autant que celui du roi minoen. Des artisans sont qualifiés de « royaux » ; mais les textes où figure le terme qui désigne le souverain (*wanaka*, le *wanax* homérique) ne permettent pas toujours d'être totalement certain qu'il ne s'agisse pas d'un seigneur divin. Dans un seul cas, le roi est mentionné (sans son nom) dans sa fonction de nomination d'un fonctionnaire ; on sait seulement qu'il disposait d'un secteur royal avec des artisans, de terres (le *téménos* royal, terme qui se retrouve plus tard chez Homère, et à Sparte) selon des modalités complexes de mainmise foncière. Les fonctionnaires palatiaux sont plus souvent mentionnés : le *lawagetas* (conducteur du *laos*) qui apparaît comme le deuxième personnage du royaume mais dont les fonctions (militaires ? sacerdotales ?) restent incertaines ; les préfets assistés de sous-préfets à la tête des districts du royaume (*korete*), le *damokoro* et le *duma* à la tête des provinces ; les compagnons du roi (*eqeta*) qui semblent constituer une noblesse héréditaire. Mais la position officielle de certains fonctionnaires, dont nous connaissons pourtant parfois le nom personnel, reste totalement indéterminée. A côté de notables palatiaux existaient des notables locaux, qui n'appartenaient pas à l'administration du palais mais détenaient des terres dans des communautés rurales. D'autres dignitaires ne paraissent rattachés ni à l'administration palatiale ni à ces communautés rurales : l'intérêt qui leur a été apporté tient à la fois à leur rôle mais aussi parce que leur titre (*basileus*) deviendra celui des rois du monde homérique : ils sont les seuls, semble-t-il, qui aient survécu à l'écroulement du système palatial ; leur implantation locale, le fait qu'ils aient pu être à la tête de conseils d'Anciens mentionnés dans les textes, peuvent expliquer cette aptitude à conserver un certain pouvoir.

Seules les tombes permettraient de compléter ce tableau de l'organisation sociale, mais leur grande diversité rend malaisée l'interprétation des pratiques funéraires ; leurs différents types pourraient toutefois correspondre à certains rangs hiérarchiques de la société palatiale mycénienne. L'étude de l'architecture n'est que d'un faible secours. A côté des palais existent de grands édifices « intermédiaires » (notamment à Orchomène ou Zygouriès) dont la fonction exacte – résidence de seigneurs locaux ? – reste incertaine. En dehors des palais fortifiés (Mycènes, Tirynthe), les enceintes sont tantôt de véritables lieux de refuge pour une vaste population (Krisa en Phocide, Eutrésis et Gla en Béotie) tantôt une protection pour de petits groupes d'habitations (Malthi en Messénie, Araxos en Achaïe).

La chute des palais mycéniens

Le système palatial mycénien n'existe plus après le début du XIIe siècle et disparaît de manière définitive. Deux questions principales se posent : celle de la date des destructions, celle de leurs causes. L'abondance et la diversité des réponses apportées à ces questions montrent leur importance et en même temps les difficultés considérables que l'on éprouve à interpréter les données archéologiques.

• La date des destructions.

On a longtemps considéré que les différents palais mycéniens avaient été détruits en même temps, aux environs de 1200, de la même manière que les palais minoens avaient été détruits aux environs de 1450. Cette contemporanéité des destructions permettait d'invoquer aisément, comme cause unique de ces événements, une invasion brutale, comme celle que la légende attribue aux Doriens.

Les recherches actuelles laissent entrevoir, en fait, une période de troubles et de destructions beaucoup plus longue, et dont les causes sont vraisemblablement diverses. Ainsi la date de la destruction du palais de Pylos, traditionnellement placée à l'extrême fin du XIIIe siècle, a-t-elle pu être remontée, avec de solides arguments fondés sur un réexamen de la répartition des vases découverts, jusque dans le courant de la première phase de l'HR III B, soit à une date proche de 1300 ; ce serait la première grande destruction d'un palais mycénien, à une époque où peu de sites mycéniens sont encore pourvus de remparts : cette date haute expliquerait l'absence, surprenante, de fortifications autour du palais de Pylos et s'accorde bien, par ailleurs, avec l'aspect relativement ancien d'un certain nombre d'éléments de mobilier ou de décor, vases, sceaux ou fresques de ce palais.

D'autres destructions surviennent vers le milieu du XIIIe siècle. A Mycènes, un violent incendie détruit en même temps dans la ville basse, près du Cercle B, des édifices dépendant probablement de l'autorité palatiale, les maisons dites du Marchand d'huile, des Boucliers, des Sphinx, la maison Ouest, qui ont livré un important mobilier (notamment des ivoires) et des documents d'archives. La destruction à Zygouriès de l'édifice B – résidence d'un « seigneur » local – semble intervenir au même moment. Ces édifices ne seront pas reconstruits. A Thèbes, une destruction contemporaine touche les divers ateliers palatiaux ; le « palais » de la seconde moitié du XIIIe semble beaucoup plus pauvre. La cessation des importations de matériel continental à Haghia Irini et à Phylakopi reflète probablement cette situation troublée.

On retrouve toujours, dans l'explication de ces destructions, les mêmes hésitations : tremblements de terre, ou destructions humaines ? La destruction de Thèbes est accompagnée d'un violent incendie, mais pourrait cependant être due à un tremblement de terre. A Mycènes, comme à Troie (voir ci-dessous), les archéologues ne sont pas toujours non plus d'accord sur la date des contextes de destruction, et l'histoire des citadelles de Mycènes ou de Tirynthe se prête à diverses reconstitutions. Vers la fin du XIIIe siècle cependant, de nouvelles destructions semblent s'être concentrées sur les sites palatiaux ou d'importance comparable. A Tirynthe, où les premières fortifications sont construites dès le début de l'HR III B, phase marquée par un tremblement de terre, la destruction majeure, due à un séisme, intervient vers la fin du XIIIe siècle. C'est le moment où se produit aussi à Mycènes une autre destruction, accompagnée par des incendies sévères, suivie par une réoccupation de la citadelle tout au long de la phase suivante (HR III C). La destruction de la vaste citadelle de Gla, qui dominait le lac Copaïs en Béotie, se place dans cette même période. L'une des dernières destructions est celle du site d'Iria au début du XIIe siècle.

Quelles que soient les causes précises de chacune de ces destructions, on constate pendant cette même période une édification accrue de fortifications dans la Grèce mycénienne, même si des sites non fortifiés, comme Korakou, Nichoria, Orchomène, connaissent encore pendant la seconde moitié du XIIIe une assez grande prospérité. Certaines fortifications, comme l'enceinte de Kiapha Thiti en Attique, existent dès le début du Bronze récent ; mais c'est vers le début de l'HR III B que s'agrandit l'aire fortifiée de Mycènes, qui comprend désormais le Cercle A ; à Tirynthe un premier rempart entoure la citadelle basse ; la citadelle de Gla date de cette période. Le début de l'HR III B 2, vers

1250, montre un renforcement général des ouvrages de défense : renforcement du nord-est de la citadelle de Mycènes pour protéger l'accès à une citerne souterraine, reconstruction de la citadelle basse de Tirynthe avec des citernes et le rempart cyclopéen ; l'Acropole d'Athènes est fortifiée pour la première fois et reliée aussi à une fontaine souterraine.

Le tableau général est ainsi celui de destructions échelonnées sur une grande partie du XIIIe siècle, qui perturbent profondément le fonctionnement économique du système palatial. Le terme d'implosion est sans doute trop brutal : il vaut mieux parler d'un effondrement progressif. Les contrecoups de ces événements atteignent les régions voisines. En Crète, où il ne semble pas y avoir de destructions généralisées, l'organisation politique et sociale subit les mêmes transformations qu'en Grèce continentale : l'usage du linéaire B disparaît, et des sites comme Malia sont abandonnés définitivement. On a évoqué des mouvements d'émigration vers Chypre et le Levant, mais les problèmes de la destruction des sites chypriotes vers la fin du XIIIe siècle et des troubles le long de la côte syro-palestinienne restent extrêmement complexes : il n'est pas assuré que les « Peuples de la Mer », combattus par les pharaons égyptiens, ni les groupes qui ont entraîné la chute du royaume de Chypre soient des Mycéniens originaires du Continent.

• Les causes des destructions.

Dans ces conditions, il ne peut plus être question d'invasion généralisée et brutale, mettant en cause les Doriens, voire les « Peuples de la Mer » qui ravagent la côte syro-palestinienne et que Ramsès III aura à affronter au début du XIIe siècle. Si la légende du retour des Héraclides dans le Péloponnèse, deux générations après la guerre de Troie, reflète une quelconque réalité historique, celle-ci ne peut guère être située au XIIIe siècle ; on a fait justement remarquer que la Laconie, région dorienne à l'époque historique, est presque complètement désertée après 1200. Aucun témoignage matériel ne peut indiquer la présence d'envahisseurs étrangers en Grèce à cette période.

Une interprétation originale ferait des Doriens un des éléments, présent en Grèce depuis une date bien antérieure, de la population mycénienne et parlant un « mycénien spécial », dialecte des classes sociales inférieures ; réduits en esclavage, ils seraient en partie responsables de la fin du système. Mais la disparition des palais, parfois liée à des séismes, n'est pas un événement ponctuel ; d'autre part, cette hypothèse n'est pas confirmée par les linguistes, selon lesquels ce « mycénien spécial » que l'on a cru reconnaître dans le Péloponnèse ne peut être assimilé à un proto-dorien : ce sont les dialectes du nord-ouest de la Grèce (phocidien, locrien, étolien) qui sont les plus proches du dorien, ce qui conduit à admettre que les Doriens sont bien venus du nord pour pénétrer dans le Péloponnèse.

Une hypothèse plus mesurée rejette la notion d'une « invasion » dorienne, mais accepte l'idée que des groupes d'une nouvelle population se soient infiltrés graduellement en Grèce ; le problème est de savoir si ce phénomène pourrait correspondre à l'apparition de la « céramique barbare » (voir le chapitre suivant) vers la fin du XIIIe siècle, l'un des seuls éléments archéologiques qui puisse sembler une intrusion dans le domaine mycénien.

Il en résulte en tout cas que les Doriens, même si l'on admet leur venue vers la fin du XIIIe siècle, n'ont pu provoquer l'effondrement du système palatial mycénien. Ce sont donc vraisemblablement des causes internes, d'ordres divers, qu'il convient de rechercher, même s'il ne faut pas minimiser le rôle des tremblements de terre, qui peuvent avoir entraîné la destruction de Thèbes, et vraisemblablement, à la fin de la période, celle des palais de Mycènes et de Tirynthe. Cependant, plus que leurs effets ou que les conséquences d'un changement climatique brutal qui aurait ruiné une économie fondée essentiellement sur l'agriculture (mais que seules des observations locales, à Tirynthe notamment, viennent étayer et dont on voit mal comment il se serait exercé sur une aussi longue durée), c'est la rigidité d'un système économique et politique extrêmement centralisé, incapable de s'adapter aux crises et aux tensions internes, qui reste l'hypothèse la plus vraisemblable ; c'est une hypothèse du même ordre qui explique, vers la même période, la chute des grands empires, comme l'empire hittite, en Orient. Ce qu'il faut expliquer, en réalité, c'est moins la destruction des palais que le fait qu'ils n'aient pas été reconstruits par la suite.

La guerre de Troie a-t-elle eu lieu ?

Sans doute peut-on déjà évoquer ici, avant même de parler des textes homériques dans le prochain chapitre, le problème de la guerre de Troie, un événement raconté par Homère, daté par les chronologies des auteurs anciens (deux générations avant l'arrivée des Doriens), et sur lequel l'archéologie, depuis les fouilles de Schliemann sur le site d'Hissarlik, n'a cessé de s'interroger. A un moment où l'on mettait encore couramment en doute la réalité de ce que dépeignait l'*Iliade*, les découvertes de Schliemann, à partir de 1870, avaient démontré l'existence de la ville de Troie, dont l'histoire commence dès les débuts du Bronze ancien. Les fouilles suivantes, de Wilhelm Dörpfeld en 1893 et 1894, de Carl Blegen de 1932 à 1938 et, aujourd'hui, depuis 1988, de Manfred Korfmann, se sont efforcées de préciser la stratigraphie, la durée des phases successives, les causes des destructions, le rôle d'un site dont l'importance dépasse largement le problème particulier de la guerre de Troie.

Les chronographes anciens, calculant à partir de systèmes variables de générations, nous ont livré des dates différentes, qui s'échelonnent sur près de deux siècles, de 1334 à 1135 (la date d'Ératosthène, 1184, étant le plus souvent retenue). Il s'agissait donc pour les archéologues d'identifier, parmi les nombreuses destructions de Troie, le niveau qui pouvait correspondre à la prise de Troie par les Mycéniens et d'en fixer la date. Deux horizons de destruction sont proches des dates indiquées : ceux du niveau VIh, considéré très généralement comme la conséquence d'un tremblement de terre, et du niveau VIIa, résultant, semble-t-il, d'une destruction humaine. La date archéologique de la destruction de ce niveau VIIa repose sur l'analyse de la céramique, notamment de la céramique mycénienne importée ou imitée ; pour Blegen, il s'agissait des environs de 1260, date qui s'accordait à la fois avec la tradition et avec la capacité supposée des Mycéniens d'organiser, avant la destruction de leurs palais, une expédition militaire contre Troie. Mais le réexamen de la céramique a conduit aujourd'hui à placer la destruction à l'extrême fin du XIIIe siècle, voire dans la première moitié du XIIe siècle, ce qui rejoint sans doute la date d'Ératosthène, mais rend difficilement imaginable, sinon par toute une série d'hypothèses non fondées, une opération concertée de Mycéniens désormais sans palais. On en est donc revenu à se demander si la destruction de Troie par les Mycéniens ne pourrait être celle du niveau VIh (vers 1250), voire celles des niveaux VIf et g, vers le début du XIVe siècle : ces tentatives désespérées montrent clairement que la volonté de lier les traditions des chronographes et les récits de l'épopée aux observations archéologiques conduit ici à des difficultés insolubles.

Rien, dans la documentation archéologique actuelle, ne permet d'affirmer que ces destructions de Troie ont été l'œuvre des Mycéniens. On retiendra des recherches que Troie et Mycènes ont été en relation pendant une longue partie de leur histoire (Troie est l'un des sites égéens qui ont livré le plus de céramique mycénienne, importée ou imitée), que deux destructions violentes, l'une par tremblement de terre, l'autre par action humaine, ont eu lieu au XIIIe et au début du XIIe siècle, et que les légendes épiques ont pu trouver là un cadre pour les exploits de leurs héros. Mais il n'y a pas de preuve archéologique de l'historicité de la guerre de Troie.

3

Les siècles dits obscurs

On a généralement désigné sous ce terme de « siècles obscurs » *(Dark Ages)* la période qui sépare la chute de la civilisation mycénienne de la « Renaissance » du VIIIe siècle. Cette appellation, utilisée d'abord par les historiens anglo-saxons, a un double sens : elle désigne à la fois une époque considérée comme sombre pour les populations, un temps de déclin et de difficultés, et une période que nos connaissances ne parviennent pas à éclairer. De 1180 jusque vers 750 en effet, l'écriture disparaît : aucun témoignage écrit n'existe pendant plus de quatre siècles. D'autre part, peu de monuments sont connus dans ce même intervalle ; l'étude de la culture matérielle se réduit en grande partie à celle de la céramique.

En se fiant aux textes homériques, qui semblaient rattacher la civilisation de la Grèce archaïque à la brillante période des palais mycéniens, l'on n'a vu parfois dans ces siècles obscurs qu'une lacune regrettable, une sorte d'accident, dans la continuité de l'histoire grecque. C'est en réalité une période capitale, dans laquelle prennent place des événements mal connus mais qui vont sans doute infléchir le cours de cette histoire : les Doriens s'installent en Grèce, à un moment indéterminé ; des relations nouvelles s'ébauchent en Méditerranée et vont permettre le renouveau du VIIIe siècle. Cette période incertaine est celle où se préparent les mutations de la société et de la civilisation grecques de l'époque archaïque.

En l'absence de tout témoignage écrit, la recherche patiente des vestiges archéologiques a permis, depuis une vingtaine d'années, de faire progresser considérablement notre connaissance de cette période. Elle ne semble pas plus mal connue maintenant que bien d'autres époques de la protohistoire grecque. L'obscurité qui subsiste est donc due peut-être moins à l'absence d'informations qu'à notre difficulté à interpréter nos connaissances, notamment en ce qui concerne l'organisation sociopolitique : entre le système palatial mycénien et l'apparition de la cité grecque, les siècles obscurs se définissent mal en termes de pouvoir et de société.

L'intérêt porté à cette époque s'est souvent limité à la question suivante : comment une même population – des Grecs – a-t-elle pu passer d'une civilisation raffinée à un déclin aussi marqué puis à la brillante renaissance de l'archaïsme ? Quelle continuité peut-on imaginer ? C'est dans cette alternative de continuités et de ruptures que l'histoire des siècles obscurs a été le plus souvent abordée ; il est probable que la vérité se situe dans une gradation irrégulière, dont il est malaisé de situer les phases.

Sources et chronologie

L'histoire des siècles obscurs repose, comme pour les périodes précédentes, essentiellement sur l'archéologie, prospections ou fouilles de sites importants qui présentent une stratification continue : Lefkandi en Eubée, Kalapodi en Phocide, les nécropoles d'Athènes ou d'Argos, certains sites de Crète de l'Est comme Kavousi. Les sources littéraires font défaut : la composition de l'*Iliade* et de l'*Odyssée* ne date probablement que des environs de 750. Ce sont ces textes homériques cependant qui ont été souvent, abondamment, et sans doute abusivement, utilisés comme source privilégiée pour l'histoire de cette période.

• Lectures d'Homère.

L'*Iliade* et l'*Odyssée* dressent en effet un tableau extrêmement détaillé, à partir du thème de la guerre de Troie et du retour incertain d'Ulysse dans son île d'Ithaque, d'une société située dans une période « héroïque », avec des rois dans leurs palais, des guerriers se livrant combat ; leurs chars, leurs armes, font l'objet de descriptions minutieuses, comme celle du bouclier d'Achille. Mais on a bien montré que ce tableau est plein de contradictions ; la liste des villes grecques dressée dans le *Catalogue des Vaisseaux*, au livre II de l'*Iliade*, qui mentionne les contingents envoyés à Troie par chacune d'entre elles, avec le nom de leur commandant et le nombre des navires, ne correspond pas à la géographie historique de la période censée être celle d'avant la guerre de Troie. Il s'agit d'une œuvre littéraire et non pas historique.

Les travaux de Milman Parry, sur la transmission de la poésie orale dans l'Europe contemporaine et notamment parmi les bardes serbo-croates, ont bien permis de comprendre la manière dont se sont constituées, par transmission orale au cours des siècles, ces épopées – l'*Iliade* et l'*Odyssée* ne sont pas les seules, mais d'autres, comme la *Thébaïde*, ne sont connues que par leur titre ou par quelques fragments. Fondées sur une stricte versification (les hexamètres dactyliques) et utilisant fréquemment dans ce cadre les expressions toutes faites d'un langage dit « formulaire », elles peuvent inclure des éléments empruntés aux diverses étapes de leur constitution. Il est vain d'y chercher le reflet précis d'une époque déterminée : elles ne dépeignent de façon exacte ni le monde mycénien, ni les siècles obscurs, ni même sans doute le moment, dans le courant du VIIIe siècle, où elles se sont figées et ont cessé d'évoluer avec l'utilisation de l'écriture, mais un monde héroïque imaginaire, dont le rapport avec la réalité de l'époque reste difficile à contrôler.

L'historien peut ainsi proposer une lecture « stratigraphique » d'Homère : déceler les éléments qui proviennent des diverses périodes traversées par cette tradition orale ; mais il n'est pas certain que l'on soit en droit de tenter de découper dans le texte homérique des strates successives homogènes. Des termes, comme ceux qui désignent les détenteurs du pouvoir (les *basileis*) ou des objets, comme l'épée plaquée d'argent, le bouclier d'Achille de l'*Iliade*, le casque à dents de sanglier de l'*Odyssée*, peuvent remonter à l'époque mycénienne : mais ces quelques éléments ne s'intègrent pas dans un tableau historique de la Grèce des palais. Les distorsions suggèrent que très peu du contenu poétique des textes homériques dérive directement de la période mycénienne.

Homère serait-il alors, comme on l'a dit, le poète des siècles obscurs ? Dans ce passé héroïque vers lequel l'aède entraîne ses auditeurs, l'on peut voir avant tout une image de la société du VIIIe siècle, telle qu'elle était et telle qu'elle aurait voulu être.

• Les sources archéologiques.

La recherche archéologique récente a porté sur trois aspects principaux, complémentaires : l'exploration de sites stratifiés présentant une séquence ininterrompue de la fin de l'époque mycénienne jusqu'au VIIIe siècle ; la prospection des régions de Grèce les moins bien connues (celles qui déjà à l'époque des palais mycéniens restent relativement obscures) ; l'étude des céramiques, communes aussi bien que décorées, qui permettent d'assurer la chronologie de la période.

Des sites de plus en plus nombreux établissent un lien entre l'Age du Bronze et la période géométrique. En Crète, on constate cette continuité à Cnossos même ; les habitats nouveaux de la période submycénienne, comme Kavousi, dans la partie orientale de l'île, restent occupés jusqu'à la période géométrique. En Eubée, Lefkandi est sans doute l'exemple le meilleur d'un site utilisé de l'époque submycénienne jusque vers 700. En Phocide, celui de Kalapodi, sur l'emplacement du sanctuaire d'Artémis Élaphébolos d'Hyampolis, objet d'une lutte, au VIe siècle, entre Phocidiens et Thessaliens, est un de ceux qui ont fourni une séquence stratigraphique continue depuis la fin du Bronze récent jusqu'à l'époque archaïque. Dans une autre région de Grèce, le site d'Assiros Toumba, sur un tell de Macédoine centrale, présente lui aussi une séquence ininterrompue qui couvre la fin de l'Age du Bronze et le début de l'Age du Fer, de 1300 à 750 ; la comparaison avec un autre site de Macédoine, celui de Kastanas, montre toutefois les difficultés des comparaisons et des généralisations : à Kastanas, le passage de l'Age du Bronze à l'Age du Fer s'accompagne cette fois de changements notables dans le plan du site ou celui des bâtiments, qui peuvent indiquer une situation troublée.

Les prospections archéologiques ont apporté des informations précieuses sur des régions par ailleurs mal connues. En Messénie, les découvertes de tombes et les trouvailles de surface suggèrent que la région était divisée en un petit nombre de zones d'habitat qui atteignent leur plus grande extension entre 925 et 850 ; dans le village de Nichoria, une grande maison centrale, qui contenait un petit autel et des réserves de denrées, était probablement la demeure d'un chef local. En Arcadie, une multiplicité de petits sanctuaires correspondent à des divisions territoriales qui annoncent celles des cités autonomes postérieures.

• Le recours à l'ethnographie.

Dans la mesure où le manque de documentation archéologique semble correspondre à un développement, dans de nombreuses régions de Grèce, du pastoralisme, qui laisse peu de traces matérielles, on a pu faire appel à des comparaisons ethnographiques. En Épire, l'exemple des transhumances actuelles des bergers Sarakatsani a ainsi été utilisé en archéologie comme modèle à la fois pour les mouvements des chasseurs-collecteurs du Paléolithique et pour la société pastorale de la fin des siècles obscurs. On a tenté aussi, d'autre part, d'une manière plus contestable, de définir la société homérique – censée correspondre à celle des siècles obscurs – à l'aide de modèles ethnographiques ; la variété et la diversité de ses structures permettraient d'y retrouver une société de *big men*, de chefs locaux à pouvoir instable, analogue à celles que l'on peut connaître aujourd'hui en Mélanésie, ou l'image de communautés patriarcales voisines de celles du Nuristan actuel ; l'on essaie d'en trouver ensuite une confirmation dans les différents vestiges archéologiques de cette période.

• Chronologie des siècles obscurs.

La chronologie de cette période est fluctuante selon les auteurs. Son extension maximale va de 1200 jusque vers 750 (ou même 700, mais la période 750-700 est celle du Géométrique récent mieux connu) ; cela correspond à peu près à la période d'interruption de l'écriture. Mais elle tend à se restreindre avec le progrès des connaissances. La période submycénienne forme une entité particulière ; la fin du « Submycénien », qui constitue bien une période chronologique, et non un simple aspect culturel propre à l'Argolide, est aujourd'hui abaissée, non plus jusque vers 1050 (date la plus fréquemment adoptée jusqu'ici), mais jusque vers 1015. La période protogéométrique-géométrique est elle aussi de mieux en mieux connue, et sa chronologie, fondée sur les phases de la céramique, de plus en plus précise. Le début du Protogéométrique, fixé conventionnellement à 1050, doit être abaissé, parallèlement, jusque vers 1015 : il n'y a, de toute façon, aucune lacune chronologique entre le Submycénien et le Protogéométrique. Dans ces conditions, la définition des siècles obscurs reste très variable selon les auteurs et leur conception de l'évolution de l'histoire grecque : pour Ian Morris, ils correspondent à la période de la Grèce géométrique (1050-750) ; pour Annie Schnapp, ils recouvrent essentiellement les XIe et Xe siècles, c'est-à-dire effectivement les siècles pour lesquels l'obscurité reste la plus grande. Par commodité, parce que cela correspond à un critère objectif et net (l'absence d'utilisation de l'écriture), et parce que le terme de « siècles obscurs » est de toute manière conventionnel, nous garderons ici cette appellation dans un sens large (1180-750), mais en considérant cette période comme un ensemble complexe de phases multiples plus ou moins bien connues.

Il est difficile, en particulier, de séparer la fin de la période mycénienne (1180-1015) de la période du Protogéométrique, cette distinction, valable pour l'Argolide, la Corinthie ou l'Attique, l'étant beaucoup moins pour d'autres régions de Grèce comme la Messénie, l'Achaïe, la Laconie, Ithaque et la Grèce du Nord-Ouest ; dans ces régions, les appellations « submycénien » et « protogéométrique » ont d'ailleurs été abandonnées au profit de divisions spécifiques (*Dark Ages* I, II, III), dans la mesure où la poterie submycénienne y est inconnue. La diversité des évolutions régionales a ainsi conduit à une double périodisation : l'une qui concerne essentiellement l'Argolide, l'Attique, où la tradition mycénienne est clairement identifiable jusqu'au moment où apparaît la céramique protogéométrique puis géométrique ; l'autre qui concerne les régions « obscures » de la Grèce (ouest du Péloponnèse, Grèce du Nord et du Nord-Ouest) où des céramiques locales, sans lien direct avec les autres régions, évoluent selon un rythme propre. Par ailleurs, les successions stratigraphiques particulières à certains sites (comme celui de Lefkandi) ont pu conduire à la définition de phases locales d'occupation qui ne correspondent pas toujours exactement aux découpages de la chronologie générale.

La fin de la civilisation mycénienne

Le monde mycénien en survie (1180-1065)

La fin du système palatial a entraîné de fortes perturbations dans l'ensemble du monde mycénien, y compris dans les régions périphériques. L'impression de désagrégation donnée par la disparition des palais et de l'écriture, la diminution du nombre des sites, les diversités régionales croissantes, est toutefois contrebalancée par des efforts locaux de réorganisation qui sont notables dans certains centres principaux de la période précédente, ou par le développement de nouveaux centres, comme Lefkandi en Eubée, Pérati en Attique, ou Asiné en Argolide.

Le phénomène le plus marquant est la diminution du nombre des sites. En Messénie, la région de l'ancien royaume de Pylos, seuls quelques-uns, comme celui de Nichoria, semblent avoir survécu au désastre ; il en est de même en Laconie. Les causes peuvent en être diverses : dépopulation, dispersion des habitants dans des fermes ou hameaux isolés peu repérables par les archéologues, regroupement au contraire sur des sites plus sûrs ; il est certain en tout cas que des groupes de Mycéniens du Péloponnèse ont émigré vers des régions périphériques du monde mycénien, qu'il s'agisse de régions toutes proches comme l'Achaïe ou Corfou, la Grèce du Nord-Ouest ou du Nord, ou plus éloignées, comme les îles du Dodécanèse ou Chypre : les cartes de répartition de certains objets, comme les nouveaux types d'armes de cette période ou des objets de prestige comme les perles d'ambre, révèlent ces mouvements centrifuges.

L'apparition simultanée de sites nouveaux indique cependant que toutes les parties du monde mycénien ne sont pas également marquées par les conséquences de la fin du système palatial. A Pérati, sur la côte ouest de l'Attique, non loin des mines du Laurion, une vaste nécropole suppose un habitat florissant de la fin de l'Age du Bronze. En Argolide, Tirynthe ou Mycènes, solidement fortifiées, restent des sites importants. A Mycènes de nouveaux édifices sont construits (maison du Vase aux Guerriers, Grenier). A Tirynthe, la reconstruction de la partie inférieure de la citadelle est immédiate, et la ville basse connaît alors sa plus grande extension. La présence d'un grand tumulus avec des sépultures à incinération de l'Helladique récent III C (HR III C) découvert en 1984 au sud de Mycènes indique l'émergence de nouvelles structures sociales. Les premières phases de l'HR III C ne peuvent ainsi être considérées comme une période de repli ou de décadence généralisée, mais plutôt comme une phase de réorganisation très variable selon les régions.

Il y a tout au long de la période une continuité céramique étroite, marquée toutefois par des divergences régionales croissantes. On distingue en général trois phases, de 1180 jusque vers 1065, qui permettent de dater avec précision les différentes destructions de l'HR III C ; la deuxième est la mieux caractérisée par des styles originaux, le Style dense et le Style du Grenier à Mycènes, ou le Style du Poulpe en Crète et dans le Dodécanèse. Paradoxalement, dans les grands centres de la période précédente, c'est après la destruction des palais que les peintres de vases se montrent les plus inventifs, et notamment vers le milieu du XIIe siècle. C'est à cette date qu'il faut vraisemblablement placer le célèbre Vase aux Guerriers de Mycènes (vers 1150), qui trouve un parallèle contemporain sur une stèle funéraire peinte de Mycènes ; les guerriers, qui portent de nouveaux types de casques, des boucliers ronds échancrés et des cuirasses courtes, sont représentés en une file régulière qui évoque plus la phalange hoplitique que les duels des fresques mycéniennes précédentes ; leur tenue et leur armement dénotent de nouveaux modes de combat, que l'on a rapprochés de ceux des « Peuples de la Mer ». Le Vase aux Guerriers, comme d'autres fragments de Lefkandi, de Kalapodi et de nombreux vases de Tirynthe qui appartiennent à cette même phase, illustre la persistance d'un art figuratif.

Une nouveauté dans la céramique, qui a suscité des discussions abondantes dans la mesure où l'on a cru y déceler, encore une fois, l'intrusion d'éléments nouveaux de population, est constituée par la céramique dite « barbare ». Cette céramique, de couleur sombre, façonnée à la main et polie, avec parfois un décor plastique, est maintenant connue sur un nombre élevé de sites (Mycènes, Asiné, Tirynthe, Sparte,

Korakou, Aigeira, Athènes, Pérati, Lefkandi, ainsi qu'en Crète) ; elle apparaît dès la fin de l'HR III B (à Aigeira, à Tirynthe) et est généralement associée à des niveaux du début de l'HR III C. En raison de ses différences avec la céramique mycénienne habituelle et de ressemblances avec la céramique de régions voisines (Troie, Balkans, Italie), on a voulu y voir la marque d'un groupe qui pourrait être à l'origine de la destruction des palais : aucun élément ne vient toutefois à l'appui d'une telle hypothèse. Même si son origine la plus vraisemblable est la Grèce du Nord-Ouest, rien, dans sa diffusion, n'implique l'invasion d'un groupe ethnique déterminé.

Dans la culture matérielle, les principaux changements apparaissent dans le domaine du mobilier métallique. Le fer n'est pas encore utilisé. Mais une grande partie de l'outillage de bronze (haches, faucilles, houes) semble avoir disparu avec la chute des économies palatiales. De longues épingles et des fibules en archet révèlent des modifications dans les usages vestimentaires. Dans l'armement surtout, aux types d'épée du XIIIe siècle, à lame courte et solide, s'ajoute au XIIe siècle dans tout le monde égéen un type conçu pour frapper d'estoc et de taille, à lame plus longue, dont l'usage se maintiendra pendant l'Age du Fer. Certaines de ces épées, à poignée parfois décorée d'or et d'ivoire, apparaissent dans de riches « tombes de guerrier » qui caractérisent encore cette période.

Il y a peu de véritables innovations dans les nécropoles : l'incinération, qui tend à se généraliser, existe déjà avant la fin de l'HR III B ; la préférence donnée sur certains sites, comme Salamine dans le golfe Saronique ou Lefkandi en Eubée, aux sépultures individuelles dans des cistes ou des puits, correspond aux résurgences de pratiques anciennes. La tombe à chambre reste la forme principale, et des formes dégénérées de tholoi se prolongent en Crète comme dans le Péloponnèse.

Les sanctuaires de cette période ne sont pas très nombreux ; c'est la Crète qui offre les meilleurs exemples, avec les sanctuaires de Karphi ou de Kavousi et leurs figurines aux bras levés, qui sont en usage jusqu'à la période protogéométrique. A Phylakopi, le sanctuaire établi vers 1380 continue son existence jusque vers 1120. A Tirynthe, de petits sanctuaires, avec des figurines humaines et animales, sont construits après les destructions de 1200 et se prolongent jusqu'au début du XIe siècle. A Kéos, le « Temple aux statues » reste en usage lui aussi jusque vers la fin du XIIe siècle. La présence de figurines féminines, auxquelles s'ajoutent quelques rares exemples de représentations masculines inspirées de types orientaux, comme celle du « dieu frappeur » *(smiting god)* de Phylakopi, caractérise tous ces sanctuaires.

Les événements des environs de 1200, en Grèce comme en Orient, et en particulier la chute des sites hittites (la capitale, Bogazköy, est détruite vers 1191), ont certainement contribué à modifier les réseaux de relations en Méditerranée. Les troubles se poursuivent pendant l'HR III C, notamment dans les Cyclades, qui n'avaient pas connu, vers 1200, une situation comparable à celle du Continent ; la destruction de la citadelle de Paros, vers la fin de la première phase de l'HR III C, n'est suivie que d'une très faible réoccupation. A Mycènes, le bâtiment baptisé le Grenier est ravagé à la fin de la seconde phase. De nouvelles et graves destructions interviennent à la fin de l'HR III C : citadelles de Mycènes et d'Araxos en Achaïe, édifices de Lefkandi ; Tirynthe est abandonnée.

Malgré cela, les relations à l'intérieur du monde méditerranéen ne sont pas totalement interrompues. Des objets importés de Chypre ou d'Orient sont présents dans les tombes de Pérati ou à Tirynthe. La céramique dite du Grenier parvient jusqu'à Troie. Mais c'est surtout entre la Crète, le Dodécanèse et Chypre que des relations de type commercial semblent se maintenir. Des contacts sont attestés avec Rhodes (Ialysos), qui se développe, ou Cos, ainsi qu'avec la Cilicie. A Chypre, le style mycénien de l'HR III C1 prédomine, avec des vases importés de Grèce ou fabriqués localement ; les vases de ce style trouvés au Levant pourraient avoir été soit produits sur place par des potiers d'origine égéenne, soit (plutôt) importés de Chypre. La céramique dite philistine semble inspirée de types mycéniens de cette époque.

Transition : la période submycénienne (1065-1015)

Comme nous l'avons dit plus haut, l'on s'accorde aujourd'hui à voir dans la période dite « submycénienne » une véritable phase chronologique (et non pas seulement stylistique) ne se prolongeant guère d'ailleurs sur plus d'un demi-siècle, de 1065 à 1015. Elle correspond à une phase céramique distincte d'Attique, d'Eubée et d'Argolide, qui fait suite à la dernière céramique de l'HR III C et qui se rattache à la culture mycénienne dans la mesure où la totalité des formes décorées dérive de celles de la période précédente. Le Submycénien apparaît ainsi comme la culture mycénienne finissante, qui conserve des éléments typiques, comme la jarre à étrier ; la céramique de cette période en Grèce de l'Ouest comporte aussi des variétés de coupes et de bols issues de l'époque mycénienne.

Cette courte période est en fait l'une des plus difficiles à comprendre. Comme l'a montré le réexamen attentif de la céramique de quelques sites (nécropole du Pompéion au Céramique d'Athènes ou Cimetière de l'Arsenal de Salamine), les principales transformations de la culture matérielle appartiennent déjà au courant de l'HR III C et ne sont pas générales. Il n'est guère possible de raisonner que sur les nécropoles. Elles présentent des caractéristiques qui ont pu faire penser, encore, à l'arrivée de nouvelles populations : l'usage de tombes individuelles en cistes ou en fosses se généralise. Les habitants de communautés comme celle de Lefkandi sont-ils ou non des descendants des populations mycéniennes ? On croit deviner, en tout cas, mais sans preuves véritables, qu'il s'agit d'une période de changements rapides et d'idéologies instables, où l'ancien pouvoir mycénien a disparu au profit d'autres formes de pouvoir difficilement saisissables, et où le *basileus* des tablettes en linéaire B devient le *basileus* des textes postérieurs.

Le trait le plus marquant est sans doute la nouvelle utilisation du fer. En Crète, en particulier, cette période se caractérise par l'apparition de couteaux en fer à rivets de bronze : ce sont les premiers changements nets dans la culture matérielle. Il est possible que les communautés de cette période soient encore en relation avec Chypre, où elles ont pu acquérir la maîtrise de la technologie du fer (le minerai lui-même existe en Grèce, notamment en Eubée) ; mais ce n'est guère que la Crète qui maintient ces liens, dans une Méditerranée où le trafic vers l'Occident semble désormais interrompu. Cette rupture des relations, qui signifie sans doute l'arrêt d'un approvisionnement régulier en cuivre et en étain, semble le phénomène le plus caractéristique de la fin de l'Age du Bronze.

Le début de la période géométrique

Cette période voit l'apparition, en Attique puis très rapidement en Eubée et en Argolide, d'une céramique différente : innovation dans les formes, avec utilisation d'un tour plus rapide, dans le décor avec des motifs de demi-cercles ou de cercles concentriques peints au compas. C'est une céramique de bonne qualité, dont le répertoire limité s'inspire de motifs mycéniens simplifiés. Mais les vases des autres régions de Grèce, dans l'ouest du Péloponnèse, en Grèce du Nord-Ouest ou en Thessalie, n'ont aucun point commun et ont leur propre séquence, souvent encore mal établie. Ce n'est qu'après 750 que l'on retrouvera en Grèce, comme à l'époque mycénienne, un style en grande partie unifié.

La précision des études céramologiques a permis d'établir assez aisément des phases chronologiques successives ; mais le problème principal est de voir quels changements, politiques, sociaux, accompagnent ces phases. La documentation repose pendant toute cette période essentiellement sur le matériel livré par un certain nombre de tombes ; le tableau général qui en résulte est celui de replis ou de progrès apparents, variables selon les régions.

La Grèce du Xᵉ siècle

A partir de 1015 environ commence le « Protogéométrique ». Le terme a été utilisé pour la première fois en 1910 dans la publication de tombes de la nécropole de Salamine, qui révélèrent un nouveau style de décor céramique, moins avancé que le style géométrique, déjà connu. Ce terme ne désigne donc pas une période particulière de l'histoire de la Grèce, mais un style (qui peut se prolonger bien au-delà de 900). Dans la mesure où des productions céramiques très variées y coexistent, il est sans doute préférable de parler ici de la Grèce du Xe siècle plutôt que d'une Grèce protogéométrique.

En Attique, comme en Eubée, la céramique protogéométrique couvre, en gros, la période 1015-900. On a, comme pour d'autres périodes, divisé par commodité ce Protogéométrique en trois phases, ancien, moyen et récent ; mais les deux premières phases, que l'abaissement récent de la chronologie rend encore plus courtes (entre 1015 et 950), peuvent difficilement être distinguées. L'intérêt principal de ces subdivisions est de permettre de dresser, à une même époque, un état comparatif des différentes régions de Grèce. L'Attique, bien que créatrice du style, ne paraît cependant pas exercer une domination culturelle sur les provinces voisines. La similitude des décors en Eubée, Béotie, Thessalie et Skyros a permis de supposer une certaine unité dans cet ensemble de régions ; cette *koinè* semble avoir inclus une grande partie de la Grèce centrale, et des vases eubéens du Protogéométrique moyen ont même été retrouvés jusqu'à Naxos dans les Cyclades ; des importations indiquent des contacts avec les régions côtières de Macédoine centrale et de Chalcidique.

Les changements qui se produisent dans la céramique, les plus facilement observables et définissables, ne doivent pas faire oublier que le passage à la culture protogéométrique est aussi le passage de l'Age du Bronze à l'Age du Fer. Les choses sont relativement complexes à cet égard. Les premiers objets en fer – essentiellement des couteaux – apparaissent comme nous l'avons vu dès la période submycénienne ; inversement, des ateliers de bronziers s'installent de nouveau à Lefkandi, en Eubée, dès la seconde moitié du Xe siècle. Mais il est certain que l'utilisation de ce métal, au Xe siècle, devient un trait beaucoup plus général ; des épées et des poignards sont désormais fabriqués, en plus des fibules, des épingles ou des bagues, indiquant l'apparition d'un véritable artisanat local et la maîtrise d'une technologie nouvelle.

L'on a cherché à interpréter ces changements et l'on a,

encore une fois, tenté de les attribuer à l'installation de nouveaux éléments de population, en particulier à la transition entre le Submycénien et le Protogéométrique (*Dark Ages* I et *Dark Ages* II). Force est de reconnaître que si des mouvements de groupes restreints sont probables pendant cette période, les éléments matériels qui permettraient de les identifier n'existent pas, et que les nouveautés céramiques peuvent résulter tout simplement de nouvelles expérimentations des potiers. L'importance, en termes de société, de ce passage à l'Age du Fer, vers 1000, reste donc discutée. C'est dans le domaine des coutumes funéraires, de l'organisation socio-économique, moins directement saisie, et dans celui des échanges avec les autres régions du monde méditerranéen que les transformations les plus nettes apparaissent.

Le site de Lefkandi, près d'Érétrie en Eubée, est sans aucun doute, en l'état actuel des recherches archéologiques, le site le plus important qui permette d'apprécier l'originalité des changements du début de l'Age du Fer. Tout proche de la plaine Lélantine qui sera, selon la tradition, le lieu d'un conflit entre Chalcis et Érétrie vers la fin du VIIIe siècle, il présente une occupation depuis l'Age du Bronze ancien. Les tombes des siècles obscurs y commencent dès l'époque submycénienne, vers 1100, et se poursuivent jusqu'à l'époque géométrique vers 825, date à laquelle toutes les nécropoles cessent d'être utilisées ; l'habitat, sur la colline de Xéropolis, ne sera quant à lui abandonné que vers 700. Sur la colline occupée par la nécropole de Toumba, la plus riche, un bâtiment d'un intérêt particulier a été fouillé entre 1981 et 1984 ; constitué d'un porche d'entrée, de deux salles et d'une abside, il est bien daté de la première moitié du Xe siècle. Ce bâtiment à abside, de 50 mètres de long sur 14 mètres de large, est entouré d'une rangée de poteaux de bois formant véranda : c'est la plus ancienne apparition du système périptère qui sera plus tard associé au plan du temple grec et n'apparaîtra dans l'architecture religieuse qu'aux environs de 700. L'exemple de Lefkandi montre que cette caractéristique est sans doute associée, à l'origine, aux demeures « princières ». La possibilité qu'il se soit agi d'un temple est exclue dans le cas de ce bâtiment par la présence de deux fosses funéraires creusées dans le sol de la salle principale. Même si la fonction exacte de cet édifice reste débattue, l'alternative est entre une résidence princière dans laquelle le prince aurait été enterré à sa mort, ou un édifice funéraire construit en imitation d'une résidence princière. Des raisons d'ordre architectural laissent entendre qu'il s'agit plutôt ici, dans ce contexte de nécropole, d'une sorte de mausolée du prince de Lefkandi. Le bâtiment ne semble avoir été en fonction que pendant un temps très court, puis abandonné après un tremblement de terre ; il fut ensuite entièrement enseveli sous un gigantesque tumulus.

Les deux fosses funéraires et leur matériel présentent un intérêt particulier. L'une contenait les squelettes de quatre chevaux, l'autre celui d'une jeune femme et une urne en bronze contenant les cendres d'un homme de trente à quarante-cinq ans. Le vase funéraire, une magnifique amphore de bronze avec, sur le col et les anses, un décor au repoussé de combats animaux et de scènes de chasse avec archers, fait partie d'une série de vases chypriotes trouvés habituellement dans des contextes du XIe siècle et appartenant à une tradition de bronzes à décor figuré des environs du XIIe. Ce monument funéraire évoque ainsi, comme les tombes plus tardives de Salamine de Chypre (vers 700), les honneurs rendus dans l'épopée homérique aux héros de la guerre de Troie.

Cette découverte est exceptionnelle dans une période – la première moitié du Xe siècle – qui reste extrêmement obscure. Dans le domaine funéraire, les changements les plus marquants interviennent sans doute moins dans le domaine des pratiques funéraires que dans celui des conditions sociales de la sépulture, comme nous le verrons plus loin. Dans les nécropoles d'Attique, beaucoup mieux connues que les habitats, la crémation tend à remplacer l'inhumation ; mais celle-ci reste en usage en Argolide. La crémation, qui se développe donc inégalement selon les régions, ne fait pas soudainement son apparition au début de l'Age du Fer ; sans remonter au Néolithique, on peut noter qu'elle existe en Orient depuis 1600 environ dans les cimetières hittites et que son usage a pu s'étendre progressivement dans le monde égéen à partir de la fin de l'époque mycénienne.

Les changements les plus nets se placent en fait vers 950, au début du Protogéométrique récent. Ils se marquent à Lefkandi par des contacts nouveaux avec les régions proches,

Attique (vases importés ou imités) ou Thessalie, des changements dans les coutumes funéraires, et des créations locales, comme une coupe à boire, le « skyphos à demi-cercles pendants », qui deviendra le témoignage archéologique principal de la présence eubéenne en Méditerranée pendant près de deux siècles. L'or réapparaît après une longue absence ; la fabrication de trépieds en bronze et la création d'un nouveau type de fibule eubéen montrent le développement de l'art du métal. L'explication proposée est un changement d'ordre social ou démographique dans une communauté essentiellement agricole : terres devenues insuffisantes, ou émergence d'une aristocratie terrienne, qui conduisent au développement du commerce. Des vases eubéens sont alors exportés à Vergina, en Macédoine du Sud, ainsi que dans les Cyclades, à Andros ou à Ténos, et même à Chypre. Cette période marque le début des entreprises maritimes eubéennes.

La période du Géométrique ancien et moyen (900-750 environ)

Le style céramique dit géométrique naît à Athènes vers 900. On le trouve d'abord dans les grands cimetières d'Athènes (Céramique, pente nord de l'Aréopage), pendant que des versions attardées du style protogéométrique persistent en d'autres régions, comme en Eubée, jusque dans la seconde moitié du IXe siècle. Ce style géométrique, d'une excellente qualité technique et artistique, au décor sophistiqué qui abandonne les ornements circulaires au profit du méandre, permet d'étudier avec précision l'évolution du style et fournit à l'historien le meilleur cadre pour l'étude de cette période. Le changement aura gagné la presque totalité des centres égéens vers la fin du IXe siècle ; deux zones principales émergent : celle constituée par l'Argolide, la Corinthie, la Béotie, qui s'inspirent rapidement de la céramique attique ; la zone qui va de la Thessalie aux Cyclades du Nord, centrée autour de l'Eubée, où subsiste plus longtemps un style protogéométrique. Le Dodécanèse et la Crète restent à part, ainsi que la Grèce de l'Ouest. Dans le Dodécanèse, des liens existent dans la période précédente avec l'Attique ou l'Argolide ; au IXe siècle, la tradition protogéométrique reste forte. En Crète, un style protogéométrique local, ajoutant cercles concentriques et pieds coniques au répertoire subminoen, se continue jusqu'aux environs de 800 ; la jarre à étrier de tradition mycénienne y connaît alors ses derniers avatars. On ne sait pratiquement rien du Péloponnèse du Sud et de l'Ouest, des îles Ioniennes, de la Grèce du Nord-Ouest, qui semblent rester relativement isolés encore à cette époque.

Au Géométrique ancien (900-850), la diversité persistante des styles régionaux comme celle des coutumes funéraires ont fait interpréter cette période comme un moment de relatif isolement des différentes provinces et peut-être de déclin : les communications internes semblent s'être détériorées, et les relations avec l'extérieur sont rares. La richesse des tombes de Lefkandi, qui ont livré or et bijoux, reste l'exception ; ailleurs, les offrandes funéraires sont souvent plus pauvres qu'au Xe siècle. En Attique, la céramique de cette période n'est guère diffusée à l'extérieur ; la présence de « tombes de guerrier », caractérisées par la présence d'armes en fer (épées, pointes de lance), a pu être interprétée comme un symptôme de possible insécurité.

C'est le début du Géométrique moyen (850-750) qui semble marquer un tournant. Le style géométrique parvient alors à sa maturité, avec de nouveaux motifs et, vers 800, l'apparition du décor figuré (chevaux, oiseaux, guerriers). Surtout se manifeste un triple progrès, dans les communications entre les régions égéennes, dans les échanges avec le Proche-Orient, dans l'enrichissement des cités participant à ces échanges. Cette transformation est visible dans une série d'une douzaine de tombes de la période 850-830 à Athènes et à Lefkandi, qui montrent une richesse que l'on n'avait pas vue depuis les palais mycéniens. A Athènes, la plus remarquable est une tombe de femme de l'Aréopage, qui contenait 34 vases, dont un coffret (analogue à celui d'une tombe de Lefkandi juste avant 900) au couvercle orné de cinq greniers miniatures, symbole sans doute de la prospérité d'une classe sociale qui pourrait annoncer celle des « pentacosiomédimnes » de l'époque solonienne ; la femme était accompagnée de ses bijoux, bagues en or, boucles d'oreille avec granulation et filigrane. Au Céramique, quatre autres tombes masculines, groupées à l'extrémité est de la nécropole, montrent une richesse comparable. A Lefkandi, on trouve de nouveau des tombes très riches (diadèmes et bijoux en or), et les importations de vases attiques indiquent que les communications avec Athènes ont été renouées. Aucune autre cité grecque ne montre de tels signes de puissance : on peut supposer d'après les importations et l'imitation de techniques orientales que cela est dû au commerce avec l'Orient. Pour l'Attique, on a pu songer à l'argent des mines du Laurion qui aurait enrichi l'aristocratie athénienne ; mais cela supposerait que l'unification politique de l'Attique (le « synœcisme » attribué à Thésée) ait déjà existé. Il est certain que les découvertes du Géométrique moyen en Attique révèlent un changement dans l'occupation du sol ; quelques tombes importantes proviennent de nécropoles près de la côte, à Éleusis, Anavyssos (peu après 800), ou Marathon ; cette dispersion des nécropoles traduit la première réoccupation des zones côtières de l'Attique depuis la fin de l'époque mycénienne.

Le rétablissement des communications en Grèce se traduit en particulier par une large diffusion des vases attiques du Géométrique moyen. La poterie corinthienne, dont les exportations avaient été limitées au voisinage immédiat au IXe siècle, parvient quant à elle de manière sporadique à Andros, Cnossos, Smyrne, à Ithaque et à Vitsa en Épire. Le développement des futures grandes cités grecques est illustré en même temps par la fondation vers 750 d'Érétrie, dont on ne sait exactement si elle prend en Eubée la place de Lefkandi, et par l'importance accrue d'Argos, célèbre dès cette époque par ses bronziers. En Crète, à Cnossos, l'abandon vers 850 d'anciennes nécropoles utilisées depuis l'époque minoenne est un signe de l'extension géographique de la cité ; de même à Athènes de nouvelles zones sont réservées aux morts, comme celle du Dipylon, célèbre par ses grands vases funéraires, située au nord-ouest de la ville au-delà de la « double porte » dont elle tire son nom. Le style du Dipylon, qui marque la transition du Géométrique moyen au Géométrique récent, se caractérise, sur de grands cratères et amphores, par des scènes figurées représentant l'exposition du mort ou son transport vers la tombe, des défilés de chars ou des scènes de bataille évoquant le rang social du défunt.

L'un des faits les plus marquants de la fin du IXe siècle est le renouveau d'une activité commerciale en Méditerranée, dont le signe le plus clair est la présence de céramique grecque, à partir de 825 environ, sur le site araméen d'Al Mina, en Syrie du Nord, à l'embouchure de l'Oronte.

La Grèce et l'Orient pendant les siècles obscurs

Le rétablissement progressif des relations avec l'Orient, après leur déclin à la fin de l'Age du Bronze, est sans doute l'un des éléments essentiels dans l'évolution de la Grèce au cours des siècles obscurs.

La perturbation des échanges maritimes entre l'Orient et l'Occident semble avoir été sévère après 1200 ; la reprise du trafic phénicien reste mal attestée avant la fin du IXe siècle. C'est cependant l'influence du Géométrique chypriote qui semble être à l'origine du Protogéométrique attique, et l'établissement de contacts à longue distance se manifeste très rapidement en Eubée, région qui a sans doute été l'une des bases du commerce égéen pendant les siècles obscurs. Des importations phéniciennes atteignent l'Eubée dans la seconde moitié du Xe siècle. Une collection impressionnante d'or, de faïence, de pâtes de verre, un vase en bronze égyptien et tout un répertoire d'objets égyptianisants en faïence ont été trouvés dans plusieurs tombes protogéométriques ; une cruche et un collier de perles de faïence d'origine syro-palestinienne sont parmi les plus anciens objets importés, peut-être par l'intermédiaire de Chypre. Les Eubéens ont été les premiers à bénéficier de cette reprise du commerce en Méditerranée orientale après les grands bouleversements du début du XIIe siècle ; Tyr reçoit dès le milieu du Xe siècle des vases protogéométriques eubéens.

Le site d'Al Mina a particulièrement retenu l'attention dans la mesure où l'on avait pu à l'origine le considérer comme la plus ancienne colonie grecque installée en Orient. On ne peut plus retenir aujourd'hui l'idée d'une colonie eubéenne à cette époque : la présence de poterie grecque n'implique pas celle de colons grecs. Mais le réexamen du matériel d'Al Mina, sa comparaison avec celui des autres sites orientaux, a permis d'apprécier plus exactement son importance ; vers 800, un trafic plus ou moins régulier s'est établi entre l'Eubée et la Syrie du Nord.

En Crète, la région de Cnossos retrouve au cours du Xᵉ siècle sa position de centre international. Le Cimetière Nord de Cnossos produit à la fois de grandes quantités de poterie protogéométrique d'Athènes, d'Eubée et des Cyclades, et un nombre important de vases chypro-phéniciens. L'influence de Chypre se manifeste notamment, comme en Eubée, par des trépieds en bronze qui parviennent à Cnossos (dans la nécropole de Fortetsa) ainsi qu'à Vrokastro sur le golfe de Mirabello en Crète de l'Est. Une inscription phénicienne sur un bol de bronze de la nécropole cnossienne de Teké (tombe J) est la plus ancienne trouvée jusqu'ici en Égée, dans un contexte de la fin du IXᵉ siècle. L'inscription (« Coupe de Shema, fils de L... ») est une formule de propriété privée : c'est une formule du même genre que présente l'un des plus anciens graffiti grecs sur un skyphos de Rhodes de la seconde moitié du VIIIᵉ siècle. Ce bol de bronze pourrait avoir appartenu à un Phénicien résidant à Cnossos ; une seconde sépulture de la même tombe, datée de 1050 environ, qui a produit des bijoux ainsi que de l'or et de l'argent non travaillés, serait celle d'un orfèvre venu d'Orient, auquel le bol lui-même, que des considérations paléographiques tendent à placer vers le XIᵉ siècle, aurait appartenu.

Les fouilles de Kommos, sur la côte sud de la Crète près de Phaistos, ont fourni en 1982-1983 de nouvelles informations sur une présence phénicienne antérieure à 900. Deux temples successifs, du Protogéométrique à la période archaïque (925-600), ont été découverts sur le site. Le premier temple (A) présentait vraisemblablement le même plan que le second (B) des IXᵉ et VIIIᵉ siècles : l'un et l'autre comprenaient une petite pièce à banquettes ouvrant à l'est sur une vaste cour. Certains traits particuliers (trois piliers dressés sur une base en pierre) correspondent à une tradition de l'Égypte et du Proche-Orient. Le temple B offre des ressemblances avec le temple de Tanit à Sarepta, et ces installations à trois piliers sont bien connues ensuite à l'époque archaïque en Sicile, Sardaigne, à Malte et Carthage. Ce serait le seul cas de culte phénicien ailleurs que dans les colonies de l'Ouest ; mais l'on peut établir une analogie avec un sanctuaire du XIIIᵉ siècle de Phylakopi de Mélos (Sanctuaire Est), adossé au temple principal et attribué à des commerçants orientaux de cette époque.

La première phase du temple A de Kommos débute au Xe siècle et correspond sans doute à la reprise de l'activité phénicienne en Méditerranée. Sa période principale se place au IXe siècle. Il est difficile de tracer exactement les voies maritimes de l'époque, et il convient même d'être prudent en parlant de routes commerciales. Mais l'on a pu suggérer, parmi les différentes hypothèses possibles, l'existence d'un trajet qui de Chypre passerait par Rhodes puis par la Crète ; ce seraient les principales places de contact où pourraient s'être établis les liens entre Grecs et Phéniciens.

Continuités et ruptures

Dans cette longue période de l'histoire grecque qui voit s'effacer d'abord progressivement la culture de tradition mycénienne puis se constituer, avec de multiples variantes locales, la culture de la Grèce géométrique, le déclin de la civilisation grecque n'est donc que très relatif. Plusieurs régions de Grèce, l'Eubée, l'Attique ou la Crète, continuent à entretenir des liens entre elles, et avec l'Orient. La Grèce géométrique naît-elle d'une rupture avec la Grèce mycénienne, ou ne s'explique-t-elle que par la tradition antérieure ? On ne peut poser la question en termes de continuités *ou* de ruptures : la transition, terme commode, entre la Grèce des palais et celle des États-cités est faite à la fois de continuités et de ruptures. Le problème est de voir où celles-ci se situent, et quelle est leur importance.

La tradition orale : du linéaire B aux textes homériques

Comme nous l'avons dit, une des ruptures les plus nettes se place dans le domaine de l'écriture : il n'existe plus de document écrit en Grèce propre entre le début du XIIe et le milieu du VIIIe siècle. La date des tablettes en linéaire B conservées est variable ou discutée selon les sites : celles du palais de Pylos, traditionnellement datées de la fin de l'HR III B, devront sans doute être remontées vers la première moitié du XIIIe siècle si l'on accepte la date haute proposée pour la destruction de Pylos. La date des tablettes de Thèbes reste imprécise. Mais, à Mycènes, les tablettes de la Citadelle peuvent être placées à la fin du XIIIe siècle ; et les dernières tablettes inscrites en linéaire B de la ville basse de Tirynthe, qui montrent encore l'activité d'une administration dont les intérêts (listes de personnel, inventaires de roues, de produits divers : figues, peaux) étaient comparables à ceux des autres centres palatiaux de la phase précédente, sont de contexte HR III B 2 assuré (soit 1180 au plus tard). L'écriture syllabique n'est plus attestée ensuite en Grèce et n'est vraisemblablement plus utilisée : liée à l'administration et à l'économie palatiale, elle disparaît en même temps que les palais eux-mêmes. Elle ne survit ensuite, sous la forme de l'écriture dite chypro-minoenne (non déchiffrée), que dans le domaine chypriote jusque vers 1050. Les plus anciennes inscriptions grecques en écriture syllabique chypriote classique ne datent que du VIIIe siècle, même si l'une d'elles, provenant de Paphos, a pu être attribuée à une date antérieure.

C'est une autre écriture, alphabétique, sans aucun doute empruntée aux Phéniciens, qui fait son apparition dans la seconde moitié du VIIIe siècle sur quelques inscriptions : deux des plus anciennes figurent sur des vases (une œnochoé du Dipylon à Athènes et une coupe de Pithécusses, mentionnées au chapitre suivant) et sont constituées de vers. On a pu suggérer que la création de l'alphabet pourrait naturellement être plus ancienne que les premières inscriptions dues au hasard des découvertes : les contacts entre Grecs et Phéniciens remontent au moins au début du Ier millénaire, et la versification présente sur les premières inscriptions résulte déjà d'un usage avancé de l'écriture ; les nombreuses différences entre les alphabets locaux archaïques s'expliqueraient « par une évolution divergente de plusieurs siècles ». Mais, même dans une telle hypothèse, une longue interruption subsisterait dans l'usage de l'écriture en Grèce, et l'opinion la plus fréquente, aujourd'hui, attribue la création de l'alphabet grec, à partir de l'écriture phénicienne, à une date qui n'est pas antérieure à 800.

Le problème est plus complexe si l'on considère non plus l'écriture, mais la langue. Le dialecte spécifique (« protoachéen ») des textes mycéniens survit en Arcadie et à Chypre

(« arcado-chypriote »). C'est toutefois le dialecte dorien que l'on trouve en Argolide et en Messénie, sur les anciens territoires des palais mycéniens, de même qu'en Crète : il témoigne de mouvements de groupes de population qui se sont produits, probablement de manière limitée et sans doute à des dates différentes, au cours des siècles obscurs. D'autres mouvements, qui font partie de ce que l'on a appelé la « migration ionienne », ont conduit à l'installation d'autres groupes en Ionie et dans les îles voisines (Chios et Samos), tandis que les parlers éoliens (Béotie, Thessalie) apparaissent à Lesbos et en Asie Mineure.

La rupture chronologique dans l'usage de l'écriture comme la fragmentation géographique des dialectes sont en quelque sorte compensées par la continuité de la tradition orale qui se manifeste dans l'épopée. Née dans les centres mycéniens, la tradition épique a été apportée en Asie Mineure, vers le début du Ier millénaire, par des populations parlant un dialecte éolien (Béotiens ou Thessaliens), où elle aurait été empruntée par les Ioniens ; ce langage artificiel, qui utilise le dialecte des Ioniens d'Asie Mineure mais comporte aussi de nombreux éléments du dialecte éolien, conserve encore certains traits spécifiques du mycénien qui ne subsistent que dans l'arcado-chypriote. Les études linguistiques permettent ainsi de penser que la tradition épique est bien née dans les centres palatiaux mycéniens, ce qui ne signifie nullement, comme nous l'avons vu, que les textes homériques dressent un tableau historique de la société mycénienne. Mais la constitution des cycles épiques est sans doute l'un des faits importants de la période des siècles obscurs.

La tradition artistique : du Submycénien au Géométrique

La renaissance artistique du VIIIe siècle est-elle due à l'influence orientale, à un développement nouveau sans lien avec le passé, ou repose-t-elle en partie sur la survivance d'une tradition dont les jalons ont disparu pendant les siècles obscurs ?

Certaines continuités sont dépourvues de signification véritable. Celle qui existe dans le décor céramique, depuis les motifs de l'HR III C (poulpes, spirales, cercles concentriques) jusqu'à certains éléments de la céramique protogéométrique et géométrique (les demi-cercles suspendus à la lèvre des « skyphoi » eubéens), atteste seulement une permanence de la production céramique que les continuités d'habitat sur certains sites suffisent à indiquer. La réapparition dans l'art, au VIIIe siècle, de la gravure de sceaux, art qui avait disparu en Égée dès le XIVe siècle, tient sans doute à la découverte fortuite de cachets minoens dont les artistes archaïques vont s'inspirer, plus qu'à une tradition dont les chaînons intermédiaires nous feraient défaut. Mais la question d'une véritable continuité, analogue à celle de la tradition épique, peut se poser dans le cas de la réapparition ponctuelle de thèmes insolites, pour lesquels on peut hésiter à imaginer une re-création totalement indépendante.

Le thème figuré du cheval, et du meneur de chevaux, dans les petits bronzes ou la céramique, est l'un de ceux qui ont laissé supposer une telle tradition invisible pendant les siècles obscurs. Des fragments de Mycènes illustrant ce thème sont connus encore vers le milieu de l'HR III C ; le thème de l'homme flanqué de deux chevaux réapparaît dans la peinture de vase argienne et attique du VIIIe siècle. On pourrait toutefois penser que c'est là une création nouvelle d'une époque où le cheval est le symbole d'un statut aristocratique et devient un sujet fréquent dans l'art. Mais on a noté aussi la présence dans les sanctuaires d'Arcadie au VIIIe siècle de figurines féminines assises en amazone sur un cheval, qui pourraient refléter le souvenir d'un type iconographique bien connu à l'Age du Bronze en Crète comme à Mycènes. Ces petits bronzes proviennent de quelques sanctuaires du Péloponnèse (à Tégée notamment), mais se retrouvent jusqu'à Olympie et Samos ; des exemplaires en argile plus nombreux existent à l'époque archaïque dans des sanctuaires de divinités féminines. Le type, représentant une déesse, existe à l'Age du Bronze : y a-t-il continuité, ou s'agit-il d'une réapparition indépendante ? Une réintroduction à partir de Chypre a été envisagée ; mais on a suggéré qu'en Arcadie un souvenir de ce thème aurait pu se poursuivre pendant les siècles obscurs. D'autres continuités se manifestent aussi dans le domaine de la peinture ; parmi les sarcophages des environs de 1300 trouvés près de Tanagra en Béotie, où survivent encore des thèmes d'origine minoenne, un sarcophage d'enfant présente une scène de mise au tombeau qui annonce le thème de la *prothesis* (l'exposition du mort) des vases géométriques ; cet art populaire établit un lien iconographique avec les grandes amphores funéraires du Dipylon.

La tradition religieuse : continuités et ruptures

Qu'il y ait une continuité dans le domaine des croyances religieuses n'est guère contestable : les tablettes en linéaire B fournissent les noms de divinités du panthéon grec ; même si l'on peut dans certains cas hésiter à dire si tel nom est celui d'un dieu ou un simple anthroponyme, les contextes dans lesquels ils apparaissent sur les tablettes permettent d'affirmer que Dionysos, ou Héphaïstos, faisaient déjà partie du panthéon mycénien. Ce qui est en cause dans le débat, c'est de savoir si des formes institutionnalisées du culte se sont maintenues dans les mêmes lieux en Grèce de l'époque mycénienne à l'époque géométrique.

Les recherches récentes ont bien montré que d'une manière générale les sanctuaires de l'époque archaïque n'ont pas succédé à des sanctuaires mycéniens. Le sanctuaire de Phylakopi, dont l'existence se poursuit jusque vers 1120, ou celui de Tirynthe (jusque vers 1090) cessent alors définitivement. Ni à Delphes ni à Olympie n'ont pu être mis en évidence d'ancêtres mycéniens aux grands sanctuaires ; on a démontré que le Télestérion d'Éleusis consacré à Déméter n'avait pas remplacé un temple mycénien, mais vraisemblablement un édifice civil. A Kalapodi, en Phocide, l'activité religieuse ne se manifeste qu'à partir de l'HR III C ; l'ensemble cultuel primitif (bâtiment à fosse sacrificielle et autel extérieur) sera réorganisé dans la seconde moitié du IXe siècle. L'un des rares exemples de lieu sacré où le culte continue sans interruption du Bronze moyen jusqu'au début de notre ère est le sanctuaire de nature de Katô Symi, sur la côte sud de la Crète. Utilisé depuis 1600 environ, consacré à l'époque archaïque à Hermès et Aphrodite, c'est un simple lieu de culte en aire ouverte, où s'introduisent, à une date indéterminée, de nouvelles divinités. Ailleurs, comme l'écrit Claude Rolley, « les exigences nouvelles de la religion de l'époque géométrique ont conduit à choisir des emplacements nouveaux ».

Dans le domaine des formes architecturales, il apparaît clairement que les premiers temples grecs à plan absidal, comme le Daphnéphorion d'Érétrie, ne reproduisent pas le plan de temples antérieurs : il n'y a pas de continuité formelle entre les édifices cultuels mycéniens et le temple grec archaïque. Les bâtiments à abside existent dès l'Helladique moyen et se sont maintenus durant toute l'époque mycénienne dans les régions périphériques du monde mycénien, supplantés sur les sites palatiaux par une architecture plus régulière ; cette forme resurgit aussitôt après l'écroulement de la civilisation mycénienne et disparaît après les siècles obscurs, dans le courant du VIIe siècle. Le bâtiment à plan absidal et péristyle de Lefkandi, imitation à usage funéraire d'une résidence princière, daté de la première moitié du Xe siècle, présente ici un intérêt considérable. Son péristyle de poteaux en bois est le seul connu en Grèce avant le début du VIIe siècle ; seule une maison un peu plus tardive de Nichoria de Messénie (seconde moitié du IXe siècle) comporte un système de poteaux adossés à l'intérieur et à l'extérieur des murs. Le type périptère, qui deviendra caractéristique des temples grecs à plan quadrangulaire, apparaît d'abord dans les maisons « princières » des siècles obscurs ; il sera adapté aux édifices cultuels quand ces résidences disparaîtront avec le changement des structures sociales.

A tous égards, le bâtiment de Lefkandi et les offrandes funéraires qu'il contenait sont sans doute la meilleure illustration de ce double aspect, continuité et rupture, des siècles obscurs : survivance d'objets qui se rattachent à une tradition submycénienne, annonce de formes architecturales nouvelles qui témoigneront de la rupture radicale de société qui se produit dans le courant de la période géométrique.

La société grecque pendant les siècles obscurs

C'est la difficulté à dresser une image tant soit peu précise de la société des siècles obscurs qui justifie le mieux le nom de cette période. Il est malaisé de faire la liaison entre, d'une part, le pouvoir palatial et la société hiérarchisée de la période mycénienne et, d'autre part, les structures nouvelles des États-cités archaïques.

Moses Finley avait été l'un des premiers à soutenir que les textes homériques décrivaient en fait la société des siècles obscurs des Xe et IXe siècles, et non le monde mycénien. Mais une comparaison directe entre le monde homérique et celui des siècles obscurs est extrêmement difficile, faute de documents sur les institutions ; et les témoignages archéologiques conduisent à nuancer cette conclusion. Les palais homériques, organisés autour d'un mégaron avec porche auquel donne accès une cour fermée, ne correspondent pas plus aux grands bâtiments de Lefkandi ou de Nichoria qu'aux palais mycéniens. Même si l'on admet que le genre de l'épopée suppose une certaine distance temporelle entre les exploits racontés et le monde contemporain, toute une série de faits suggèrent que les textes homériques s'inspirent d'abord, essentiellement, des traits principaux de la société de leur époque : si le poète se contente aussi souvent d'allusions, c'est parce que le cadre général est familier au public. On a souligné à juste titre que la royauté homérique (titres, privilèges royaux, conseils aristocratiques, conflits pour le pouvoir) paraît correspondre à la royauté du VIIIe siècle, c'est-à-dire à celle de la transition des siècles obscurs à l'archaïsme ; la royauté existe encore en Grèce dans une grande partie des régions à la fin du VIIIe siècle. Il apparaît aujourd'hui que l'*Iliade* et l'*Odyssée* reflètent avant tout la société du VIIIe siècle.

Les éléments qui permettent de reconstituer une certaine image de la société des siècles obscurs des Xe et IXe siècles sont donc uniquement fondés sur les découvertes archéologiques : analyse de rares édifices, des pratiques funéraires, des productions artistiques (venant essentiellement des tombes). Dans la première moitié du Xe siècle, le grand bâtiment de Toumba à Lefkandi apporte la première indication claire, même si elle est indirecte et exceptionnelle, sur l'existence d'édifices « princiers », lointains successeurs des palais mycéniens. La fouille de Nichoria, en Messénie, a donné quant à elle l'occasion de reconstituer la vie pastorale et agricole d'un modeste village des siècles obscurs ; la population, qui ne dépassait guère une centaine de personnes vivant dans des huttes absidales, y était regroupée autour d'une « maison de chef » (la maison IV). Ce n'est qu'au VIIIe siècle que des entités politiques plus larges semblent se former, avec une intensification des rivalités régionales.

Pendant toute la période coexistent des zones stables (les grands sites comme Athènes, Argos, Cnossos) et des zones instables, où les habitats se déplacent fréquemment : les différentes communautés ont construit leur propre système de fonctionnement, sans que l'on sache exactement dans quelle mesure et comment les successeurs des administrateurs mycéniens (les *basileis*) ont pu s'établir à leur tête. A travers ces variantes locales, même si les rythmes d'évolution ou les détails changent, l'image générale est sensiblement la même : à partir de sociétés de type égalitaire, l'archéologie laisse deviner le passage progressif à une société dominée par une nouvelle aristocratie hiérarchisée. La diversité des usages funéraires révèle sans doute le mieux la variété des formes locales d'organisation ; les tombes d'Athènes ont récemment fait l'objet d'études approfondies, par Ian Morris et James Whitley notamment, qui prennent en compte les structures d'âge et de sexe, l'organisation topographique des nécropoles, la représentation des divers groupes de la population. L'opposition entre une élite (les *agathoi*) et une classe inférieure (les *kakoi*) daterait déjà du Protogéométrique. Mais des différences sensibles apparaissent d'une période à l'autre dans la société athénienne. A la période submycénienne, les tombes laissent entrevoir une société où n'existe plus de hiérarchie de classes, même si les disparités de richesse entre les tombes individuelles peuvent être très importantes. Au Protogéométrique, ce sont les distinctions d'âge (adultes et enfants) ou de sexe qui importent plus dans l'organisation des cimetières que les différences de richesse ; les tombes reflètent peu les structures familiales et ne suggèrent pas l'idée de sociétés fondées sur des liens familiaux (clan ou *génos*). Le changement structurel le plus important se placerait vers 900, au moment de la naissance du style géométrique, qui concerne précisément d'abord des vases funéraires. Les sépultures d'enfants disparaissent, les tombes sont moins nombreuses, et cette restriction du droit à sépulture s'accompagne de la présence de monuments, grands cratères du Céramique ou stèles, de plus en plus riches et imposants ; cette volonté de signaler et de différencier les tombes implique la compétition de groupes, au statut comparable, qui cherchent à rivaliser en utilisant l'art comme moyen d'identification sociale ; on peut souligner à cette époque la richesse de quelques tombes, principalement féminines : c'est l'époque de la riche tombe de l'Aréopage que nous avons mentionnée plus haut. Les nécropoles révèlent ainsi l'émergence de familles dominantes, qui annoncent les grandes familles de l'aristocratie archaïque : la hiérarchie sociale n'est plus celle des sociétés palatiales à pouvoir centralisé.

La réapparition de l'inhumation, à côté de l'incinération, dans la première moitié du VIIIe siècle, n'est que l'un des signes d'une diversification accrue des pratiques funéraires entre ces différents groupes familiaux. Des tombes féminines avec bijoux et diadèmes en or existent encore, en particulier à Éleusis, et les vases funéraires, avec de nouvelles formes et de nouveaux décors, sont encore plus monumentaux : c'est l'époque où s'introduisent les scènes figurées dans un cadre qui reste très géométrique. Mais d'autres tombes abandonnent ces signes extérieurs au profit d'offrandes multiples qui rappellent celles de l'époque submycénienne. Tandis qu'une des tombes athéniennes de la Pnyx comporte encore un trépied chypriote en bronze de la fin de l'Age du Bronze, témoin de la même continuité qu'à Lefkandi, et que certains groupes aristocratiques manifestent leur prééminence par le luxe de leurs tombes, des usages nouveaux apparaissent et suggèrent une contestation de l'ordre établi.

Ce tableau de la société athénienne ne saurait avoir valeur générale pour l'ensemble de la Grèce. Seuls les sites d'Argos et de Cnossos ont fourni un assez grand nombre de tombes pour que quelques comparaisons puissent être faites. Argos présente une séquence continue de tombes jusqu'au VIIe siècle. La richesse des « tombes de guerrier » jusque dans la seconde moitié du VIIIe siècle tend à indiquer la prédominance, à cette époque, d'une élite de type militaire qui semble ne plus exister à Athènes à la fin du IXe siècle. A Cnossos, où les principales nécropoles sont utilisées de l'époque subminoenne à la fin du VIIe siècle, la diversité est de règle pendant toute la période des siècles obscurs et reflète peut-être l'image d'une ville à vocation commerciale.

La conclusion la plus importante est sans doute la constatation, dans les régions de Grèce où des témoignages archéologiques suffisants existent, de transformations sociales dans le courant du IXe siècle. Cette redéfinition des aristocraties nouvelles prend des aspects variés, mais la hiérarchisation accrue qu'elle manifeste, loin de conduire vers un nouveau système palatial, ouvre une voie différente, celle de la Grèce des États-cités.

4

La Grèce au temps des États-cités

Cette période, du milieu du VIIIe siècle à la fin du VIe, marque-t-elle, comme on l'a dit, « le passage de la préhistoire à la protohistoire » ? Jugement exagéré (la protohistoire commence au moins dès l'époque mycénienne) ; mais il est certain que même le VIe siècle est encore, en grande partie, dans la protohistoire. Il s'agit bien cependant d'une phase nouvelle : celle où, après des « siècles obscurs » pendant lesquels l'organisation politique et sociale reste difficilement saisissable, se met en place le système de la *polis* grecque, des États-cités. C'est cet aspect politique, au sens premier du terme, de l'histoire qui a concentré l'intérêt des spécialistes de cette période, même si quelques voix discordantes ont tenté de relativiser son importance. Le milieu du VIIIe siècle marquerait une révolution structurelle, une révolution sociale issue d'une crise dans les rangs de l'aristocratie (les *agathoi*) des siècles obscurs. L'ensemble de la période correspondrait à la formation de cette cité grecque qui aboutira à l'Athènes classique.

Définir la cité grecque, ce système où l'État tend à s'identifier au corps civique, à l'ensemble des citoyens, est chose difficile, et cette difficulté à en donner une définition unique, qui soit valable pour tous les États-cités de Grèce, explique que les historiens aient des opinions divergentes sur le moment de son apparition : est-ce dès la fin du VIIIe siècle, avec les premières colonisations, le développement des grands sanctuaires, ou seulement vers la fin du VIe, quand Athènes, avec l'aide de Sparte, met fin à la tyrannie des Pisistratides ? C'est dans cette période en tout cas que surviennent quelques-uns des développements majeurs de la civilisation grecque archaïque : expansion en Méditerranée, réapparition de l'écriture, développement des sanctuaires, naissance de la « pensée grecque ».

Cette époque se caractérise aussi, et peut-être avant tout, par sa richesse artistique, qui permet le mieux d'en fixer les différentes phases chronologiques : Géométrique récent dans la seconde moitié du VIIIe siècle, période orientalisante du VIIe siècle, archaïsme proprement dit du VIe.

Sources et chronologie

Cette période est la première pour laquelle nous ayons des textes d'auteurs contemporains : Hésiode (dernier tiers du VIIIe siècle ?), les fragments de Solon (archonte en 594/3), ceux de poètes lyriques comme Archiloque de Paros (vers 680-640), Stésichore d'Himère (vers 600-550), ainsi que les premiers témoignages épigraphiques. Surtout, les textes postérieurs d'écrivains comme Hérodote ou Thucydide (Ve siècle), Aristote (IVe), de « chronographes » hellénistiques comme Ératosthène au IIIe siècle aussi bien que d'auteurs plus récents, Diodore, Strabon, Plutarque, Pausanias, peuvent aussi se rapporter à cette époque. Ces sources tardives doivent naturellement être considérées avec la plus grande prudence, qu'il s'agisse des dates établies dans le système des Olympiades (et dont la valeur est surtout une valeur sérielle), des noms et des faits qui ont pu être altérés au cours de leur transmission, ou des interprétations qui correspondent aux préoccupations de leur époque. Ces témoignages, qui seuls nous permettent d'écrire l'histoire événementielle, ne peuvent être ignorés ; ils ne peuvent constituer la source unique de notre information, et l'archéologie joue encore, comme pour les périodes précédentes, le rôle majeur.

La documentation archéologique concerne d'abord quelques grands sites – Athènes (fouilles de l'Agora et du Céramique, Acropole), Argos, Corinthe, Érétrie, Cnossos –, mais elle reste très incomplète même sur ces sites ; les grands sanctuaires : Delphes, Olympie, Héraion d'Argos, Héraion de Samos ; les grandes nécropoles : celles d'Attique essentiellement, mais aussi les tombes d'Argolide ou de Crète. Les prospections de surface ont une moindre importance pour une période où l'occupation du sol est relativement mieux connue. Mais des découvertes ponctuelles enrichissent d'un seul coup notre connaissance : la tombe à la cuirasse d'Argos des environs de 720, les sacrifices humains de la nécropole géométrique d'Éleutherne en Crète, la découverte d'un hérôon des Sept contre Thèbes du milieu du VIe siècle à Argos.

L'histoire de l'art fournit enfin, pour la période archaïque, les bases précieuses d'une chronologie relative très fine et bien assurée, notamment en ce qui concerne la céramique attique. L'archéologue anglais John Beazley et ses successeurs, à partir d'une étude stylistique détaillée des vases attiques à décor figuré, ont pu identifier les « mains » de nombreux artistes, les grouper en ateliers ou écoles, déterminer des filiations, et reconstituer ainsi une trame chronologique extrêmement serrée ; à partir du moment où des points de repère historiques ont permis de passer à un système de chronologie absolue, la céramique attique est devenue un instrument d'une précision considérable, de l'ordre d'une dizaine d'années.

L'iconographie, qui reflète la popularité plus ou moins grande de certains mythes, variable selon les époques, est aussi l'une des sources de l'histoire politique ; les représentations des vases ou de la sculpture monumentale peuvent ainsi éclairer, par exemple, certains aspects de la politique des Pisistratides à la fin du VIe siècle.

Les textes littéraires contemporains apportent naturellement des témoignages plus explicites. Hésiode, le premier poète grec dont nous connaissions le nom, compose à la fin du VIIIe siècle *Les Travaux et les Jours*, texte adressé à son frère Persès à l'occasion du partage du domaine paternel ; son père, d'abord commerçant de Cymé en Asie Mineure, avait émigré pour venir s'établir en Béotie ; le texte nous donne des informations précieuses sur la situation des paysans de cette époque et sur les techniques agricoles.

Les autres textes de poètes lyriques ou didactiques ne nous sont connus que par des fragments, conservés par des textes postérieurs ou des papyri de l'Égypte gréco-romaine. Archiloque, Alcée (né vers 620), Sappho (née vers 610), tous originaires de familles aristocratiques, nous livrent quelques aperçus sur la vie et la société de leur milieu et de leur époque. Les poètes didactiques sont plus proches de certains événements historiques : Callinos d'Éphèse (début VIIe) et Mimnerme de Smyrne (vers 600) encouragent leurs concitoyens dans les luttes qu'ils soutiennent contre les nomades cimmériens ou la puissance lydienne. A Sparte, Tyrtée, vers la fin du VIIe siècle, célèbre la puissance des hoplites spartiates et l'« eunomie », c'est-à-dire la justice et l'équilibre, de leur constitution ; Alcman, originaire de Sardes, compose des hymnes pour les fêtes officielles.

Des fragments des poèmes de Solon, devenu archonte d'Athènes en 594, nous sont conservés, en particulier par Aristote et Plutarque. Ils dénoncent les tensions de la société athénienne et défendent ses réformes contre leurs opposants. Théognis de Mégare (vers 540), qui se fait l'écho des destructions des villes d'Ionie, critique d'autre part le renversement des valeurs traditionnelles. Simonide de Kéos (556-468 environ), dont une centaine de vers sont conservés, fut, semble-t-il, une sorte de poète de cour du tyran Hipparque à Athènes et chanta ensuite les guerres Médiques. Pindare, fils d'un aristocrate thébain, ne compose sa première grande ode (la 10e *Pythique*) qu'en 498.

Les premiers textes en prose de philosophes datent seulement du début du VIe siècle. La doctrine de Thalès de Milet, qui dut une partie de sa célébrité à la prédiction d'une éclipse de Soleil (en 585 probablement), ne nous est connue que par un ouvrage de Théophraste au IVe siècle. On n'a que des fragments d'Anaximandre, premier géographe (*Description de la Terre*) et astronome, disciple de Thalès, qui aurait fondé une colonie sur le Pont-Euxin. Rien n'a subsisté des œuvres d'Anaximène de Milet, qui ne sont connues que par Diogène Laërce au IIe siècle de notre ère. Un autre Milésien, Hécatée, vers la fin du VIe siècle, laissa un *Voyage autour du monde (Périégèse)* et des *Généalogies* dont ne subsistent que des fragments. Le problème de tous ces textes est non seulement qu'ils sont parfois difficiles d'interprétation, mais que leur portée historique reste souvent limitée.

Les inscriptions « historiques » antérieures à la fin du VIe siècle sont rares et souvent très fragmentaires. Parmi les inscriptions plus récentes, particulièrement précieuses sont les listes d'archontes ou d'autres magistrats, gravées sur pierre au ve siècle ou au IVe siècle, dont les fragments conservés permettent de reconstituer en partie, au moins pour la seconde moitié du VIe siècle, le fonctionnement des institutions archaïques tardives. Une liste des archontes athéniens découverte à l'Agora d'Athènes a sans doute été gravée avant l'archontat d'Euclide en 403. Des recherches, à la fin du ve siècle, semblent avoir visé à la constitution et au développement de fastes annalistiques : Hippias d'Élis dresse alors la liste des vainqueurs d'Olympie. Au IVe siècle, on trouve dans les *Didascalies* d'Aristote diverses compilations chronologiques, dont une liste des vainqueurs aux concours Pythiques de Delphes.

Les textes littéraires postérieurs au VIe siècle, les plus souvent utilisés, sont ceux qui nous renseignent le mieux sur l'histoire événementielle de l'époque ou l'histoire des institutions : essentiellement ceux d'Hérodote, de Thucydide, d'Aristote, mais aussi ceux d'écrivains beaucoup plus tardifs. Pausanias a vu encore en place, au IIe siècle après J.-C., certains monuments, en particulier à Delphes, Olympie ou Athènes. Les auteurs de « chronographies », comme Eusèbe au début du IVe siècle de notre ère, nous livrent une date pour le début des concours pythiques ou isthmiques (581), des concours néméens (573).

La valeur des témoignages d'auteurs tardifs est obérée non seulement par la distance temporelle qui les sépare des événements, mais aussi parce que les faits eux-mêmes n'avaient jamais dû être l'objet de relations au moment où ils se produisaient : l'histoire attique du VIe siècle n'a très certainement jamais été écrite, et les historiens tardifs ne peuvent que répéter des souvenirs ou des croyances reposant sur une tradition orale. Tous ces textes sont ainsi naturellement sujets à caution et doivent être interprétés. L'histoire de Sparte donne de bons exemples de ces difficultés. Un véritable mythe spartiate s'est élaboré dans l'Antiquité et jusqu'à l'époque moderne, et a entraîné des distorsions considérables dans la présentation des faits. Cela touche, par exemple, la figure du législateur Lycurgue, dont tous les historiens reconnaissent aujourd'hui le caractère mythique ; on discute encore sur l'authenticité de la grande *Rhêtra*, l'oracle-constitution de Sparte, et sur la chronologie de ses différents éléments ; la date des guerres de Messénie a pu être abaissée : la première guerre (datée traditionnellement, selon Pausanias, de 743-724) jusqu'au début du VIIe siècle (vers 690-670), tandis que la seconde se placerait entre 635-625 et 610-600.

Sur trois points, les témoignages restent très incertains pendant toute cette période : les personnages mentionnés, les dates données aux événements, les événements eux-mêmes.

– *Les personnages :* le personnage de Lycurgue a pu être considéré jusqu'à une date assez récente comme un personnage historique, placé au IXe ou au VIIIe siècle. Mais les études qui portent sur la mentalité mythique des Grecs dans le domaine de leurs institutions ont pu dégager, dans les récits qui le concernent, une structure légendaire. Pheidon d'Argos relève peut-être aussi de la même analyse.

– *Les événements :* l'un des événements les plus récents de la période et les mieux attestés, la « première » Guerre sacrée autour du sanctuaire de Delphes au début du VIe siècle, a pu récemment être considéré aussi comme une création mythique. On connaît par des textes tardifs ses causes, ses phases, les noms de certains protagonistes, des oracles delphiques et des décrets amphictioniques, les consécrations qui suivirent. Mais ni Hérodote ni Thucydide n'en font la moindre mention, et seule une allusion indirecte y est faite avant le milieu du IVe siècle, c'est-à-dire avant la « troisième » Guerre sacrée dans laquelle Philippe de Macédoine intervient à Delphes pour punir les Phocidiens. Même si l'existence du conflit n'est pas douteuse, les textes qui le rapportent fournissent ici un bon exemple d'une réécriture tardive de l'histoire par les partisans de Philippe.

– *Les dates :* dans quelques cas, le recoupement des dates traditionnelles avec des découvertes archéologiques permet de les valider (dates de fondation des colonies de Grande-Grèce ; destruction d'Asiné en Argolide vers 710), mais leur chronologie reste toujours imprécise : tout le système de dates de l'archaïsme repose sur des calculs fondés sur des comptes de générations, de durée variable, qui ne donnent qu'une approximation, sans doute de plus en plus large en remontant les siècles, et qui ne visaient guère qu'à ordonner entre eux des événements dans une chronologie relative ; on a bien montré, en particulier, que les calculs des dates de fondation des colonies grecques n'avaient pas pour but de placer un repère fixe dans le temps, mais de situer les unes par rapport aux autres les fondations de ces différentes colonies. Aucune date de l'époque archaïque n'est une date absolue, c'est-à-dire une date exacte dans notre système calendaire. Une des seules dates absolues directes de l'histoire grecque est, au Ve siècle, celle du début de la guerre du Péloponnèse en 431, assurée grâce à une éclipse (du 3 août 431) notée par Thucydide ; la mise en relation de cette guerre avec les jeux Olympiques (il y en eut la 12e année de la guerre) permet de « caler » le système des Olympiades. Mais dans ce système, où les Olympiades n'ont été numérotées qu'à partir du IIIe siècle, l'exactitude des phases les plus anciennes reste incertaine, comme la date de 776 elle-même, conventionnellement adoptée pour le début des jeux Olympiques, et que l'on tend aujourd'hui à redescendre vers la fin du VIIe siècle. Un fragment d'Ératosthène montre comment se présentaient ces échafaudages chronologiques : « De la chute de Troie au retour des Héraclides, 80 ans ; de là à la migration ionienne, 60 ans ; jusqu'à la tutelle de Lycurgue, 159 ans ; de là au début des Olympiades, 108 ans ; de la 1re Olympiade à la campagne de Xerxès, 297 ans ; de là au début de la guerre du Péloponnèse, 48 ans ; à la fin de l'hégémonie athénienne, 27 ans ; jusqu'à la bataille de Leuctres, 34 ans ; de là à la mort de Philippe, 35 ans, puis à la mort d'Alexandre, 12 ans ». La mention du retour des Héraclides, celle de Lycurgue, montrent les limites de l'exactitude potentielle de ces chronographies. Ce sont les archives orientales, d'où proviennent quelques dates précises (dont Hérodote a pu avoir connaissance), comme celle de la prise de Sardes en 546, qui permettent d'avoir, à partir de l'archontat de Solon en 594/3, quelques points de repère exacts.

Ces points ne permettent naturellement pas de fixer les dates d'autres événements sans relation avec ceux mentionnés par les textes, et, là encore, le cas des guerres de Messénie (dont l'existence même a parfois été aussi mise en doute) montre comment les historiens, à partir d'une critique des sources et d'un examen de l'ensemble des données, peuvent être amenés à modifier les dates fournies par les textes littéraires. Ils ne peuvent non plus dater directement les sites et les monuments. Dans ce domaine cependant la période archaïque est privilégiée, grâce à la précision des styles céramiques ; des événements, tels que le sac de l'Acropole d'Athènes par les Perses en 480, ont permis, grâce au matériel trouvé dans la couche de destruction correspondante, de relier cette chronologie stylistique relative à un système de chronologie absolue.

Cette chronologie a cependant elle-même été contestée récemment, ce qui montre que ses points d'accrochage n'ont pas toujours une solidité totale. Acceptant les chronologies relatives, deux historiens, E.D. Francis et Michael Vickers, ont en effet remis en question la valeur des repères absolus généralement adoptés, en opposant les témoignages contradictoires des divers auteurs anciens ou en critiquant l'exactitude des observations archéologiques ; ils ont pu ainsi abaisser d'environ soixante ans une bonne partie des dates comprises entre le VIIIe siècle et la fin du VIe siècle. L'un des repères les plus anciens, par exemple, était fourni par la date de destruction, bien établie par les chronologies orientales, de la ville de Hama en Syrie (720), où ont été trouvés des tessons non stratifiés du Géométrique récent : si l'on admet que le site n'a pas été réoccupé, alors ces tessons ne peuvent être qu'antérieurs à 720 ; dans le cas contraire, ils perdent leur valeur chronologique. Pour Naucratis, où l'installation grecque est généralement placée dans la seconde moitié du VIe siècle sous Psammétique Ier, un passage d'Hérodote mentionne que c'est le pharaon Amasis (568-526) qui autorisa les commerçants grecs à s'y établir, ce qui conduirait à abaisser leur installation après 560, alors que les découvertes archéologiques, ainsi que Strabon, imposent la date haute.

En fait, quelques repères solides confirment la validité de la chronologie traditionnelle. A Pithécusses, un scarabée portant le cartouche du roi égyptien Bocchoris a été découvert associé à des vases du Protocorinthien ancien ; Bocchoris est mort vers 712, et de bonnes raisons permettent de penser que le scarabée a été mis dans la tombe peu de temps auparavant. La date de construction du Trésor de Siphnos à Delphes, dont Hérodote dit qu'il fut bâti peu de temps avant un raid d'exilés samiens contre l'île en 524, paraît solidement établie. A Delphes encore, la date du fronton en marbre (dit des Alcméonides) du nouveau temple d'Apollon est bien fixée entre 513 et 505-500. Mais il est vrai qu'elles se placent à la fin du VIe siècle, et qu'elles sont donc d'un faible secours pour l'histoire de la période qui nous concerne ici.

La « Renaissance » grecque du VIIIe siècle

Cette courte période de la seconde moitié du VIIIe siècle, qui correspond à la dernière phase de l'époque géométrique (Géométrique récent), est marquée par toute une série d'innovations que l'on constate peu après 750 : l'apparition de l'écriture alphabétique et des textes poétiques, le développement d'un art figuratif, le début de l'architecture monumentale dans les sanctuaires, les premières colonisations et le développement des échanges à grande distance.

On utilise souvent, pour désigner cette période, le terme de « Renaissance ». Ce terme, qui fait directement allusion à la Renaissance du XVIe siècle en Europe, se réfère aussi à un certain retour vers le passé que l'on croit déceler aussi bien dans les textes homériques que dans un phénomène surprenant, celui du « culte des héros ». Les cités naissantes prennent conscience de leur passé, et la vision héroïque qu'elles en forment leur permet de se forger une identité.

Habitats et nécropoles

Comme aux époques précédentes, ce sont les habitats qui sont les moins bien conservés, et il est fort difficile de préciser la physionomie des futures cités. Les agglomérations les mieux connues sont hors de Grèce continentale, dans les Cyclades, comme Zagora, petit site fortifié sur l'île d'Andros, et Emporio à Chios ; fondées l'une au début, l'autre vers la fin du VIIIe siècle, témoignant d'un essor démographique qui semble caractériser tout ce siècle, elles ne deviendront jamais de véritables cités et seront abandonnées vers 700 pour Zagora, vers 600 pour Emporio. En Crète, Cnossos est mieux connue par ses nécropoles que par ses maisons. Il en est de même pour les futures grandes cités de Grèce continentale, Athènes, Corinthe, Sparte, Argos, dont on ne peut guère, avant le VIe siècle, préciser les éléments de la structure urbaine : elles apparaissent comme des groupements assez lâches de villages ou de quartiers séparés ; aucune organisation de voies ou d'enceintes, aucun monument public n'existe encore. Un site d'Argolide, détruit vers 710 selon Pausanias (date qui correspond aux observations archéologiques), Asiné, fournit quelques indications précises sur l'architecture de cette période, où coexistent encore maisons rectangulaires et absidales.

Même si la progression démographique est sans doute inférieure aux estimations que l'on avait pu faire naguère, habitats et tombes, dans les différentes régions, indiquent un accroissement marqué après la relative dépopulation des siècles obscurs. Toutefois, le développement soudain du nombre des tombes et les modifications des coutumes funéraires, en Attique, en Argolide et à Cnossos par exemple, peuvent avoir d'autres significations qu'une croissance démographique. Les études récentes extrêmement précises qui ont été menées sur les nécropoles ont bien montré que les différentes données accessibles à l'archéologue (la répartition des groupes familiaux de tombes dans une nécropole, la structure des âges représentés, la forme des sépultures, la richesse et la nature des offrandes) indiquent aussi, et peut-être surtout, des changements de société.

A Athènes, le changement principal, dans les pratiques funéraires, est le retour à l'inhumation, tandis que les incinérations sont beaucoup plus rares ; les sépultures cessent d'être signalées par de grands vases comme elles l'étaient avant 750 (ce qui a naturellement des conséquences sur la production artistique de la période). Le droit à sépulture semble beaucoup plus largement attribué pendant toute la seconde moitié du VIIIe siècle ; la réapparition de tombes d'adolescents et d'enfants montre qu'une plus grande variété de personnes est désormais admise dans les nécropoles. Ces modifications de la signification sociale des tombes tendent à suggérer une rupture de l'ordre aristocratique.

Le cas d'Athènes a-t-il valeur générale ? A Corinthe aussi, la réorganisation d'une nécropole, le « Cimetière Nord », semble indiquer une modification des groupes familiaux de sépultures et une organisation sociale nouvelle. A Argos, c'est, au contraire, l'époque des grandes « tombes de guerrier » qui semblent avoir disparu à Athènes. L'une de ces tombes (tombe 45) était celle d'un guerrier inhumé avec son casque et son armure de bronze ; la sépulture contenait aussi des bagues en or ainsi que douze broches en fer *(obeloi)* et une paire de chenets en forme de navire de guerre. Ces instruments du festin d'outre-tombe, connus dans les grandes tombes chypriotes contemporaines (à Paphos et à Salamine), se retrouvent aussi en Crète dans une tombe à tholos de Kavousi de 710 environ ; les broches, toujours par multiples de six, semblent avoir constitué une mesure de richesse, dont le souvenir (*obeloi* ou *oboloi*) sera conservé dans l'unité de monnaie postérieure en Grèce (l'obole). Ces tombes géométriques d'Argos, d'hommes en général (on n'y connaît qu'une seule riche tombe de femme), donnent l'image d'un État encore dirigé par une élite militaire.

A Éleutherne, en Crète occidentale, la fouille récente d'une nécropole, en 1990-1992, a révélé, vers 700, les vestiges d'une série de bûchers attestant l'existence de sacrifices humains qui rappellent évidemment le récit homérique des cérémonies funèbres en l'honneur de Patrocle : un squelette de jeune fille jetée contre un bûcher, celui d'un homme décapité, près du corps d'un guerrier accompagné de tout son armement. Les tombes sont ainsi révélatrices à la fois de pratiques mal connues, de changements sociaux marqués et de divergences profondes entre les sociétés des futurs grands États-cités de Grèce à la fin du VIIIe siècle.

L'organisation de l'espace civique : les sanctuaires

Un deuxième élément, beaucoup plus général même s'il comporte aussi des variantes régionales, est la forme nouvelle des pratiques cultuelles. La fréquentation des lieux de culte qui deviendront les grands sanctuaires de l'époque suivante, comme Olympie ou Delphes, a commencé dès la période des siècles obscurs. A Olympie, des figurines de terre cuite sont présentes dès le Xe siècle ; les premières offrandes de bronze, venues essentiellement de l'ouest du Péloponnèse, Messénie et Arcadie, apparaissent avant 800. A Delphes, comme à Délos, les premiers signes d'une activité religieuse datent de la fin du IXe siècle. Mais, au total, le nombre de sites connus pour les siècles obscurs est relativement restreint.

Au contraire, pour la période du Géométrique récent, ce sont plusieurs dizaines de lieux sacrés qui ont été identifiés dans la plupart des régions de la Grèce. Ce phénomène, accompagné d'un accroissement continu des dépôts d'offrandes, ne peut s'expliquer uniquement par une religiosité nouvelle ou par l'enrichissement de la société. Il signifie un transfert de richesse vers les dieux, beaucoup d'objets (ornements personnels, chaudrons et bassins, armes) disparaissant simultanément des sépultures à la fin du VIIIe siècle. C'est vers 725, à Kalapodi, que se multiplient les offrandes métalliques produites par les ateliers du sanctuaire.

Le VIIIe siècle marque ainsi une étape déterminante dans l'organisation et le développement des sanctuaires. La délimitation de l'espace sacré, le *téménos*, par une enceinte entourant l'autel et le temple s'accompagne en même temps des premières constructions de bâtiments monumentaux. Bien que la chronologie des édifices soit souvent incertaine, le renouveau architectural qui se manifeste avec la construction des premiers temples grecs peut être placé vers le milieu du VIIIe siècle : c'est la date du Daphnéphorion, petit édifice absidal du sanctuaire d'Apollon à Érétrie en Eubée, c'est probablement celle du temple d'Héra Akraia de Pérachora, sur le golfe de Corinthe, où des modèles en terre cuite de bâtiments absidaux reproduisant cette forme de temple datent du troisième quart du VIIIe siècle. Le plan rectangulaire s'impose à la fin du siècle, au moment où commence, vers 700, la construction des premiers grands temples, à l'Héraion de Samos ou au sanctuaire d'Artémis Orthia à Sparte. Il a été bien montré que ces anciens temples dérivent sans aucun doute de l'architecture civile de l'époque précédente, des bâtiments royaux dont l'exemple le plus caractéristique et le plus proche est celui de Lefkandi. C'est cette filiation qui permet d'aboutir à la conclusion importante que les temples grecs apparaissent au moment même où la royauté disparaît de certaines régions de Grèce.

Deux autres faits essentiels caractérisent les pratiques religieuses du VIIIe siècle : d'une part, l'essor de sanctuaires suburbains ou extra-urbains, situés non pas dans l'agglomération, mais en marge de l'habitat, comme le sanctuaire d'Artémis Orthia à Sparte, ou proches des limites du territoire, comme l'Héraion d'Argos ; d'autre part, le « culte des héros ».

L'établissement de sanctuaires majeurs en pleine campagne ou en bordure des habitats principaux est sans doute ce qui a permis aux communautés de définir leur territoire et d'assurer la solidarité du groupe social dans les célébrations qu'ils impliquent : on peut comparer leur rôle à celui des sanctuaires de sommet de la Crète des premiers palais. Ce double pôle, habitat et sanctuaires, structure l'espace civique. A Argos, l'aménagement de l'Héraion à la limite du territoire, sur un site dominant la plaine et plus proche de Mycènes, Berbati et Midéa que d'Argos même, marque probablement la progression territoriale d'Argos entre Mycènes et Tirynthe et la revendication du contrôle de la plaine. Ces sanctuaires non urbains sont souvent ceux qui reçoivent, à cette période, les dépôts votifs les plus riches.

La recherche d'un passé : le « culte des héros »

Les années 750-700 sont marquées par un phénomène déjà attesté pendant les siècles obscurs mais qui prend alors une ampleur singulière : de multiples tombes mycéniennes, peut-être encore visibles, ou redécouvertes par hasard, ou peut-être cherchées systématiquement, reçoivent des offrandes, vases et figurines de terre cuite, et deviennent lieux de sacrifices. Cette pratique est, au même titre que le développement des sanctuaires, une des marques de la transformation de la cité grecque dans la seconde moitié du VIIIe siècle.

On a mis en relation ce culte des tombes, souvent appelé de manière extensive « culte des héros », avec la diffusion, précisément dans cette même période, du texte des épopées homériques, diffusion qui sera bientôt attestée par les représentations figurées de la peinture sur vases. Il s'agit d'une même vénération pour le passé, qui conduit à vouloir célébrer et imiter la conduite des héros : les offrandes dans les tombes mycéniennes seraient un moyen de se réapproprier l'Age héroïque. Mais, s'il s'agit bien là de phénomènes proches dans des sociétés qui cherchent à se recréer une histoire, il est douteux qu'il faille voir dans l'épopée la source d'une pratique religieuse aussi largement répandue. Les

« héros » adorés sont toujours anonymes : une seule inscription sur un tesson archaïque à Mycènes se réfère « au héros », alors que les personnages de l'épopée sont toujours clairement nommés ; d'autre part, les funérailles des héros dans l'épopée ne se placent pas dans des tombes de type mycénien. Enfin, si ce type de culte est assez répandu, de l'Argolide à l'Attique et jusque dans les Cyclades, les exemples ne sont pas également répartis dans toute la Grèce : ils restent inconnus en Crète ou Thessalie, zones pourtant fameuses dans les textes épiques. On a cru trouver dans cette répartition géographique du culte des tombes une clé possible pour l'interprétation de ce phénomène ; les régions où naît cette pratique cultuelle sont celles de la Grèce des États-cités : il s'agirait, comme dans le cas des sanctuaires extra-urbains, d'une appropriation du territoire en même temps que d'une recherche des origines de la cité.

On ne peut assimiler ce culte de héros anonymes à celui des héros véritables de l'épopée, comme Ménélas honoré au Ménélaion de Sparte, ni à l'héroïsation de personnages contemporains, fondateurs des cités, en Grèce continentale ou dans les colonies, mais cette pratique relève sans doute d'attitudes similaires, visant à donner une identité à la communauté civique. A Érétrie, en Eubée, une tombe particulièrement importante (tombe 6 de la porte Ouest) datant de 720 environ, celle d'un riche et puissant guerrier – l'une des dernières tombes où le défunt est accompagné de ses armes –, est associée à un culte qui va se poursuivre jusqu'au début du ve siècle. Qui était ce guerrier ? On a pu le rapprocher d'un autre personnage de la ville voisine et rivale de Chalcis, Amphidamas, dont nous savons qu'il eut droit à des jeux funèbres auxquels participa Hésiode, vainqueur du concours poétique. Faut-il voir dans ce « héros » d'Érétrie l'un des derniers détenteurs de l'autorité locale, un héritier des *basileis* de l'époque précédente, grâce auxquels la cité a pu constituer son pouvoir territorial ? Cette idée du héros, « premier et dernier champion », selon François de Polignac, d'une cité qui désormais tend précisément à rejeter le pouvoir personnel peut s'appliquer aussi bien aux fondateurs (les « oikistes ») des cités coloniales et a le mérite de bien expliquer, au moins, l'intensification de ces pratiques dont la répartition correspond à la carte des cités naissantes.

L'élargissement du monde grec : colonisation et échanges

On a coutume de définir une première phase de la colonisation grecque qui s'étend jusque vers 675. Il est peut-être préférable, pour mieux cerner ce phénomène capital pour la compréhension de l'histoire grecque archaïque, d'observer d'abord les toutes premières fondations.

L'activité eubéenne, déjà constatée à la période précédente en Orient, à Chypre ou à Al Mina, et en Occident par des contacts sporadiques en Italie du Sud et en Sicile, se poursuit, mais prend des formes nouvelles qui vont ouvrir la voie à la colonisation grecque. Un premier comptoir est installé dès avant 750 sur l'île d'Ischia (site de Pithécusses). Rapidement, dans le dernier tiers du VIIIe siècle, selon les dates traditionnelles (approximatives), toute une série de colonies chalcidiennes, dont les motivations peuvent être variées, s'établissent, d'abord à Cumes sur la côte en face d'Ischia, en Sicile à Naxos, Léontinoi, Zancle et, sur la rive continentale du détroit de Messine, à Rhégion, pendant que des colonies secondaires (des colonies de colonies) apparaissent, comme Mylai fondée par Zancle. On a cherché les raisons qui ont pu pousser des groupes de gens de Chalcis et d'Érétrie à émigrer et à se fixer en terre étrangère. Beaucoup de causes possibles, parfois mentionnées dans les textes anciens, ont été évoquées : le manque de terres cultivables, des troubles sociaux, des calamités naturelles ; en réalité, il y eut certainement, dans chaque cas, des raisons locales variables. Mais les premières colonisations paraissent bien se situer avant tout dans le prolongement des navigations exploratoires de la période précédente. On connaît les traditions du travail du métal en Eubée ; la recherche de minerais pourrait être un des éléments déterminants à l'origine de l'installation à Pithécusses, dont les fouilles ont permis de connaître à la fois l'acropole, la nécropole, et un quartier métallurgique. Le site pourrait avoir été au centre d'un réseau commercial eubéen lié à ce type d'activité.

La situation de ces établissements eubéens n'est certainement pas indifférente ; il faut remarquer que Pithécusses et Cumes sont les points les plus avancés vers le nord de la présence grecque en Italie ; les autres colonies permettent de contrôler le passage du détroit de Messine entre Zancle et Rhégion. Les objets trouvés dans ces colonies, et en particulier à Pithécusses, montrent bien que ces fondations prennent place dans des réseaux d'échanges méditerranéens. Un des objets les plus significatifs de la période eubéenne de Pithécusses est la Coupe de Nestor, un vase rhodien, trouvé dans la tombe à incinération d'un enfant et portant l'une des plus anciennes inscriptions en vers en alphabet chalcidien. Les premières fondations eubéennes ont ouvert une voie qui détermine désormais l'organisation commerciale des villes grecques. Les premières amphores d'huile attiques qui arrivent en Occident dès la fin du VIIIe siècle sont vraisemblablement transportées par les navires eubéens et corinthiens. Au-delà de l'Italie, les premiers objets grecs parviennent dans la seconde moitié du VIIIe siècle jusque dans les établissements phéniciens de l'Andalousie côtière ; un cratère attique du Géométrique récent I (760-730) a été découvert à Huelva en Andalousie de même qu'un skyphos eubéen géométrique. Bien que très rares, ces pièces montrent là encore une insertion des produits grecs dans des courants commerciaux existants. Le cratère géométrique de Huelva est une pièce de prestige exceptionnelle, qui entre dans le cadre d'un commerce « aristocratique » d'objets de prix : des pièces comparables ont été trouvées en Italie (Syracuse, Locres, Ischia, Véies), mais aussi en Orient (Salamine de Chypre, Amathonte, Samarie, Tyr, Hama) dans des villes considérées comme des « capitales » du monde méditerranéen. Tous ces voyages et échanges semblent s'effectuer selon des axes ouverts par les Phéniciens. L'activité des Eubéens apparaît indissociable de celle de ces derniers : à partir de 775, on trouve à Carthage des vases eubéens, ou de style eubéen fabriqués dans des ateliers phéniciens de Sardaigne ou d'Italie du Sud.

Les navires eubéens en route vers l'Italie transitaient probablement par le golfe de Corinthe, en évitant de contourner le Péloponnèse par la route dangereuse du cap Malée. Ceci peut expliquer les relations étroites entre les Eubéens et les Corinthiens au début de leurs entreprises. L'activité corinthienne s'était limitée, au début du VIIIe siècle, à des contacts avec la Grèce du Nord-Ouest le long du golfe de Corinthe ; la répartition des vases corinthiens importés permet de suivre ces contacts : à Médéon, dans l'île d'Ithaque (sur le site d'Aetos et dans la grotte cultuelle de Polis), en Épire, où la poterie corinthienne apparaît essentiellement à Arta (Ambracie) et à Vitsa. Dans la seconde moitié du VIIIe siècle, la poterie corinthienne se répand tout autour de Delphes, en Phocide et à Ithaque, qui sont les points de contact privilégiés de Corinthe; la répartition et la fréquence des trouvailles suggèrent que Corinthe a cherché l'accès à des réseaux d'échanges vers le nord : vers la Thessalie par la région de Delphes, vers l'Épire et l'Illyrie par Vitsa. Le but pouvait être là aussi l'obtention du métal, le cuivre plus probablement que le fer, et peut-être l'étain. Les nouvelles conditions sociales (offrandes de métal dans les sanctuaires, demande d'objets de prestige) expliquent cette recherche accrue vers le milieu du VIIIe siècle. C'est l'époque où se développe, à proximité immédiate de Corinthe, le sanctuaire de Pérachora, l'un des plus riches de Grèce par ses offrandes, et où les bronzes corinthiens apparaissent dans les sanctuaires de Delphes, de Phères en Thessalie, ou de Dodone.

La coïncidence entre le déclin des importations corinthiennes à Vitsa en Épire et le début de la colonisation corinthienne en Italie n'est sans doute pas fortuite : on a pu penser que l'établissement de routes régulières vers l'Italie a conduit Corinthe à se détourner de circuits commerciaux moins stables. La première colonie corinthienne est Syracuse, vers 734 ; elle avait vraisemblablement été déjà précédée de navigations corinthiennes. Seule Mégare, une autre ville contrôlant le passage de l'isthme de Corinthe, participe à ce premier mouvement de colonisation, en fondant Mégara Hyblaea, sans doute vers 728. La fondation de Corcyre (Corfou) vers la fin du VIIIe siècle par Corinthe marque peut-être un retour de cette cité à sa zone d'influence première.

L'étude de ces expériences coloniales de la fin du VIIIe siècle ne doit pas détourner, en Grèce même, de l'étude, plus difficile, des transformations régionales dans l'organisation du territoire. Y a-t-il eu établissement de colonies en Grèce même ? La quantité de poterie eubéenne que l'on trouve sur le site de Zagora à Andros, très supérieure à ce que l'on rencontre habituellement dans les îles de l'Égée, a pu conduire à l'idée d'une colonie eubéenne sur ce site des

Cyclades. Une tradition rapporte que les habitants d'Asiné, après la destruction de leur ville par Argos vers 710, auraient été fonder une autre ville en Messénie. D'autre part, l'étude des sites d'Argolide a pu suggérer que des modifications significatives ont eu lieu dans l'occupation du territoire et que Lerne, Berbati et Midéa pourraient être en quelque sorte des colonies argiennes ; mais ceci entre dans le cadre des tentatives d'hégémonie régionale qui vont conduire, à la fin du siècle, à des conflits entre cités dont nous parlerons plus loin.

En dehors de l'aspect proprement économique des fondations coloniales, un point particulièrement intéressant est celui de leur relation avec la formation des États-cités en Grèce, et de leurs rapports avec les métropoles : les colons partent de sociétés où la formation de la cité n'est pas encore achevée ; ils ne disposent pas de modèles préexistants, et les colonies vont donc être elles-mêmes, comme on l'a dit, une sorte de laboratoire pour la création des États-cités. Les circonstances des fondations nous sont bien connues par des sources littéraires abondantes, qui mentionnent notamment les « oikistes », chefs d'expédition honorés ensuite comme héros fondateurs, et le processus de décision dans lequel l'oracle d'Apollon à Delphes intervient régulièrement, peut-être dès la fin du VIIIe siècle. Ces fondations de cités se trouvent immédiatement confrontées aux problèmes de définition du territoire (la *chôra*) et de répartition des terres qui se posent au même moment aux cités de Grèce propre ; de la même manière, l'établissement des cultes dans ces fondations coloniales, où apparaissent aussi sanctuaires urbains et périurbains, y marque la prise de possession du territoire.

La réapparition de l'écriture

C'est dans le contexte des activités eubéennes et des relations avec les Phéniciens et l'Orient que les premiers textes inscrits en grec alphabétique apparaissent peu après le milieu du VIIIe siècle, d'abord, sinon exclusivement, dans le domaine eubéen : à Lefkandi, dont proviennent trois graffiti de noms fragmentaires, ainsi qu'à Pithécusses, qui a fourni, pour la période qui va jusqu'en 675, environ trente-cinq inscriptions ; à Al Mina même (l'un des sites où aurait pu être créé l'alphabet), sur un tesson d'un vase du Géométrique récent attique. Ces inscriptions sont le plus souvent de simples noms ou des formules de propriété ; appartenant pour la plupart à cette même période, elles proviennent de presque toutes les régions du monde grec, de Smyrne à Syracuse. Des chaudrons de bronze béotiens (dont cinq proviennent de l'Acropole d'Athènes) portent des dédicaces en écriture chalcidienne. Des inscriptions composées d'hexamètres fragmentaires ont été trouvées à Ithaque et à Athènes : la plus ancienne inscription grecque sur pierre, attribuée à la fin du VIIIe siècle, provient de l'Acropole.

L'expansion rapide de cette écriture est bien indiquée par toute une série d'abécédaires du début du VIIe siècle qui ont été retrouvés sur des fragments céramiques, à Athènes, à Kalymnos, et jusqu'en Étrurie, où l'un d'eux (de Marsigliana d'Albegna, de la première moitié du VIIe siècle) reproduit l'alphabet chalcidien que les Étrusques ont pu recevoir des Eubéens de Cumes et de Pithécusses. Deux abécédaires viennent de Cumes même ; en Grèce d'Ionie, le plus ancien provient de l'Héraion de Samos, vers la fin de la première moitié du VIIe siècle.

En dehors des courts fragments inscrits, de signification souvent incertaine, de rares documents présentent des textes plus longs. Il s'agit tout d'abord de l'hexamètre complet figurant sur une œnochoé découverte à Athènes dans la zone du Dipylon en 1871, attribuée au peintre géométrique baptisé le Maître du Dipylon et datée d'environ 740-730. Mais l'inscription la plus longue, l'une des plus anciennes (vers 725), est l'inscription dite de la Coupe de Nestor à Pithécusses, sur une coupe à boire rhodienne du Géométrique récent ; elle porte un texte de trois lignes en alphabet chalcidien, comportant deux hexamètres dactyliques (« Je suis la délicieuse coupe de Nestor ; celui qui boit cette coupe sera saisi du désir d'Aphrodite à la belle couronne ») qui font directement allusion à la description par Homère, dans l'*Iliade*, de la Coupe de Nestor.

Ces premiers textes ne concernent ni la vie économique ni la vie de la cité. Ils sont en cela entièrement différents de l'écriture minoenne ou mycénienne, inventée pour répondre aux besoins administratifs de gestion de l'économie : il n'y a en Grèce aucune attestation de l'usage d'un système numérique avant 600 environ. Cela semble d'autant plus surprenant que l'alphabet a selon toute vraisemblance été emprunté aux Phéniciens, dont l'activité commerciale en Méditerranée a dû reprendre depuis le Xe siècle. Mais l'usage presque uniquement poétique qui en est fait laisse supposer que l'écriture était aux mains de personnes qui vivaient dans le monde aristocratique des banquets, des concours, proche de celui décrit par Homère, et on en est arrivé à la conclusion que l'alphabet grec a pu être inventé d'abord pour transcrire la poésie épique des aèdes. L'amélioration décisive apportée par les Grecs, l'adjonction des voyelles à un système qui n'utilisait que des consonnes, s'expliquerait parfaitement dans le contexte de cette poésie dont le rythme repose en partie sur la longueur des voyelles.

Les arts au Géométrique récent

Cette période de la « renaissance grecque » est bien datée par la dernière phase de la céramique géométrique, le Géométrique récent. A Athènes, ce style, qui prolonge celui du Maître du Dipylon, développe des compositions denses de motifs linéaires et répète tout autour du vase les mêmes éléments cloisonnés dans un cadre de métopes. La complexité croissante du décor permet en cette période de mieux distinguer les variantes introduites par les ateliers locaux ; imagerie et motifs figurés s'enrichissent. Les ateliers des Cyclades, de Crète ou de Grèce de l'Est introduisent des files d'animaux dans leur décor linéaire ; des motifs plus précis de l'iconographie orientale, comme les animaux en position héraldique entourant l'arbre de vie, apparaissent sur des vases eubéens.

L'art du Géométrique récent est en fait marqué, déjà, par le début du phénomène dit orientalisant qui caractérisera tout le VIIe siècle : la céramique orientalisante de Corinthe, le « Protocorinthien », naît d'ailleurs dès 720. Le dessin commence à perdre sa rigidité, et les motifs linéaires sont progressivement remplacés par des motifs végétaux orientaux. Ivoires, bronzes, objets en métal à décor en relief véhiculent ce nouveau style à partir des écoles de Syrie du Nord et de Phénicie. Aux ivoires sont empruntés la palmette, le lotus, les motifs de câble ; des bols phéniciens en bronze, à décor au repoussé ou incisé, donnent naissance à partir de 735 environ à une catégorie de skyphoi attiques à thèmes figurés encore géométrisés ; le centre de ces bols est souvent orné de languettes ou d'arêtes rayonnantes qui passeront dans l'art protocorinthien. Le style de Syrie du Nord (de Hama notamment), avec ses personnages caractéristiques, aux yeux grands ouverts, a inspiré un ivoire géométrique trouvé à Athènes. Mais l'influence est venue surtout des chaudrons de bronze à protomés rivetées (sirènes, taureaux, lions). Ces chaudrons à cuve détachable diffèrent des trépieds géométriques antérieurs dits à cuve clouée. Connus en Orient dans de riches tombes, comme celles de Gordion ou de Salamine de Chypre, ils ont été trouvés en Grèce dans des sanctuaires et en Italie dans des tombes (à Préneste). La forme deviendra celle d'un grand bassin, le dinos, de la céramique orientalisante ; les potiers athéniens en tireront une forme hybride combinant le nouveau support et la cuve à anneaux. Les protomés de griffon qui en ornent le bord, peut-être une invention grecque, deviendront prépondérantes au VIIe siècle.

Le milieu du VIIIe siècle montre, dans les techniques métallurgiques, le retour notable du bronze à l'étain, qu'il s'agisse des imitations d'objets orientaux (qui, eux, possèdent de forts pourcentages d'étain) ou des nouvelles variantes du type traditionnel des trépieds à cuve clouée (trépieds martelés d'Athènes, dont les pieds et les anses sont faits de tôle et décorés au poinçon, ou trépieds fondus de Corinthe). En Grèce, le décor au repoussé est lié d'abord aux objets orientaux ou orientalisants et n'apparaît, à l'époque géométrique, que sur les boucliers votifs consacrés en Crète dans la grotte de l'Ida. Ces changements dans les procédés de travail du bronze en Grèce, les apprentissages qu'ils nécessitent, exigent des contacts directs avec l'Orient et permettent de supposer l'installation en Grèce de bronziers orientaux, qui ont pu continuer à se procurer l'étain dans leur patrie d'origine.

La Crète, qui avait gardé plus que d'autres régions de Grèce des liens avec l'Orient, acquiert un nouveau rôle pendant cette période et constitue sans doute une station intermédiaire importante entre l'Orient et l'Étrurie. Il suffira ici de rappeler la grotte de l'Ida consacrée à Zeus, dont les découvertes essentielles datent du VIIIe et du VIIe siècle, et où les importations orientales sont nombreuses : ivoires, sceaux, bols de bronze, pendentif en bronze du Luristan. Le travail des bronzes crétois en relief est sans parallèle en Grèce ; des pièces sont exportées jusqu'à Ithaque, Delphes, Dodone et Milet.

Le second trait caractéristique de cette période de l'art géométrique est le développement d'un style figuratif. Cela se marque d'abord par l'introduction sur les vases des premières scènes à tendance narrative : scènes de chasse, de batailles, certaines représentations de naufrages non clairement identifiées mais que l'on peut être tenté de mettre en rapport avec les aventures d'Ulysse ; des centaures apparaissent dans le répertoire. Ces représentations figurées décorent aussi des séries d'objets qui avaient disparu depuis la fin de la civilisation mycénienne : statuettes en ivoire, sceaux en ivoire ou en pierre, dont une soixantaine viennent de l'Héraion d'Argos. C'est Argos qui semble avoir été le centre de ce renouveau de la glyptique dans le Péloponnèse ; les sceaux, dont les seules empreintes connues proviennent de Pithécusses, présentent, à côté de décors géométriques, des motifs nouveaux (poissons, oiseaux, chevaux, bateaux).

Toutes ces œuvres sont destinées essentiellement aux sanctuaires, plus qu'aux nécropoles ; on a déjà noté, pour les offrandes de métal, le transfert qui commence à se produire, à cette période, des tombes aux sanctuaires : manifestation sans doute d'un intérêt de la cité naissante pour les lieux principaux du rassemblement communautaire. La variété des origines de ces objets traduit bien le développement des échanges pendant toute cette période ; elle permet de discerner, en même temps que l'importance des différents sanctuaires, les liens qui peuvent exister entre les régions du monde grec. A Delphes, un dépôt sous la Voie Sacrée associe à des fragments de boucliers crétois des pièces venues d'Argos, Sparte, Athènes. Les sanctuaires d'Olympie et de Delphes reçoivent des importations italiques (casques, fibules) qu'il faut sans doute mettre en rapport avec le commerce corinthien vers la côte ouest de l'Adriatique.

Les études stylistiques permettent, généralement, d'identifier les ateliers de provenance, tout au moins pour les offrandes de bronze, épingles, statuettes, trépieds votifs. Le travail du bronze possède une longue tradition à Argos, mais n'apparaît que peu avant 750 à Corinthe d'abord, puis à Athènes. Cette apparition d'écoles locales bien individualisées, qui établissent un lien entre un style et une cité, reflète le souci des nouveaux États-cités de se forger une identité culturelle ; comme on l'a fait observer, ces styles naissent dans les *poleis*, non dans les régions organisées selon le système de l'*ethnos*.

Le développement économique et artistique, les changements nets qui se manifestent dans les sanctuaires, dans les nécropoles, sont sans aucun doute des indicateurs de transformations sociales dans le monde grec. L'image que l'on retire de cette période de la « Renaissance » grecque est celle de l'émergence de sociétés nouvelles.

On hésitera sans doute à suivre les analyses minutieuses d'études issues du structuralisme qui ont tenté, tout récemment, d'établir des correspondances étroites entre l'organisation du décor sur les vases géométriques des différents ateliers d'Argolide et les relations sociales qui régissaient les communautés correspondantes, jusqu'à en déduire le conflit qui aboutit à la destruction d'Asiné vers 710. De même, la répétition cumulative des motifs du style géométrique attique ne peut-elle apparaître comme l'illustration symbolique de l'addition de nouveaux membres à un corps social dont les nécropoles d'Athènes semblent en effet indiquer l'élargissement. Mais il est certain que les nouveautés artistiques, et en particulier la tendance vers un style figuratif, reflètent un changement de société et peuvent au moins aider à donner à ces transformations un cadre chronologique précis.

Ces cités en formation sont loin d'être uniformes. Vers 750, Athènes donne encore l'image d'une cité commerciale et maritime ; à partir de 730, c'est la campagne d'Attique qui semble être mieux occupée et exploitée, et les différences que l'on note entre les diverses nécropoles pourraient suggérer une période de compétition ou de réaction contre une centralisation accrue, impliquant la rivalité de grandes familles. A Argos, la richesse des tombes permet de suivre une différenciation sociale progressive depuis l'homogénéité relative de l'époque protogéométrique jusqu'à la fin du VIIIe siècle ; la présence d'armures dans des tombes privées, de même que le développement de figurines en argile de guerriers et le décor figuré des vases indiquent l'importance de l'aspect militaire.

Cet essor vers l'État-cité ne concerne, comme le système palatial mycénien à la fin de l'Age du Bronze, qu'une partie restreinte de la Grèce propre. De nombreuses régions continuent d'évoluer selon un autre type d'organisation politique et territoriale, l'*ethnos*, qui persiste notamment en Grèce du Nord (Thessalie) et qui prolonge sans doute un système hérité des siècles obscurs.

La Grèce du VIIe siècle : crises et expansion

La Grèce du VIIe siècle présente un tableau contrasté. Entre la « Renaissance » du VIIIe siècle et l'archaïsme triomphant du VIe siècle, ce devrait être un siècle de progrès; or les témoignages sont discordants : d'un côté, un monde grec en expansion, la construction des sanctuaires, le brillant accomplissement artistique de l'art orientalisant; de l'autre, des cités à l'histoire imprécise, comme Athènes, en particulier, qui semble tentée de revenir au type d'organisation antérieur à 750. Les cités naissantes paraissent hésiter entre des voies divergentes, rivalisent et s'opposent; les premières images de législateurs et tyrans, mythiques ou réels, apparaissent sur fond de crises.

La difficulté à étudier le VIIe siècle vient d'abord de ce que ce siècle ne relève pas encore de l'histoire, mais de récits et de traditions où des souvenirs déformés se mêlent aux reconstitutions mythiques. Comme nous l'avons vu plus haut, peu de dates, d'événements ou de personnages de cette période peuvent prétendre à l'historicité. Et, de toute manière, ce siècle reste peu connu à travers les sources littéraires tardives, qui ne mentionnent guère que des luttes incertaines entre cités (entre Athènes et Égine, ou entre Argos et Nauplie), les premières tentatives de la tyrannie, et, bien sûr, la poursuite de la fondation de colonies. Si ces colonies ont fait l'objet de nombreuses recherches et sont de mieux en mieux connues, l'histoire de la Grèce propre, de la Crète ou des Cyclades, laisse subsister de nombreuses énigmes.

Ce sont les œuvres d'art et d'une manière générale les documents matériels, le plus souvent la céramique, qui permettent d'aboutir aux dates les plus sûres, quelles que soient leur imprécision ou les divergences à leur sujet. La céramique corinthienne, presque toujours présente dans les couches anciennes des fondations coloniales, permet une comparaison avec les dates fournies par la tradition. Les chronologies orientales et égyptiennes, d'autre part, fournissent ici quelques points de repère indispensables : c'est pendant le règne de Psammétique Ier (664-610), premier roi de la XXVIe Dynastie en Égypte, que les Grecs s'établissent à Naucratis.

L'expansion grecque au VIIe siècle

L'expansion grecque est d'abord caractérisée par la poursuite du mouvement de colonisation, qui concerne désormais des cités de plus en plus nombreuses. Après les premières colonies établies par les Eubéens, Corinthe et Mégare, d'autres colons partis du Péloponnèse viennent à leur tour dans le sud de l'Italie et en Sicile vers la fin du VIIIe siècle : Tarente, fondée selon la tradition vers 706 par des colons venus de Sparte, Sybaris par des Achéens et des habitants de Trézène, Crotone par d'autres Achéens ; Géla est fondée vers 689 par des Rhodiens et des Crétois. Des colons venus de Locride fondent Locres Épizéphyrienne vers 680. Très vite, les colonies existantes essaiment à leur tour, et on assiste au phénomène amplifié des colonies secondaires : les Chalcidiens de Naxos, avec l'aide de nouveaux colons de la métropole, fondent à leur tour Catane et Léontinoi ; Sybaris fonde Métaponte. L'Italie du Sud et la Sicile sont désormais la Grande-Grèce.

La fondation de colonies devient un phénomène panhellénique, et les régions du nord de l'Égée (rives septentrionales, Propontide, Pont-Euxin), de même que la Cyrénaïque, sont à leur tour colonisées, à la suite peut-être d'explorations eubéennes de la période précédente. Les Milésiens (associés à des Pariens) fondent Parion sur l'Hellespont, puis vers 676 Cyzique et enfin Abydos ; Phocée fonde Lampsaque et Samos Périnthe dans la seconde moitié du VIIe siècle. Thasos est fondée vers le milieu du siècle par des Pariens, Cyrène vers 630 par des colons de Théra qui avaient dû quitter l'île, selon Hérodote, à la suite d'une terrible sécheresse. L'essor est donné à un mouvement général d'expansion en Méditerranée, que les Phocéens poursuivront au VIe siècle.

Les causes de cette colonisation, qui s'inspire des exemples eubéens et corinthiens, sont certainement multiples, variables selon les cités fondatrices. On a récemment repris l'idée, déjà rencontrée dans les chapitres précédents à propos d'autres mouvements de population, de calamités naturelles, entraînant des disettes dans une période où les surplus auraient été insuffisants pour faire face à des baisses temporaires de la production. Mais la sécheresse mentionnée par Hérodote à propos de la fondation de Cyrène, à supposer qu'il s'agisse bien de la cause réelle, ne saurait devenir une explication générale. Les raisons de partir pour aller mieux vivre ailleurs, une fois connues les possibilités de telles expéditions, ont pu être nombreuses.

A cette colonisation s'ajoute le cas particulier des établissements d'Orient et d'Égypte, Al Mina et Naucratis. Sur le site d'Al Mina, fréquenté par les Eubéens dès l'époque géométrique, une nouvelle période commence après l'abandon du niveau VII vers 696 (date de la destruction de Tarse, en Anatolie orientale, par les Assyriens). La nouvelle ville des niveaux VI et V, qui va durer jusqu'à la fin de la domination assyrienne, laisse entrevoir une croissance des importations de céramique grecque ; mais l'origine de ces céramiques indique un certain rééquilibrage dans l'activité des cités grecques. Les importations eubéennes ou cycladiques deviennent plus rares, et ce sont les vases de Grèce de l'Est qui dominent, avec ceux de Corinthe ; associés à de la poterie attique ou argienne, ils ont été interprétés le plus souvent comme le témoignage de la puissance commerciale grandissante d'Égine, dont les relations sont étroites avec Athènes, Argos, et Corinthe. Ces importations cessent à la fin du VIIe siècle, au moment de la chute de l'empire assyrien devant la puissance babylonienne. D'autres villes, comme Tarse notamment, présentent une histoire analogue.

A Naucratis, sur une des branches du delta du Nil, c'est dans la seconde moitié du VIIe siècle que les Grecs sont autorisés à s'installer sur un site égyptien, siège administratif et base militaire pour la défense de Saïs, où ils obtiennent le droit d'élever des sanctuaires à leurs dieux. Les offrandes à ces sanctuaires consistent en particulier en vases de luxe, dont la provenance fournit, pour la fin du siècle, un aperçu des réseaux de circulation d'objets en Méditerranée : là encore, la présence de vases corinthiens et attiques, en même temps que de Grèce de l'Est, indique la présence des Éginètes parmi les marchands de Naucratis.

Le rôle commercial d'Égine est fréquemment mis en valeur dans les témoignages anciens. A Égine même arrivent des objets d'Égypte, de Grèce de l'Est, de Chypre et du Levant. L'île était certainement le point d'aboutissement d'un réseau commercial allant d'Orient jusqu'en Étrurie. Cette importance d'Égine semble correspondre à la fin, vers 700, du quasi-monopole eubéen dans ce domaine.

Moins visibles dans les témoignages archéologiques, les explorations lointaines vers la Méditerranée occidentale se poursuivent sans aucun doute. Le récit d'Hérodote, qui raconte le voyage d'un Samien, Côlaios, poussé hors de sa route et allant jusqu'en Andalousie, vers 630, correspond sans doute à une réalité de navigations épisodiques qui gardent un aspect presque individuel.

Le phénomène orientalisant

Cet élargissement du monde grec et de l'hellénisme n'a pas eu, en Grèce même, que des conséquences d'ordre commercial et matériel : enrichissement des cités et des personnes. La prospérité nouvelle des cités commerçantes, les demandes de clientèles nouvelles, vont conduire à l'assimilation par les artistes grecs d'un certain nombre de motifs décoratifs orientaux qui permettent de caractériser cette période comme la période orientalisante.

Ce sont les arts dits mineurs, ivoires ou objets travaillés en métal, qui illustrent le mieux ce que l'on a pu appeler la « révolution orientalisante », contemporaine de l'expansion assyrienne en Syrie et en Cilicie et de l'installation par Gygès, roi de Lydie, de son royaume à Sardes vers 665, puis du développement rapide des cités ioniennes. Ils sont les plus proches des pièces importées d'Orient, qui arrivent en Grèce pendant tout le VIIe siècle, notamment dans les lieux de culte, de l'Héraion de Samos jusqu'à la grotte de l'Ida en Crète : coupes, armes, bassins portés par un trépied, bronzes et bijoux, statuettes. A leur contact, les centres artistiques grecs vont créer à leur tour leurs propres styles : les bassins à têtes de griffons seront diffusés à travers tout le monde méditerranéen, jusqu'en Italie et en Gaule ; les ivoires du sanctuaire d'Artémis Orthia, à Sparte, montrent, en plein centre du Péloponnèse, l'influence des modèles étrangers, transmise sans doute par Samos. Dans la céramique, c'est Corinthe qui a développé la première un style orientalisant, l'art protocorinthien, qui fait une large place aux ornements orientaux et aux animaux, griffons, sphinx, cerfs paissants. Les petits vases à parfum (aryballes et alabastres) protocorinthiens, puis corinthiens à partir de 625, destinés à une très large clientèle en grande partie non grecque, reprennent tous les motifs exotiques, les frises animales, les monstres. Si un style subgéométrique se poursuit encore dans de nombreuses régions, comme en Argolide, durant tout le début du VIIe siècle, les éléments du style nouveau y pénètrent cependant. A Athènes, le fondateur du style dit protoattique (terme calqué sur protocorinthien pour désigner le style attique orientalisant) est connu sous le nom de « peintre d'Analatos » ; encore proche du style géométrique malgré l'introduction d'éléments végétaux et animaux, il apporte cependant des expérimentations nouvelles.

De multiples nouveautés apparaissent dans cette époque féconde en créations artistiques : plaques de bronze découpées et gravées, jarres crétoises à décor figuré en relief, figurines moulées, bassins laconiens en pierre (les *périrrhantéria*) portés par trois ou quatre caryatides accompagnées de lions. Les premières statues de ce que l'on a appelé le « dédalisme », du nom d'un sculpteur mythique, Dédale, sont créées vers le milieu du VIIe siècle ; ce phénomène, que la Crète et Sparte illustrent le mieux, en bronze ou en pierre, marque l'apparition, en sculpture, d'un style orientalisant, caractérisé par des œuvres frontales aux volumes soigneusement étudiés (comme la Dame d'Auxerre). En même temps se développe vraisemblablement la grande peinture corinthienne, dont les métopes du temple d'Apollon à Thermos, en Étolie, nous conservent vers 620 les plus anciens témoignages.

L'intérêt de ces œuvres d'art, en dehors de leur valeur esthétique, est de nous donner une idée de la capacité créatrice de cités dont nous ne connaissons malheureusement, pour cette période, que peu de choses. On a pu parler autrefois d'un panhellénisme dédalique, mais c'est aussi un moment de création des styles locaux. Il est important de pouvoir les identifier : ils permettent de déceler les courants d'influences et d'apprécier la compétition à laquelle se livrent les cités.

Cités, nécropoles et sanctuaires

Peu de choses sont encore sûres au sujet des villes de cette période. De Sparte, on ne connaît ni maisons, ni édifices civils, ni nécropoles. La ville la plus puissante, Corinthe, reste aussi mal connue, de même qu'Argos. Athènes n'est sans doute à cette époque qu'une agglomération modeste parmi d'autres en Attique. C'est encore à l'extérieur de la Grèce propre, en Grande-Grèce ou en Ionie, que des exemples d'urbanisme peuvent être cités, comme à Smyrne, remodelée au début du VIIe siècle sur un plan régulier à l'intérieur de son enceinte.

Les nécropoles fournissent toujours, pour le VIIe siècle, la documentation archéologique la plus importante. Elles permettent de constater à la fois une diminution sensible du nombre des tombes et une rupture dans les pratiques funéraires. A partir de 700, les nécropoles prennent régulièrement place dans des zones exclusivement réservées à cet usage, hors les murs. En Attique, l'inhumation, pour les adultes, devient beaucoup moins fréquente ; la pratique de la crémation directe dans la tombe apparaît, avec des offrandes disposées dans un dépôt séparé ; on voit pour la première fois de grandes nécropoles de jeunes enfants, inhumés dans des vases. Une étude de la répartition chronologique des tombes montre que la plupart datent de la fin du siècle, ce qui rend la rupture avec le VIIIe siècle encore plus nette ; la réduction du nombre des tombes et des sites semble générale ; les nécropoles de Vitsa, en Épire, riches au VIIIe siècle, sont presque abandonnées.

Une explication d'ensemble est difficile. On a voulu y voir

une chute démographique, qui pourrait être liée à des désastres naturels (sécheresse) et à une famine vers la fin du VIIIe siècle, mais rien ne permet de confirmer de telles hypothèses à une large échelle. Une autre explication, toute différente, est la plus probable : comme nous l'avons vu, les tombes à offrandes, celles que repèrent les archéologues, sont la marque d'un statut social. Dans la seconde moitié du VIIIe siècle, la formation de la cité s'accompagne d'un accroissement du nombre de personnes ayant droit à de telles sépultures. Au VIIe siècle à Athènes, le retour à une domination de l'aristocratie, impliquant une restriction de ce droit, suffirait à rendre compte du déclin du nombre de tombes identifiables. Toutefois, les changements dans les modes de sépultures ne peuvent sans doute s'expliquer uniquement par la simple hypothèse d'un conflit de classes entre l'aristocratie (les *agathoi*) et d'autres couches de la population. Là encore, les situations locales sont très variées dans le cadre de ce phénomène général. A Argos, à partir de 700, l'augmentation relative des tombes d'adultes dans des jarres, avec peu ou pas d'offrandes, et leur regroupement en deux zones hors de la cité sont accompagnés de la disparition presque totale des tombes riches comportant des objets en métal ; mais la poursuite des offrandes dans les sanctuaires montre que cela ne signifie pas l'apparition d'une structure égalitaire parmi les citoyens.

Les lieux de culte et les grands sanctuaires sont, en de nombreuses régions de Grèce, les seuls vestiges archéologiques visibles de cette période. En Attique, les prospections semblent indiquer un regain d'activité religieuse dans des lieux de culte isolés, et souvent nouveaux : sur certains sites, comme celui de Tourkovouni, l'activité ne commence que vers la fin du VIIIe siècle et culmine vers le milieu du VIIe siècle. En Phocide, le sanctuaire de Kalapodi est réorganisé. Surtout, le VIIe siècle voit un développement notable de l'architecture monumentale et les premières créations de l'architecture de pierre dans les différentes régions du monde grec. La construction du temple primitif qui précède le temple d'Apollon à Corinthe, dans la première moitié du VIIe siècle, marque sans doute la première réalisation monumentale dans la ville ; après la destruction du premier temple d'Héra Akraia à Pérachora, Corinthe en reconstruit un deuxième, celui d'Héra Liménia. D'autres temples sont édifiés à Isthmia et à Thermos. Les grandes orientations du style ionique apparaissent en Crète ainsi qu'à Samos, où l'Hécatompédon est construit vers 660-650 ; la pierre a remplacé la brique, et l'on y trouve tous les développements d'une architecture monumentale. Le temple crétois de Prinias, de 625-600 environ, présente des frises de pierre sculptées. Pour l'ordre dorique, le temple C de Thermos présente déjà des éléments de pierre.

D'une manière générale, le nombre des offrandes dans les grands sanctuaires croît nettement vers la fin du VIIIe siècle et au VIIe siècle : les tableaux statistiques montrent cette augmentation, que l'on a comparée à la baisse du nombre des offrandes dans les nécropoles de certaines régions. Seule Athènes et l'Attique semblent ici suivre une orientation différente ; mais les sanctuaires d'Artémis Orthia à Sparte, de l'Héraion d'Argos, de Pérachora près de Corinthe, de l'Héraion de Samos, le temple d'Apollon à Érétrie, constituent certainement des vitrines de la richesse des cités concernées. Le sanctuaire d'Artémis Orthia a fourni, dans le dépôt allant de la fin du VIIIe siècle au début du VIe siècle, un nombre considérable de figurines de plomb, des statuettes de bronze, des figurines et masques de terre cuite et l'une des plus belles collections d'ivoires orientalisants.

Rivalités et conflits : le problème de la « réforme hoplitique »

Aussi bien les structures de l'organisation sociale que les relations extérieures des cités restent extrêmement floues pendant toute cette période ; mais l'on discerne, dans ces cités qui font étalage de leur puissance, des situations de crise qui conduisent à des tensions internes ou à des conflits externes.

Le VIIe siècle apparaît comme une période de rivalité entre les cités naissantes. Ces compétitions peuvent être pacifiques, comme celles qui opposent les champions des cités dans les concours des jeux Olympiques ; les compilations tardives, qui ont tenté de reconstituer les listes de vainqueurs, ont essentiellement pour nous l'intérêt d'indiquer la cité d'origine de ceux-ci : Athènes aurait ainsi eu deux champions, vers le début du siècle Pantaclès en 696 et 692, et Stomas en 644. Si la date traditionnelle de la fondation de ces concours est 776, il est possible qu'ils n'aient existé en réalité, comme nous l'avons vu, qu'à partir de la fin du VIIIe siècle (on a proposé la date de 704), au moment où diverses traditions font état de remaniements de leurs épreuves.

Mais ces rivalités aboutissent le plus souvent à des conflits armés entre cités. On a pu dire que le VIIe siècle ne connaissait aucune grande guerre. En fait, tout dépend des dates adoptées et des événements retenus (c'est là une des difficultés les plus graves de l'histoire de cette période). Les premières guerres attestées par la tradition semblent se placer à la fin du VIIIe siècle et au début du VIIe siècle. En Argolide, la destruction d'Asiné par Argos se situerait vers 710 et n'est pas contestée, dans la mesure où cette date paraît confirmée par les recherches archéologiques sur le site. En Eubée, les sources anciennes mentionnent une guerre entre Chalcis et Érétrie, qui aurait réuni bon nombre d'alliés de part et d'autre, et que les historiens ont généralement placée à la fin du VIIIe siècle ; il s'agit de la guerre Lélantine, du nom de la plaine qui séparait les deux villes, et dans laquelle se trouvait précisément l'habitat de Lefkandi, Xéropolis. Ce site a été détruit et abandonné vers 700 ; à Érétrie, près de la porte Ouest, les plus anciennes tombes de guerrier ont été interprétées comme celles de héros tombés à la guerre à cette époque ; ces événements expliqueraient l'effacement, après 700, de la présence eubéenne en Orient comme en Occident.

Les circonstances d'une guerre entre Athènes et Égine, mentionnée seulement par Hérodote (pour expliquer les raisons d'une guerre postérieure, en 506, entre Thèbes et Athènes), sont encore plus incertaines. Le récit de ce conflit dans le golfe Saronique, impliquant Argos comme allié d'Athènes, ne fixe aucune date et repose sur un mélange de sources variées et d'explications diverses. Placer ce conflit vers le début du VIIe siècle ne peut être qu'une hypothèse, qui a toutefois le mérite de rendre compte d'un certain nombre d'observations : le développement du rôle commercial d'Égine, l'apparition dans l'île d'ateliers de poterie et le relatif déclin d'Athènes font qu'un conflit de voisinage entre les deux cités est certainement possible. De la même façon, l'interruption des importations de céramique corinthienne à Épidaure entre 700 et 630 environ et la constatation d'un développement de l'influence argienne laissent supposer une mainmise d'Argos sur Épidaure pendant cette période ; les allusions à une amphictionie de Calaurie (île du golfe Saronique) qui regrouperait vers le second quart du VIIe siècle des villes menacées par Argos (Nauplie, Égine, Épidaure, soutenues par Orchomène et Athènes) correspondraient à ces événements. Rappelons, d'autre part, le conflit entre Corinthe et sa colonie Corcyre vers 664.

Le cas de Sparte est différent. Il fait peu de doute, quelles que soient les incertitudes sur l'histoire de cette cité, que Sparte est alors engagée dans la conquête de la Messénie. Si l'on adopte les dates basses récemment proposées plutôt que les dates hautes de la tradition, les guerres de Messénie encadrent très exactement le VIIe siècle : vers 690-670 pour la première (conquête de la Messénie), 625-600 pour la seconde (après la révolte de la Messénie) ; mais le détail du déroulement de ces guerres comme l'historicité de certaines batailles (celle d'Hysiai entre Argos et Sparte en 669 ?) doivent être considérés avec la plus grande méfiance. Tout cela atteste sans aucun doute cependant l'expansionnisme de Sparte au VIIe siècle ; c'est une des très rares guerres de conquête de l'histoire grecque archaïque et l'un des éléments fondamentaux de l'histoire de la puissance spartiate.

Les principales cités grecques sont ainsi engagées dans une compétition qui prend des formes variables. On ne peut malheureusement préciser quels ont pu être les buts et les effets des autres conflits connus. Il est douteux que le conflit entre Égine et Athènes mentionné plus haut ait ruiné, par exemple, les capacités productives d'Athènes.

On doit noter vers cette période une importance nouvelle de l'armement et sans doute de la classe militaire. Le développement des offrandes de casques, vers la fin du VIIIe siècle, puis de boucliers, vers le milieu du VIIe, dans les grands sanctuaires comme Olympie, est un fait caractéristique. C'est dans ce contexte que l'on a souvent placé l'adoption d'un changement susceptible d'avoir eu des conséquences pour la formation de l'État-cité, celui de la « phalange hoplitique ».

A partir d'une interprétation d'un passage de *La Politique* d'Aristote mentionnant le remplacement des combats de cavaliers par le combat d'hoplites, beaucoup d'historiens ont suggéré qu'un changement de tactique militaire avait eu lieu à une date qui se situerait dans la première moitié du VIIe siècle. Cette chronologie est liée en partie au fait qu'Homère ignorerait les combats par masses d'infanterie ; mais les textes homériques, sauf à vouloir considérer tous les passages litigieux comme interpolés, connaissent le terme de « phalange » et font référence à des formations massives d'infanterie. Certes, des changements dans l'armement (cuirasse, invention de la seconde poignée du bouclier permettant une meilleure prise) sont placés aux environs de 700 ; mais ces perfectionnements, qui apparaissent dès le VIIIe siècle (tombe à la Cuirasse d'Argos vers 720) ne sont pas nécessairement liés à un changement de la tactique militaire. On s'est référé, dans le même esprit, aux représentations des vases géométriques, qui montrent seulement des duels de combattants, pour placer ce changement après 700. Mais l'art géométrique use de conventions particulières, qui visent à rendre l'idée d'une bataille de masses par la seule représentation de quelques guerriers. Déjà, le Vase aux Guerriers de Mycènes, vers 1150, montre des files d'hoplites, vêtus d'une cuirasse de cuir et métal et portant des boucliers ronds échancrés, qui marquent une rupture nette avec les peintures des fresques mycéniennes : s'il y a eu changement dans le domaine militaire, c'est au début du XIIe siècle qu'il conviendrait plutôt de le placer.

Le débat sur la « réforme hoplitique » touche moins, en réalité, aux problèmes de tactique qu'à ceux de l'organisation sociale de la Grèce du VIIe siècle. En suivant le texte cité d'Aristote, on a voulu faire d'un élargissement du corps des combattants la cause d'une transformation du corps social : les non-aristocrates intégrés parmi les hoplites auraient demandé une égalité de droits et auraient mis en péril le pouvoir des nobles ; c'est sur eux, sur le *dèmos*, que se seraient appuyés les candidats à la tyrannie. Or, comme nous l'avons vu, rien, dans les nécropoles de cette époque, ne permet de penser qu'il y ait eu une extension de la base sociopolitique de la communauté au bénéfice des couches moyennes de la paysannerie. Il n'est sans doute pas nécessaire de faire appel à une « réforme hoplitique » que rien n'atteste véritablement pour expliquer les crises sociales et les disparités du VIIe siècle, qui semblent s'être exacerbées, ou l'importance prise par le *dèmos*. La formation de la cité comportait en elle-même suffisamment de causes de tensions internes.

A l'extérieur de la Grèce en tout cas, la présence de mercenaires grecs, originaires d'Ionie le plus souvent, est bien attestée en Égypte dès le règne de Psammétique Ier. A Abou-Simbel, à la frontière du Soudan, des graffiti, dus probablement à des Doriens de Rhodes, datent de la campagne de Psammétique II en Nubie en 591.

Les crises sociales

On a souvent souligné qu'il n'y a pas de modèle normal de la *polis* grecque : les États-cités se développent selon des formes distinctes, et il convient de ne pas oublier que, de même que le système palatial mycénien ne couvrait qu'une faible partie de la Grèce, le système de la *polis* ne concerne pas toutes les régions. Parmi les États-cités eux-mêmes, on a pu tracer une distinction entre les États modernes et les États « archaïques » du VIIe siècle, le clivage s'opérant en particulier à partir des définitions du citoyen, de l'homme libre et de l'esclave. Les Spartiates ont créé une nouvelle classe de serfs (les hilotes) lorsqu'ils se sont emparés de la Messénie. La Thessalie, la Crète, avaient apparemment des systèmes faisant appel à une large population servile. D'une manière générale, les oppositions persistantes entre les aristocraties, qui joueront un rôle important encore pendant tout le VIe siècle, et les autres éléments de la population, les modifications des structures économiques et sociales, entraînent sans aucun doute des tensions que les cités résoudront de différentes manières. D'Hésiode à Solon, les textes évoquent les difficultés de la condition d'une partie de la paysannerie, endettement et dépendance, précarité des situations, servitude. Des récriminations et des revendications égalitaires s'expriment aussi à Sparte dans l'œuvre de Tyrtée.

Ce sont ces situations de crise sociale accrue dans les cités naissantes que traduisent sans doute les sources anciennes lorsqu'elles placent vers le VIIe siècle un certain nombre de figures, imprécises et en grande partie mythiques, de personnages qui interviennent dans l'organisation sociale de la cité, rois, législateurs ou tyrans. Les législateurs apparaissent notamment à Sparte (Lycurgue) et Athènes (Dracon). Plutarque lui-même, dans sa *Vie de Lycurgue*, souligne le caractère incertain de tous les récits relatifs à celui-ci, qui dérivent du « mirage spartiate » élaboré à partir de l'époque classique, faisant de Sparte un modèle de vertu, de discipline et de rigueur. Au VIIe siècle (au VIe, Sparte commencera à prendre une physionomie originale), Sparte n'est vraisemblablement pas très différente des autres cités grecques aristocratiques. A Athènes, c'est vers la fin du siècle (621) qu'est traditionnellement placé le législateur Dracon ; son code de lois avait sans doute pour but de créer un droit commun pour tous ; mais la constitution de Dracon telle qu'elle est rapportée par Aristote n'est qu'une élaboration de la fin du Ve siècle. On a signalé à juste titre que l'oracle de Delphes, qui joue un rôle important dans l'organisation du monde grec (consultation pour l'établissement des colonies, pour certaines orientations de la politique des cités), a tenu en quelque sorte le rôle d'un législateur de la Grèce ; les oracles sont un des éléments majeurs dans la prise de décision des cités, conduisent éventuellement à un réexamen de leur politique, interviennent dans leurs relations.

Les témoignages anciens sur Pheidon, roi ou tyran d'Argos, sont contradictoires, et le témoignage d'Hérodote, le plus ancien, repose sur une tradition qui ne permettait déjà plus de situer ce personnage dans le temps ; il était, comme Cypsélos, crédité de l'invention de la monnaie et aurait été le premier à avoir fait adopter la formation de la phalange hoplitique. Si cette figure n'est pas totalement imaginaire, les mentions qui en sont faites n'ont sans doute plus guère de rapport avec une réalité historique. Les débuts de la tyrannie au VIIe siècle restent donc incertains. La dynastie des Cypsélides de Corinthe est la mieux connue, grâce encore aux témoignages d'Hérodote ; mais le personnage de Cypsélos (vers 630-600 ?), le premier tyran, qui, enfant, avait échappé grâce à une ruse de sa mère à la mort préparée par le clan oligarchique des Bacchiades et qui s'empara du pouvoir ensuite avec l'accord de l'oracle de Delphes, appartient aussi en grande partie au mythe.

Le cas d'Athènes, généralement la cité la mieux connue dans l'histoire grecque, illustre bien la faiblesse de la documentation concernant le VIIe siècle. Sans colonies pendant cette période, sans tyran (le coup de force de Cylon, avec l'appui de Mégare, pourrait n'avoir eu lieu qu'au début du VIe siècle), avec un seul législateur célèbre mais mal connu, Dracon, Athènes est peu présente dans les sources anciennes qui ne mentionnent guère par ailleurs qu'un conflit imprécis avec Égine et des démêlés avec Mégare à la fin du siècle. Les premières magistratures annuelles apparaîtraient vers 680. Mais la documentation archéologique n'est pas beaucoup plus riche dans le domaine artistique ; l'art attique, qu'il s'agisse de l'architecture monumentale ou de la sculpture, ne semble pas au même niveau que celui des autres cités rivales, Corinthe ou Sparte : on en a rapidement conclu à l'existence d'une crise athénienne au VIIe siècle.

L'analyse de la céramique orientalisante d'Athènes apporte des éléments qui vont dans le même sens. L'art était particulièrement brillant à Athènes au VIIIe siècle : la céramique attique géométrique était une céramique de qualité, où s'est développé le mieux le nouveau décor figuré ; les tombes féminines des IXe et VIIIe siècles montrent les débuts de la bijouterie, de la sculpture et du travail du métal. Le nouvel alphabet trouve une de ses plus anciennes utilisations sur une cruche du Dipylon. Or il apparaît une sorte de vide entre le VIIIe siècle et le VIe siècle, notamment dans la peinture de vases, entre le Maître du Dipylon et les premiers grands peintres attiques, le Peintre de Nettos (dans le dernier quart du VIIe siècle) ou le peintre du Vase François (vers 570-560). Déjà le style géométrique récent, décoré de scènes funéraires et de batailles, était en fait isolé, peu exporté, dans la seconde moitié du VIIIe siècle. Dans la première moitié du VIIe siècle aussi, la diffusion du style attique est restreinte au voisinage immédiat.

C'est vers 675 qu'apparaît un nouveau style original, dans la tradition des premiers vases protoattiques, le style dit « Noir et Blanc », qui doit son nom à l'utilisation systématique, à côté de la peinture en « silhouette » de la période géométrique, du simple trait de contour pour le dessin des personnages, avec des zones peintes en blanc. Cet atelier, dont l'activité couvre à peu près une génération (670-640 environ) et dont l'artiste le plus prolifique est le Peintre de Polyphème, se consacre à des motifs narratifs comme l'aveuglement de Polyphème, la fuite d'Ulysse hors de la caverne du Cyclope, le combat d'Héraclès et de Nessos ; les héros populaires (Héraclès, Persée, Bellérophon) sont présents sur ces vases, tandis que des combats d'hoplites reflètent sans doute les conflits de l'époque. C'est la première fois que des scènes mythologiques détaillées, et d'interprétation incontestable, sont représentées ; Corinthe a dû jouer un rôle important dans leur introduction, et les affinités sont nombreuses avec la céramique protocorinthienne ; mais ces vases annoncent aussi la tradition attique de l'art narratif. Or la plupart des exemplaires proviennent d'Égine, et non d'Athènes ; seuls quelques vases isolés viennent d'Éleusis (une amphore célèbre représentant Persée et les Gorgones) ou d'Argos.

On a proposé, avec de bonnes raisons, d'attribuer ce groupe de vases à un atelier d'Égine ; seuls, pendant ce temps, des peintres plus modestes poursuivent à Athènes leurs expérimentations. Il est tentant d'expliquer ce déclin relatif d'Athènes par les possibles conséquences du conflit avec Égine. De toute façon, Athènes n'était pas dans une situation économique critique : ses amphores d'huile (du type dit « SOS » en raison de la forme des motifs peints sur leur col) sont diffusées largement pendant tout le VIIe siècle vers la Méditerranée occidentale. Mais la crise est peut-être plutôt d'ordre social. Comme nous l'avons vu, l'étude des tombes d'Athènes, comme celle des stèles funéraires de la période 700-650, semble indiquer le retour au pouvoir des *agathoi* et suggère ainsi une division de la société en deux groupes, qui pourraient correspondre aux Eupatrides et aux paysans dépendants (les « hectémores ») mentionnés par les textes. C'est ce retour en arrière qui va conduire en tout cas, à la fin du VIIe siècle, à une amorce de révolution sociale pour laquelle les Eupatrides devront faire appel comme médiateur à Solon en 594.

De Solon à Clisthène : le grand siècle des tyrannies

L'histoire du VIe siècle est dominée par celle d'Athènes, sur laquelle les sources tardives nous donnent le plus de renseignements, et pour laquelle les dates sont les plus assurées. Il est commode de situer ce siècle entre l'œuvre de Solon, le législateur, qui tente d'instaurer vers 594 une démocratie tempérée, et les réformes plus radicales de Clisthène en 508 ; des noms, des dates permettent de suivre l'histoire de cette période ; mais, paradoxalement, ce siècle se définit beaucoup mieux par l'action des tyrannies ou les réactions qu'elles suscitent, à Sparte notamment. Il convient sans doute de remettre en perspective l'histoire d'Athènes dans un monde grec plus large.

De 600 environ jusqu'au dernier quart du VIe siècle, c'est l'apogée de la période archaïque : expansion de l'hellénisme tout autour du bassin méditerranéen, développement artistique sans précédent, naissance en Ionie de la « pensée grecque » avec Thalès et ses successeurs. Les Grecs vivent dans le souvenir des exploits héroïques de la mythologie et de l'épopée ; la menace perse, à la fin de la période, viendra donner un contenu concret aux récits des luttes légendaires.

Entre démocratie et tyrannie, la cité grecque cherche à se définir dans le cadre d'une compétition accrue. Sparte s'oppose déjà à Athènes. L'expansion grecque trouve ses limites, en Ionie comme en Occident ; des tyrannies disparaissent, et les problèmes sociopolitiques demeurent.

Nouvelles frontières : les colonies du VIe siècle

La poursuite du mouvement de colonisation est l'un des faits les mieux attestés : les témoignages littéraires, mais aussi les découvertes archéologiques, permettent d'en préciser l'image.

La colonisation du VIe siècle se caractérise à la fois par un nouvel élargissement géographique, vers les côtes de la Gaule, de l'Espagne ou de la mer Noire, et par la participation de nouvelles cités, peu ou pas engagées jusqu'ici dans ce mouvement : villes de Grèce d'Ionie (Phocée, qui fonde Marseille vers 600 et Ampurias vers 590-580 ; Milet) et de Grande-Grèce, où se poursuit le phénomène des colonies secondaires : Syracuse fonde Camarine en 598.

Athènes elle-même prend maintenant part à ce mouvement généralisé et s'implante dans l'Hellespont en s'emparant, dès le début du siècle, de Sigée, colonie de Lesbos : source de conflits, puisque Périandre, tyran de Corinthe, dut intervenir comme arbitre, et que Pisistrate eut à la reconquérir : c'est là que ses descendants se réfugièrent en 510. Athènes fonde quelques années plus tard Élaionte, sur un promontoire à l'entrée de l'Hellespont ; un Athénien, Miltiade l'Ancien, devient, entre 561 et 556, tyran de Chersonèse de Thrace, et Pisistrate possède un domaine dans le district du Pangée. L'exportation vers les colonies milésiennes de l'île de Bérézan et d'Histria d'imitations de vases attiques fabriquées à Élaionte a pu être interprétée comme un témoignage de la présence de navires athéniens en mer Noire dès cette période. La colonisation corinthienne est moins bien connue pour cette époque ; Corinthe fonde vers 600 Potidée en Chalcidique, tout en poursuivant son implantation dans les régions du nord-ouest de la Grèce et vers la côte orientale de l'Adriatique (Épidamne, Ambracie, Apollonia d'Illyrie). Mégare colonise vers 558 Héraclée du Pont et plusieurs villes de Propontide.

La céramique milésienne la plus ancienne qui ait été trouvée à Bérézan et Histria date du milieu du VIIe siècle. Elle correspond vraisemblablement à des contacts précoloniaux, analogues à ceux qui avaient eu lieu en Occident ; c'est seulement après 600 que commença véritablement la colonisation milésienne dans le Pont-Euxin, avec des comptoirs commerciaux comme Sinope ou Trapézonte. Cette colonisation, à la fois agricole et commerciale dans une contrée riche en blé, mais aussi en bois et en métaux, met, comme les colonies phocéennes, les Grecs en contact direct avec les milieux indigènes.

Il convient d'insister sur le rôle déterminant, au VIe siècle, de la colonisation phocéenne en Méditerranée occidentale. Le moment de la fondation de Marseille, vers 600, est le repère essentiel : de là date ce qu'on a pu appeler la stabilisation du commerce grec, après les navigations exploratoires des Rhodiens ou des Samiens comme Côlaios en Méditerranée occidentale. Phocée, moins bien connue que ses colonies, avec un arrière-pays peu propice à la culture, mais un port bien situé au débouché de l'Hermos qui facilite le commerce avec la Lydie et l'Anatolie, crée ses colonies à son image : ses fondations, « points de commerce et de colonisation établis aux frontières du monde connu » selon l'expression de Jean-Paul Morel, souvent sur des sites fluviaux ou lacustres, sont conçues pour vivre de la mer, tandis que leur territoire restreint leur sert de base pour une pénétration profonde vers l'arrière-pays. Les Phocéens, qui disposent de bateaux appropriés au commerce rapide (les pentécontères), seront, à partir de 600, les seuls partenaires grecs de la péninsule Ibérique.

La colonisation phocéenne, l'une des plus tardives et la plus lointaine, est la seule qui, en Occident, se soit trouvée confrontée aussi directement aux populations des pays barbares ; Vélia, seule colonie de Phocée qui soit installée en Grande-Grèce, ne sera d'abord qu'une position de repli après la bataille d'Alalia vers 540. Ici, tout comme en mer Noire, l'étude de la colonisation grecque du VIe siècle doit prendre en compte l'importance des phénomènes de contact et d'acculturation ; les fouilles récentes de Marseille, l'étude des importations de céramique grecque dans le sud de la France, ont permis de mieux en saisir les caractères propres. Dans la péninsule Ibérique, le site d'Ampurias (Emporion), qui joue un rôle de relais commercial, est le plus important ; la date de sa fondation, vers 590-580, est déduite des seuls témoignages archéologiques, puisqu'elle n'est attestée par aucune tradition ; c'est à peu près la date de l'installation d'artisans grecs, très certainement phocéens, dans la région d'Agde, sur le littoral du Languedoc. On constate à Ampurias d'abord l'installation d'un petit groupe de Phocéens, au milieu ou à côté des indigènes ; l'installation définitive vers 580-570 est rapidement suivie d'une mainmise de Marseille dans la seconde moitié du VIe siècle. Le relais le plus occidental de la colonisation phocéenne vers l'Andalousie serait celui de Mainakè, cité par les textes, mais dont la localisation reste indéterminée. La céramique grecque est alors diffusée de la côte catalane à l'Andalousie.

C'est la seule colonisation qui ait été en contact aussi étroit avec deux autres peuples méditerranéens eux aussi en période d'expansion, les Étrusques et les Carthaginois. Les rapports entre ceux-ci et les Phocéens peuvent être en partie mesurés grâce à l'étude de la proportion des objets trouvés sur les différents sites. Il semble que l'exploitation systématique des ressources de la Gaule et de l'Ibérie ait été entreprise d'abord par les Étrusques et les Carthaginois et qu'après une période de coexistence les Phocéens soient restés maîtres du terrain. Mais cette concurrence s'accompagne de conflits : la première bataille clairement identifiée est celle qui se déroule vers 540 au large d'Alalia, colonie fondée vers 565 sur la côte orientale de la Corse par les Phocéens qui s'y réfugient après la destruction de leur cité en 546.

Solon et les tyrannies du VIe siècle

Comme nous l'avons vu, les sources anciennes ne nous renseignent que d'une manière très imprécise sur l'apparition des tyrannies, qui se placerait dans la seconde moitié du VIIe siècle, et les problèmes chronologiques sont pratiquement insolubles. Si le personnage de Cypsélos, qui aurait chassé de Corinthe le dernier représentant de l'oligarchie des Bacchiades, reste très incertain, la tradition est plus riche sur son fils Périandre, dont les dates, dans le début du VIe siècle, ne sont cependant pas plus assurées (vers 600-560) ; trois ans après sa mort, la tyrannie fut renversée à Corinthe au profit d'une nouvelle oligarchie. A Sicyone, la dynastie des Orthagorides se maintient au pouvoir de la fin du VIIe siècle jusque vers 550, lorsqu'une intervention de Sparte réinstalle un régime oligarchique ; Clisthène de Sicyone, tyran dans le début du VIe siècle, était le grand-père de Clisthène l'Athénien.

A Athènes, le législateur Solon intervient dans un contexte de crise, politique et sociale, qui avait conduit auparavant un certain Cylon à tenter un coup de force pour établir une tyrannie, probablement avec l'aide de Mégare : Athènes semble avoir été défaite par Mégare (d'où la perte de Salamine), peut-être aussi par Mytilène. L'abolition des dettes, qui met fin à la dépendance paysanne en Attique et supprime la condition d'hectémore, et l'établissement d'un code de lois permirent dans l'immédiat de surmonter la crise. Mais le détail des mesures prises par Solon reste souvent incertain, et les lois qui nous sont conservées par des textes tardifs, *La Constitution d'Athènes* d'Aristote notamment, peuvent souvent être mises en doute, comme la réforme des poids et mesures dont les témoignages archéologiques n'apportent pour l'instant aucune confirmation ; il n'est pas assuré qu'il faille lui attribuer non plus les mesures souvent mentionnées de caractère économique comme l'interdiction de l'exportation de produits agricoles à l'exception de l'huile d'olive, ou l'octroi du droit de cité à des étrangers venant comme artisans à Athènes : l'exportation d'amphores d'huile est déjà au VIIe siècle la seule qui semble assurée pour Athènes ; quant aux artisans, rien, dans ce que l'on connaît de la production attique de céramique, ne montre la présence à cette époque de peintres de vases étrangers. Les fragments poétiques de Solon qui ont été conservés sont, quant à eux, d'interprétation parfois difficile : l'un des fragments qui fait allusion à la répartition des terres, généralement interprété comme un refus d'attribuer des terres aux « pauvres », pourrait être interprété plutôt comme un refus de Solon de déposséder ses opposants pour accorder leurs terres à ses propres partisans.

Les réformes institutionnelles, établissement de quatre classes censitaires, mise en place d'un Conseil représentant les quatre tribus entre lesquelles auraient été répartis les Athéniens, restent les réformes soloniennes le plus largement acceptées, même si, là encore, les traditions postérieures peuvent avoir mêlé des faits dont la date reste discutable. La répartition du corps civique en quatre classes – pentacosiomédimnes, cavaliers, zeugites, thètes –, définies par leur revenu et disposant de droits politiques différents, peut en effet correspondre au désir de Solon d'instituer une loi équitable pour tous, une « juste inégalité », en accordant aux différents membres de la communauté civique des droits variables selon leur condition sociale, les privilèges des plus riches étant équilibrés par des charges comme celle des liturgies auxquelles étaient astreints les pentacosiomédimnes. Quant au Conseil *(Boulè)* auquel *La Constitution d'Athènes* attribue 400 membres, des vestiges de bâtiments datés du premier quart du VIe siècle, découverts dans l'angle sud-ouest de ce qui va devenir l'Agora sous Pisistrate, pourraient être associés à sa création. Quoi qu'il en soit, les lois de Solon sont certainement restées une référence dans l'histoire politique d'Athènes tout au long du VIe siècle. La tradition littéraire garde le souvenir d'éléments en bois portant leur texte (les *axones*), qui auraient été placés dans le Prytanéion près de l'ancienne agora d'Athènes (à l'est de l'Acropole) et auxquels auraient succédé, à l'époque de Pisistrate, des plaques de bronze *(kyrbeis)* exposées dans la nouvelle agora, à l'emplacement du Portique royal *(Stoa Basileios)*.

Les troubles reprirent rapidement après l'archontat de Solon. Une tentative de tyrannie eut lieu quand Damasias voulut se maintenir à l'archontat deux ans de suite, en 582 et 581. Ces conflits aboutirent à la prise du pouvoir par Pisistrate, un des membres de l'aristocratie qui avait acquis une renommée dans la guerre contre Mégare ; les conditions de son arrivée au pouvoir, bien détaillées par les sources, laissent subsister cependant de nombreux points d'ombre. Il semble que la tyrannie ait résulté d'un conflit entre trois factions et que, profitant du mécontentement populaire, Pisistrate ait réussi à s'emparer de l'Acropole, symbole du pouvoir. Son maintien fut difficile ; il y eut trois tyrannies successives, séparées par deux exils, dont la chronologie exacte est délicate à établir : entre 561 et son retour définitif en 546, on ne peut fixer exactement ses périodes de règne. A la mort de Pisistrate, en 527, lui succédèrent ses fils Hipparque, assassiné en 514, et Hippias, renversé en 510 grâce à une intervention du roi Cléomène de Sparte.

En dehors de l'Attique et de la Corinthie, on trouve la tyrannie dans les grandes cités grecques de l'Est : à Milet, dont le tyran, Thrasybule, aurait été en relation, d'après les sources, avec Périandre de Corinthe ; à Mytilène, où Pittacos est contemporain des poètes Alcée et Sappho ; à Samos, où Polycrate enlève le pouvoir à une aristocratie locale de propriétaires terriens, à une date déjà plus tardive, vers 540, après un premier essai avorté de tyrannie puis une tentative de révolution démocratique. C'est seulement pour la fin du VIe siècle que l'on dispose de renseignements quelque peu précis sur les tyrannies des cités coloniales d'Occident, liées à des luttes pour le pouvoir entre les familles dominant ces cités ; les tyrans du VIe siècle, comme Phalaris d'Agrigente, ou Cléandros de Géla, nous restent à peu près inconnus.

Seuls les textes, bien évidemment, nous renseignent sur les tyrannies, et la carte qu'ils nous en donnent peut être lacunaire. Il est caractéristique cependant, comme l'indique Finley, que les régions les plus arriérées de Grèce, celles où ne s'était pas installé le système de la cité, n'ont pas de tyrans. Ni retour en arrière (les tyrans cherchent à renforcer l'image de leur cité) ni étape nécessaire (Sparte a pu en faire l'économie), les tyrannies archaïques apparaissent ainsi comme des avatars ordinaires, dans les États-cités aristocratiques, de la formation de la *polis*. Un cas particulier est celui de Sparte, qui dispose d'institutions originales, avec une double royauté, et qui va mettre en œuvre, semble-t-il, une politique antityrannique.

Une nouvelle Grèce

Cette Grèce des tyrans apparaît à plusieurs égards comme une nouvelle Grèce. Non pas dans le domaine des techniques, où les rares inventions ne verront le jour qu'à la fin du siècle, ni dans le domaine de l'économie en général, qui repose encore très largement sur l'agriculture et le privilège accordé à la richesse foncière. Mais l'apparition de la monnaie, des premières théories scientifiques, des conventions rigoureuses de l'art archaïque, sont des signes de changements profonds.

• L'apparition de la monnaie.

Ce n'est que dans le courant du VIIe siècle, en Grèce d'Asie, qu'apparaissent les premières monnaies, dans la zone de contact entre les cités grecques d'Ionie et le royaume de Lydie. Les premières monnaies ne portent pas d'inscriptions, et leurs types ne permettent pas d'en connaître l'origine exacte ; on a trouvé, au cours des fouilles du temple d'Artémis à Éphèse, ces monnaies avec des objets datant du début du VIe siècle. Vers 600, on peut identifier à la fois des monnaies lydiennes et des monnaies probablement grecques (Milet).

L'usage des monnaies va se répandre très lentement dans le monde grec, à partir de l'Ionie (Milet, Phocée), et seulement dans certaines cités. Athènes frappe la série caractéristique des monnaies héraldiques dites *Wappenmünzen*, qui portent des emblèmes variés (amphore, chouette, bucrane, cheval) auxquels on attribue une signification religieuse ; la date de ces monnaies en argent, d'usage uniquement local, a prêté à discussion, mais il semble qu'elles correspondent à la tyrannie de Pisistrate (546-527) ; c'est avec Hippias que peuvent apparaître, vers 520, les types caractéristiques des monnaies athéniennes (Athéna et la chouette), tétradrachmes produits en quantité considérable. Les premières monnaies eubéennes de Chalcis (vers 550 ?) sont proches des *Wappenmünzen* attiques. Les monnaies d'Égine, vers 570-550, sont sans doute les plus anciennes : une tradition attribuait en tout cas à Égine les premières monnaies en argent, sur lesquelles le symbole de la tortue fait allusion aux intérêts maritimes de l'île. Frappées grâce à l'argent des mines de Siphnos, ces monnaies ont une large diffusion, de la Thessalie à la Crète et à la Sicile. A Corinthe, c'est quelque temps après Égine, et peu après Athènes, que sont produites les premières monnaies portant l'image de Pégase, dompté à Corinthe par Bellérophon, selon la légende, et le *koppa*, initiale de Corinthe. Sparte ne frappera pas de monnaie avant le IIIe siècle.

Peu après 525, les monnaies se diffusent dans les colonies commerciales de la Grèce du Nord, à Thasos, en Chalcidique, à Abdère en Thrace, pendant que les tribus macédoniennes proches des riches mines d'argent du Pangée exportent cet argent sous forme de monnaies de haute dénomination. En Sicile et en Italie du Sud, c'est après 550, et surtout dans le dernier quart du VIe siècle, que le monnayage apparaît (à Crotone après 550, à Syracuse seulement vers 515). Cette diffusion relativement tardive indique que la monnaie grecque n'a guère eu de rôle commercial avant le Ve siècle, mais qu'elle était utilisée dans le cadre du fonctionnement politique de la cité : avec l'accroissement de la richesse de certaines cités, et la complexité accrue du fonctionnement de l'État, la monnaie permet plus commodément la rétribution des mercenaires, la perception des prélèvements fiscaux, une simplification des transactions officielles ; elle est ainsi, selon Claude Mossé, un « instrument de normalisation des rapports sociaux entre les mains des législateurs », et sans doute un élément de prestige aux mains des tyrans : la monnaie est un instrument du fonctionnement de l'État-cité. Elle est liée parfois à l'existence des tyrannies, d'où sans doute l'attribution systématique, dans les sources anciennes, de l'invention de la monnaie aux premiers tyrans. En fait, elle n'a sans doute ni favorisé l'apparition de la tyrannie, ni été la conséquence de celle-ci, mais elle a accompagné l'accroissement du pouvoir de certaines cités. Elle est en tout cas un des symboles de leur identité.

• Mythe et raison : les origines de la pensée grecque.

C'est à Milet, au moment de la tyrannie de Thrasybule, dans la première moitié du VIe siècle, que se manifeste pour la première fois l'apparition d'une pensée rationnelle abstraite, philosophique et scientifique. Thalès, Anaximandre, Anaximène, sont pour nous les premiers philosophes et « physiciens » ioniens. Les fragments conservés de Thalès et d'Anaximandre ne permettent d'avoir qu'une idée partielle de leurs théories. Mais, comparés à *La Théogonie* d'Hésiode, par exemple, leur système d'explication de la nature (Anaximandre avait écrit un traité sur l'origine de la matière), les observations géographiques et astronomiques qui visent à rendre compte de l'ensemble du monde connu, marquent un déclin de la pensée mythique.

On a cherché à comprendre les origines de cette pensée. Sa naissance en Ionie s'explique au moins en partie par la connaissance des astronomes babyloniens. Elle est, d'autre part, encore reliée dans une certaine mesure à la tradition : les puissances élémentaires de la nature agissent comme des puissances quasi divines ; le raisonnement par couples de notions opposées prolonge les réflexions d'Homère ou d'Hésiode. Mais les deux caractéristiques essentielles de l'école milésienne sont la recherche d'une théorie cohérente et l'histoire critique des théories précédentes. Les penseurs milésiens ont ordonné la vision de l'univers ; leur enquête systématique – *historia* – précède les recherches historiques d'Hérodote ou de Thucydide au siècle suivant. Dans le courant du VIe siècle, leur influence s'étend à d'autres penseurs : Pythagore de Samos, exilé à Crotone en Sicile vers 530 par le tyran Polycrate, ou Héraclite d'Éphèse. L'apparition de cette pensée rationnelle a pu aussi être mise en rapport avec les nouvelles structures de la cité et avec la notion d'une loi valable pour tous.

• La révolution artistique.

Le début du VIe siècle correspond à une véritable révolution artistique, tant sont nombreuses les nouveautés qui se font jour à cette date : naissance des ordres de l'architecture monumentale, maîtrise de l'architecture de pierre, création en sculpture des premiers types codifiés de la statuaire (*couroi* et *corès*), représentation sur tous les supports artistiques des thèmes issus du mythe et de l'épopée. La naissance des ordres architecturaux, de types statuaires originaux, de conventions propres à l'archaïsme dans les représentations iconographiques, marque dans le domaine de l'art aussi cette recherche d'une vision ordonnée, intelligible des formes.

C'est au cours du demi-siècle qui s'étend de 625 à 575 que les architectes ont acquis la maîtrise technique de la création monumentale avec l'emploi systématique de la pierre taillée. Les colonnes de bois du temple d'Héra à Olympie sont remplacées peu à peu vers 600 par des fûts de pierre. A Delphes, la première colonne dorique en pierre complète est attestée vers cette même date au premier temple d'Athéna à Marmaria. Vers 600 aussi, à Samos, est construit le premier grand portique connu, et l'ordre ionique s'illustre dans la reconstruction, vers 560, par deux architectes célèbres, Rhoïcos et Théodoros, du temple d'Héra, qui sera détruit dans un incendie puis reconstruit par Polycrate vers 525. Les temples ioniques de l'Artémision d'Éphèse, puis celui de Milet, montrent une magnificence accrue. L'ordre dorique se développe dans le Péloponnèse, en Grèce occidentale et en Grande-Grèce, avec le temple d'Artémis à Corfou, le plus ancien temple décoré d'un fronton sculpté en relief (vers 580), les temples d'Apollon à Delphes, à Syracuse ou à Corinthe. En Sicile et en Italie du Sud, les cités coloniales rivalisent tout au long du siècle par le nombre et l'ampleur de leurs constructions. La sculpture monumentale en pierre, représentant des thèmes mythiques (Gorgone, exploits d'Héraclès, et fréquemment la lutte des dieux contre les Géants), orne les frontons des temples et les premières grandes frises sur le temple d'Athéna à Assos en Troade (vers 530), puis sur le Trésor de Siphnos à Delphes (530-525).

La grande sculpture en ronde bosse est apparue dès le milieu du VIIe, et les statues colossales votives du début du

VIe siècle, comme le colosse des Naxiens de Délos ou le *couros* gigantesque mesurant près de 5 mètres de hauteur découvert en 1980 à Samos (570-560), montrent sans doute, en même temps que les capacités des sculpteurs, le désir d'affirmation de puissance des grandes familles aristocratiques. Là aussi la définition de types statuaires précis, répondant à des règles rigoureuses malgré les variantes stylistiques régionales, caractérise le début du VIe siècle. Les statues de *couroi* et de *corès*, offertes dans des sanctuaires ou placées sur des tombes, rompent avec l'esthétique dédalique ; la statue funéraire de l'Athénien Aristodicos, vers 510, marque l'aboutissement de l'évolution de ce type statuaire.

Corinthe reste la grande exportatrice de vases jusque vers 570. La production attique, qui au départ copie la technique corinthienne des figures noires et les motifs de tradition orientalisante, est encore faible, et quelques vases seulement sont exportés jusqu'en Étrurie. C'est à partir des années 570-560 – la période du célèbre Vase François – que la production s'accroît, et que des quantités plus importantes de vases attiques partent vers l'Égypte, la Cyrénaïque, la Grande-Grèce ou l'Étrurie. Vers 550, la concurrence commerciale de la production des artisans du Céramique a entraîné à Corinthe la chute des exportations et l'arrêt d'une production de qualité. L'invention vers 530 du décor à figures rouges sur le fond noir du vase assure la suprématie d'Athènes dans ce domaine. Seules des séries limitées de vases laconiens et ioniens, et quelques productions de Grande-Grèce ou d'Étrurie, ont pu rivaliser avec la céramique figurée attique.

A côté du décor sculpté des temples, la peinture de vases est le moyen de populariser les légendes épiques et les thèmes mythologiques. Cette tendance à la représentation narrative, apparue à Athènes dès la fin de l'époque géométrique, prend une ampleur inégalée : le Vase François de Clitias et Ergotimos, exporté vers l'Étrurie comme nombre des plus beaux vases attiques, dépeint plus de 150 personnages associés aux légendes d'Achille et de Thésée ; vers le milieu du VIe siècle se développent les thèmes relatifs à Héraclès, à Dionysos, à la guerre de Troie. Ce répertoire est lié à l'histoire des cultes d'Athènes, et l'on a suggéré un lien entre le Vase François et la réorganisation vers 566 des Grandes Panathénées ; les mêmes thèmes, parallèlement, ornent toute une série d'offrandes en métal ou en ivoire consacrées dans les grands sanctuaires : le « coffret de Cypsélos » (premier quart du VIe siècle ?), vu par Pausanias au IIe siècle de notre ère dans le sanctuaire d'Olympie, présentait ainsi de très nombreuses représentations mythologiques ; des découvertes à Delphes de reliefs d'ivoire fragmentaires offrent des scènes du même type.

Les offrandes des sanctuaires montrent, d'une façon générale, la richesse extraordinaire de l'art du VIe siècle : il suffira ici de citer, à titre d'exemples, la statue de taureau en argent (venue probablement d'Ionie), longue de 2,60 m, qui a été retrouvée dans le sanctuaire de Delphes, ainsi que des statues chryséléphantines (en ivoire ornées de plaques d'or) de grandeur naturelle, dont la provenance exacte et les conditions de dédicace restent inconnues.

Les relations dans le monde grec

Toutes ces œuvres, malgré les différences d'ateliers, relèvent d'une certaine uniformisation de la civilisation grecque, quels que soient les systèmes sociaux ou politiques. L'élargissement du monde grec et les relations d'ordre politique ou diplomatique aboutissent à une multiplication des échanges, qu'ils soient commerciaux, artistiques, voire intellectuels comme dans le cas particulier de Pythagore exilé d'Ionie vers la Grande-Grèce. Les grands sanctuaires reflètent bien ces courants d'échange et la naissance d'une certaine forme de panhellénisme.

• Échanges et contacts.

L'histoire économique est indissociable de l'histoire politique ou religieuse, et il est difficile d'avoir une image précise de l'économie archaïque. Il s'agit encore essentiellement d'une économie agricole de subsistance, et les réformes de Solon, à Athènes, tendaient à privilégier la richesse foncière. Le commerce constitue cependant sans aucun doute une source de revenus pour les grandes cités grecques ; mais il reste souvent difficile d'apprécier le rôle de chacune : l'activité d'Égine reste mal connue, alors qu'il s'agit sans doute encore à cette époque de la principale puissance maritime avec

Athènes. Un témoignage important sur la nouvelle distribution de la richesse est celui fourni par le poète Théognis vers 550, déplorant que celle-ci ne soit plus réservée aux *agathoi*. Les signatures sur vases des potiers et peintres du Céramique ou leurs dédicaces sur l'Acropole d'Athènes indiquent l'importance qu'ils ont prise et sont révélatrices de leur statut social.

Les métaux tiennent certainement encore un rôle important dans l'économie, à en juger par le nombre des offrandes et des armes consacrées dans les sanctuaires ; mais leur circulation commerciale reste relativement mal connue pour cette époque. Un autre matériau, d'importance économique moindre, apparaît au VIe siècle dans le transport maritime : le marbre des Cyclades, utilisé pour la statuaire et surtout la construction de temples ou trésors ; trois sortes de marbre (de Siphnos, Paros, Naxos) ont été utilisées pour la construction du Trésor de Siphnos à Delphes vers 525.

C'est cependant l'étude de la céramique qui sert le plus souvent de base aux études économiques ; elle tend d'ailleurs à réduire la part du commerce à longue distance au profit d'échanges régionaux alimentés par des centres de production locale. Par l'examen et l'analyse des argiles, par l'étude typologique et stylistique, les lieux de fabrication peuvent souvent être déterminés, et l'étude statistique des importations, la carte de leur répartition, permettent de dessiner les lignes d'échanges et d'en mesurer l'importance. Les progrès récents ont permis d'établir les distinctions nécessaires entre les produits d'importation, dans les colonies, et leurs imitations locales : on sait reconnaître les céramiques « ioniennes » d'Occident, ou les imitations attiques de Troade. Mais ces études, fondées sur l'examen des céramiques fines, décorées (le plus souvent des vases à boire liés à l'usage du banquet), correspondent à une part minime de ce que l'on pourrait appeler le commerce : ce sont les céramiques communes, les amphores (qui représentent un contenu, vin ou huile), qui seraient les plus importantes.

D'autres objets sont plus exceptionnels, comme le célèbre cratère en bronze, des environs de 530, trouvé dans une tombe du premier Age du Fer à Vix près de Châtillon-sur-Seine, ou ceux de Trebenischte dans les Balkans ; ils entrent sans aucun doute dans un système d'échange d'objets de prestige qui permettent de jalonner des voies : on a pensé à une route de l'étain pour le cratère de Vix. Mais la provenance exacte de ces vases de métal est souvent difficile à déterminer, comme celle d'autres œuvres d'arts mineurs telles que les ivoires ; elle repose sur des analyses stylistiques, et l'on dispute encore aujourd'hui pour savoir si le cratère de Vix est d'origine corinthienne ou de style laconien.

Les objets ne sont pas seuls à voyager : il ne faut pas oublier les circulations d'artistes, notamment après la destruction des cités ioniennes ; le peintre des hydries dites de Caeré, vers 540-530, est probablement un Ionien venu s'établir en Étrurie. Le recours à des artistes étrangers est fréquent : ainsi Sparte fait appel à un architecte de Samos, Théodoros, pour construire un de ses édifices, et à Bathyclès de Magnésie pour réaliser et décorer l'ensemble appelé « Trône d'Apollon » qui entourait la statue de ce dieu dans le sanctuaire d'Amyclées.

• Les grands sanctuaires et le panhellénisme.

Certains sanctuaires importants, comme celui de Pérachora près de Corinthe, l'Héraion de Samos, les grands sanctuaires ioniens de Didymes ou d'Éphèse, tout comme les sanctuaires dits panhelléniques (Olympie, Delphes, Némée, Isthme) présentent une variété d'offrandes considérable, d'origines très diverses. Ces offrandes montrent la richesse des cités commerçantes, mais reflètent aussi les contacts entre États et le désir des tyrans de rehausser leur prestige personnel en s'identifiant étroitement à la cité qu'ils dirigent. Ils servent de vitrine aux différentes cités et constituent le terrain de ce que l'on a pu appeler un certain « exhibitionnisme social ». Des sanctuaires très divers, comme ceux de Cyrène ou de l'Héraion de Samos, illustrent bien cet aspect cosmopolite. Le sanctuaire de Déméter et Perséphone à Cyrène a fourni une importante quantité de céramiques variées couvrant la période 600-500, provenant de Théra et des Cyclades, de Laconie, d'Ionie, d'Athènes et de Corinthe. Dans l'Héraion de Samos voisinent des pièces importées d'Égypte et du Proche-Orient, des figurines chypriotes en terre cuite et calcaire, ou des pièces crétoises. A Delphes, les offrandes fabuleuses des rois lydiens (bijoux, vases d'or et d'argent, un lion en or de dix talents), vues par Hérodote quand il visita le sanctuaire au milieu du ve siècle, sont bien connues.

Delphes, Olympie, acquièrent une importance nouvelle au VIe siècle et vont former, plus qu'à la période précédente, des liens entre les différentes cités, notamment avec les colonies : il n'existe pas de sanctuaires panhelléniques en Grande-Grèce. Les offrandes sont destinées à impressionner les visiteurs d'autres régions de Grèce, et les concours permettent aux cités de rivaliser selon des normes codifiées. On constate en effet une similarité croissante de l'organisation religieuse ; au sanctuaire de l'Isthme, les concours auraient été créés vers 582-580 ; à Némée, le temple n'est construit que vers 600, peu avant la date traditionnelle du premier concours, en 573.

A Delphes, la Première Guerre sacrée, pour le contrôle du sanctuaire, n'a sans doute pas existé sous la forme rapportée par une tradition qui cherche d'abord à justifier des événements du IVe siècle. Mais ce récit, à propos du sanctuaire delphique, d'un conflit entre les gens de Krisa qui contrôlaient son accès et les amphictions commandés par un Thessalien et soutenus par le tyran de Sicyone, Clisthène, comme par le législateur athénien Solon, annonce bien des événements du VIe siècle, de la compétition pacifique dont les sanctuaires sont le lieu privilégié aux conflits armés suscités par les tentations hégémoniques. La tradition de la défaite des gens de Krisa au bout d'une longue guerre (dix ans, comme la guerre de Troie) qui se placerait vers 600-590 se réfère en tout cas à une période d'essor du sanctuaire. Elle pourrait refléter des conflits d'intérêt et le transfert du contrôle du sanctuaire d'une communauté locale à une amphictionie ; cela correspondrait à la mise en place des premières institutions panhelléniques. Les premiers grands jeux Pythiques auraient lieu selon les sources vers 591 ou 586, suivis en 582 des premiers jeux dits stéphanites (ceux dont la récompense est une couronne). Le sanctuaire reçoit alors des offrandes de toutes les cités, et notamment des cités coloniales, qui construisent les premiers Trésors ; les souverains de Lydie font consulter l'oracle. Toute l'histoire de Delphes, au VIe siècle, reflète à la fois la solidarité du monde grec et ses luttes internes. Lorsque le temple d'Apollon brûle, en 548/7, juste avant la prise de Sardes par Cyrus le Grand et la destruction des cités ioniennes, les amphictions obtiennent l'aide financière de tout le monde grec, comme du pharaon Amasis. Ce sont les

Alcméonides, famille d'aristocrates athéniens exilés par Pisistrate, qui prennent en charge l'adjudication du nouveau temple et offrent à leurs frais un fronton de marbre : la date de ce fronton, orné d'une gigantomachie, est l'une des dates les plus sûres pour la chronologie de la fin du VIe siècle (513-505).

Conflits et crises de la fin du VIe siècle

Cette tendance vers une forme de panhellénisme, de même que les relations établies entre les cités grecques et les souverains orientaux, entre cependant dans le cadre d'une rivalité accrue qui va entraîner, dans la seconde moitié du VIe siècle, toute une série de conflits, aux frontières du monde grec mais aussi en Grèce même.

• Les conflits extérieurs.

Autour de la Méditerranée, les Grecs s'opposent à deux adversaires redoutables dont ils heurtent les intérêts : les Perses en Ionie, les Carthaginois en Méditerranée occidentale.

Les cités ioniennes étaient depuis la fin du VIIe siècle soumises à la pression lydienne ; Milet seule avait pu vers 610 parvenir à un accord avec le roi Alyatte. En 546, le roi de Perse Cyrus II (559-529) s'empare de Sardes, capitale de Crésus, successeur d'Alyatte. Les Perses conquièrent et ravagent ensuite la plupart des cités grecques d'Asie Mineure ; les poèmes de Théognis mentionnent la destruction de Magnésie, Colophon, Smyrne. La population de Phocée s'enfuit pour aller s'installer à Alalia en Corse ; c'est la période où de nombreux artistes grecs émigrent, et, passant par l'Égypte, l'Italie du Sud, aboutissent jusqu'en Étrurie. Devant la menace perse, le tyran Polycrate de Samos doit équiper une flotte et recruter un corps d'archers. Cambyse II, fils de Cyrus, envahit l'Égypte en 525 ; en Cyrénaïque, la colonie de Tocra est détruite vers 515.

En Occident, la bataille d'Alalia, vers 540, met aux prises d'un côté les Grecs d'Alalia et de Marseille, de l'autre les Étrusques et les Carthaginois ; les Marseillais, se considérant comme victorieux, consacreront à Delphes le Trésor des Massaliètes, dans le dernier quart du VIe siècle, cependant que les Phocéens quittent Alalia pour aller s'établir vers 530 à Vélia en Lucanie. Vers 520-510, une expédition spartiate en Cyrénaïque est d'abord repoussée en Tripolitaine, puis battue une seconde fois en Sicile où elle avait tenté de s'installer. Déjà au début du siècle, en 580, une expédition de Cnidiens et de Rhodiens avait essayé en vain de s'implanter à Lilybée, près de Motyé.

• Les conflits entre cités grecques : Sparte et Athènes.

Il est difficile d'étudier de manière précise les politiques des différentes cités ; l'état des sources ne permet guère d'aborder que celles de Sparte et d'Athènes, les deux cités les plus puissantes de Grèce à la fin du VIe siècle, au moment où Sparte va intervenir directement, pour la première fois, dans la politique intérieure d'Athènes.

Il semble bien que Sparte, sous ses différents rois, ait visé au VIe siècle à l'hégémonie sur le Péloponnèse. La lutte contre Tégée, d'abord désastreuse sous les rois Léon et Agésiclès (vers 580-560) est enfin victorieuse sous les rois Anaxandridès et Ariston vers le milieu du siècle. L'autre adversaire était Argos, en conflit avec Sicyone dans toute la première moitié du VIe siècle pour le contrôle des petites villes (comme Némée) qui séparaient leurs territoires. Comme il est fréquent dans la Grèce du VIe siècle, les rivalités se placent en même temps sur le plan mythologique : Sparte rapporte de Tégée vaincue les ossements d'Oreste ; vers le milieu du VIe siècle, Argos établit sur son agora un hérôon à la mémoire des héros de la guerre légendaire des Sept Chefs contre Thèbes. Mais Argos ne résistera pas beaucoup plus longtemps ; elle est défaite par Sparte vers 545, selon la tradition, lors de la « bataille des Champions », où se seraient affrontés deux corps de 300 hoplites, et perd le contrôle de la Thyréatide, plaine côtière au sud de la plaine d'Argos.

Après cette victoire, Sparte est devenue la principale puissance de Grèce. Elle a établi, depuis le milieu du VIe siècle, une série d'alliances avec d'autres cités du Péloponnèse (comme Épidaure et Trézène), qui n'ont sans doute pas encore pris la forme d'une véritable ligue ; cette tentation hégémonique semble s'être appuyée en même temps sur une politique étrangère de contacts avec Crésus en Lydie, Amasis en Égypte, et avec la Scythie. L'avertissement qu'elle adresse aux Perses, peu après 525, la place en championne de l'hellénisme, et la tradition en fait l'ennemie de toutes les tyrannies, à Samos contre Polycrate, à Milet, Naxos, Thasos, et bien sûr à Athènes.

L'étude des œuvres confirme l'image d'une originalité, au VIe siècle, de l'art laconien, dont les coupes à décor figuré largement exportées se distinguent à la fois de la céramique corinthienne et de la céramique attique, et manifestent un certain goût pour les scènes réelles (la pesée du silphium par le roi Arcésilas de Cyrène sur une coupe du Cabinet des Médailles) à côté des thèmes légendaires courants. L'arrêt soudain vers 530 de la production de céramique à décor figuré et des vases de bronze implique sans doute un certain isolement de Sparte, peut-être dû à la rupture des liens traditionnels avec Samos. Le règne de Cléomène (520-490 environ) fut marqué par des opérations aventureuses ; le renversement de la tyrannie des Pisistratides en 510, suivi de péripéties confuses, aboutit en tout cas à un échec de l'établissement de l'*eunomia* spartiate à Athènes.

A Athènes, nécropoles, monuments et sanctuaires, œuvres d'art, mieux connus que sur d'autres sites grâce aux fouilles de l'Acropole, de l'Agora, du quartier du Céramique, peuvent permettre de discerner quelques aspects des structures sociales et de la politique des tyrans.

Le fait qu'aucun changement fondamental n'apparaisse dans les nécropoles d'Attique jusqu'en 510 environ, à un moment où les cimetières s'agrandissent de façon spectaculaire, rend douteux que des changements sociaux radicaux aient été apportés par Solon. Le cimetière du Céramique permet de suivre l'évolution des tombes du début à la fin du siècle ; un grand tumulus de la période 570-550 a pu être interprété comme la possible tombe de Solon ou d'un Alcméonide. C'est à Athènes qu'apparaissent, à partir de 600, les monuments funéraires, statues ou stèles sculptées, qui connaissent un essor particulier ; cette production s'arrête vers 510, sans doute en relation avec des lois somptuaires. Les rivalités des familles aristocratiques sont probablement à la source de cette richesse artistique dans le domaine de la sculpture funéraire ; les différences stylistiques entre ateliers de sculpteurs, particulièrement nettes en Attique, devaient correspondre à une forte compétition. Une exception notable à la règle suivie depuis le VIIe siècle (l'établissement des nécropoles à l'extérieur des agglomérations) est le cimetière archaïque de l'Agora (vers 560-500), le plus grand ensemble funéraire d'Athènes à cette époque ; sa situation exceptionnelle dans la ville a conduit à penser qu'il pourrait être le cimetière des compagnons de Pisistrate.

L'Agora ne commence à devenir espace public que vers le début du VIe siècle ; c'est ce que l'on peut déduire de l'abandon, à la fin du VIIe siècle, de plusieurs puits servant des habitats privés. Un premier bâtiment rectangulaire y est construit vers la période des réformes de Solon. Pendant tout le second quart du VIe siècle, la fermeture de nouveaux puits suggère un effort pour élargir le domaine public de l'Agora ; l'un des bâtiments construits alors pourrait être la résidence de Pisistrate après son retour définitif à Athènes en 546. L'aménagement du côté ouest de l'Agora est probablement son œuvre ; le temple d'Apollon Patrôos y est construit après le milieu du siècle, de même sans doute que le temple de Zeus, qu'un bâtiment destiné aux archontes et peut-être le Portique royal *(Stoa Basileios)*.

Tout le VIe siècle à Athènes est une période exceptionnelle de construction de monuments publics, et l'on s'est attaché en particulier à étudier la répartition des programmes de construction entre les deux zones principales de la ville, l'Acropole et l'Agora. La chronologie des différents édifices de l'Acropole, dont ne subsistent que des fragments, reste discutée. Un premier grand temple semble être construit vers 580-570, avant la tyrannie de Pisistrate, ainsi que trois petits édifices analogues aux Trésors de Delphes ou d'Olympie ; ces constructions sont probablement antérieures à la réorganisation des Panathénées, traditionnellement placée en 566 (fondation des Grandes Panathénées, introduction de concours athlétiques), mais relèvent d'un même désir d'associer tout le peuple athénien aux cérémonies religieuses de la cité. Le grand temple périptère d'Athéna (Athéna Polias) dont sont conservés les fondations et les frontons est sans doute dû à Pisistrate après son second retour d'exil en 546 ; de sa tyrannie date aussi un programme de réfection du sanctuaire de

Déméter à Éleusis, autre lieu de culte important de l'Attique. La transformation du temple d'Athéna Polias, avec de nouvelles sculptures de frontons en marbre, dont une gigantomachie avec Athéna, est parfois attribuée au désir d'Hippias et d'Hipparque de rivaliser avec les autres tyrans du monde grec, comme Polycrate qui reconstruit le temple d'Héra à Samos vers 525 ; elle pourrait être en fait postérieure à 510 et due, comme à Delphes, aux Alcméonides.

Sur l'Agora, les Pisistratides feront essentiellement construire la grande fontaine sud-est aux neuf bouches *(Enneakrounos)* vers 520 : ces fontaines font partie des premiers équipements urbains dont les sources anciennes, aussi bien que les représentations des vases attiques du dernier quart du VIe siècle, nous gardent le souvenir ; elles sont, ailleurs en Grèce aussi, expressément attribuées aux tyrans, Périandre à Corinthe, Polycrate à Samos, Théagène à Mégare dont l'architecte Eupalinos est resté célèbre pour ses réalisations.

Les historiens actuels utilisent aussi l'iconographie du VIe siècle pour tenter de discerner, sous l'utilisation préférentielle de certains motifs, héros ou divinités, une intention de propagande politique. C'est essentiellement dans le dernier quart du VIe siècle, sous les Pisistratides, qu'apparaissent de tels emplois du mythe dans les arts figurés ; ils rejoignent ce que nous avons dit de l'utilisation des cycles légendaires dans les conflits du Péloponnèse. Les représentations nouvelles d'Athéna armée et ornée du Gorgonéion, sur les monnaies, les amphores panathénaïques ou dans la sculpture, pourraient ainsi correspondre au désir de démontrer la puissance d'Athènes dans une période de menaces extérieures et de crises internes. Quant au héros athénien, Thésée, dont les exploits prennent une importance accrue après 520, il pourrait symboliser la volonté des Alcméonides de lutter contre la tyrannie des Pisistratides.

L'existence de puissantes familles aristocratiques à Athènes au VIe siècle est bien attestée, par les listes d'archontes comme par les témoignages littéraires postérieurs. Il semble que les tyrans tentèrent, dans une certaine mesure, d'associer ces familles à l'édification de la cité : Cimon d'Athènes, exilé par Pisistrate, fut vainqueur aux jeux Olympiques en 536 et 532 et put alors revenir à Athènes. Clisthène, comme Miltiade, furent archontes en 525-523. Il est impossible d'affirmer que l'assassinat d'Hipparque en 514 par Harmodios, membre d'une des grandes familles aristocratiques d'Athènes, et Aristogiton ait résulté d'un complot préparé par les aristocrates ; mais ce sont les Alcméonides, usant de leur influence à Delphes (ils avaient financé la reconstruction du temple d'Apollon), qui auraient joué un rôle déterminant pour que l'oracle fasse pression sur Sparte afin que celle-ci intervienne à Athènes. Cléomène, à la tête d'une expédition, vint assiéger la ville et contraignit Hippias à se retirer en 510.

On souhaiterait être mieux informé sur les autres cités et régions de Grèce. En Béotie, il semble que Thèbes ait réussi vers 525 à imposer son hégémonie à un certain nombre de cités et à élaborer une structure politique comportant des magistrats fédéraux et une monnaie commune. Les Thessaliens, dont les démêlés avec les Phocidiens au cours du VIe siècle peuvent difficilement être datés avec précision, traversent la Béotie en 511/10 pour se porter au secours d'Hippias à Athènes. En Grande-Grèce, les visées expansionnistes des tyrans entraînent des conflits violents entre cités voisines dans toute la seconde moitié du VIe siècle (Crotone, d'abord défaite par Locres, mène ensuite une guerre victorieuse contre Sybaris, anéantie en 510). Tous ces troubles indiquent que la Grèce archaïque des États-cités, prospère et ambitieuse, est encore à la recherche d'un équilibre politique.

Conclusion

Un aperçu de l'histoire grecque sur une aussi longue durée met en évidence la récurrence, dans le cadre géographique du bassin égéen et, plus largement, de la Méditerranée, de phénomènes d'apparence voisine. De la colonisation néolithique des Cyclades aux fondations de Thasos ou Théra au VIIe siècle, de la thalassocratie de Minos à l'expansion mycénienne dans le monde méditerranéen et aux colonisations eubéenne ou phocéenne de l'époque archaïque, on peut être tenté de voir une certaine permanence dans les comportements des sociétés de la Grèce préclassique. Mais il est difficile d'apprécier les conditions historiques précises, sans aucun doute différentes, dans lesquelles se produisent ces événements, et l'on aurait tort de chercher à établir entre les époques des parallèles incertains : la Sparte archaïque n'est pas Mycènes. Même si l'économie grecque est toujours essentiellement agricole à la fin du VIe siècle, même si la navigation néolithique était plus développée qu'on ne l'a cru pendant longtemps, les transformations du monde grec ont été considérables.

La Grèce des origines a vu la création progressive, par les premières communautés, de contacts et de réseaux d'échanges, d'une organisation sociale qui aboutit, dès le courant du Bronze ancien, aux premiers systèmes de gestion de l'économie, à des formes d'art élaborées comme les figurines cycladiques ; s'y manifestent aussi, déjà, des déséquilibres sensibles entre les diverses régions. La Grèce des palais, pendant laquelle se développent les premières formes de l'État, se hisse au niveau des grandes puissances voisines ; l'originalité de sa culture, de sa religion, de ses créations artistiques, lui donne une place à part dans l'histoire des civilisations. La chute des palais marque, non pas la fin d'un monde, mais la fin d'un système, politique, économique, et sans doute religieux. Sur les vestiges de ce système, la lente réorganisation des siècles obscurs conduit à une élaboration nouvelle de structures politiques et de formes cultuelles, artistiques, littéraires : il n'y aura pas de retour au temps des palais. Les premiers États-cités de la Grèce archaïque vont mettre en place des institutions variées, mais qui reposent sur des principes analogues ; ils innovent dans leur recherche d'une triple identité, territoriale, culturelle, historique. L'organisation et la conquête du territoire, le développement de brillantes écoles artistiques locales, la recherche du passé à travers les mythes et les légendes, sont indissociables de la formation des cités grecques archaïques.

Des villes cependant ont traversé les millénaires avec une stabilité remarquable. Cnossos, Égine, Athènes, Argos, Thèbes en sont les meilleurs exemples. Le minuscule établissement néolithique de Cnossos est devenu à partir du début du IIe millénaire, malgré ses destructions répétées, le centre palatial le plus important qui ait existé en Égée ; il le reste après la conquête mycénienne jusque vers 1370. Son occupation se poursuit sans interruption après la fin de l'Age du Bronze. C'est la ville grecque qui a maintenu le plus longtemps des liens avec les civilisations voisines, y compris pendant les siècles obscurs : des artistes orientaux y sont peut-être présents dès le Xe siècle. Centre essentiel de la « renaissance grecque » du milieu du VIIIe siècle, ce n'est qu'à partir de 625 environ que son histoire devient plus incertaine : habitat et tombes du VIe siècle, peut-être recouverts par les vestiges de la Cnossos romaine, y restent inconnus.

Moins célèbre aujourd'hui que Cnossos, le site de Kolonna, dans l'île d'Égine, a sans doute été, pendant une grande partie de l'Age du Bronze, le seul qui puisse lui être comparé ; sa « Maison Blanche » est l'une des plus imposantes « maisons à corridor » helladiques du Bronze ancien ; ses fortifications sont les plus impressionnantes de Grèce au Bronze moyen, et sa tombe royale annonce les tombes à fosse des cercles funéraires de Mycènes : Kolonna a pu en être l'un des modèles. Jusqu'au Bronze récent, Égine produit une céramique diffusée abondamment tout autour du golfe Saronique, en Argolide, en Attique, Béotie et Eubée, et jusqu'en Crète et en Thessalie. L'hypothèse qui lui attribue la production des grands vases dits « protoattiques » du VIIe siècle et lui redonne à cette période un rôle prédominant s'accorde bien avec ce que l'on sait de la puissance d'une ville qui a pris alors la relève des cités eubéennes et qui au VIe siècle est la première à frapper monnaie.

Il est inutile de revenir ici sur la place dans l'histoire grecque de l'Eubée, depuis le Bronze ancien, ou d'Athènes, mal connue avant le début du premier millénaire ; mais on peut souligner le rôle de l'Attique dans les échanges égéens, dès le début du Bronze récent, grâce aux mines du Laurion, l'une des sources principales pour le cuivre, le plomb et l'argent de la Crète des seconds palais, et son importance probable pendant toute l'époque mycénienne. Si certaines villes disparaissent au cours de la période étudiée, comme Mycènes, qui ne survit pas à l'Age du Bronze, ou Lefkandi, désertée à la fin du VIIIe siècle, les principales cités de la Grèce archaïque ont généralement une longue histoire ; Érétrie, qui apparaît vers le milieu du VIIIe siècle, hérite, directement ou indirectement, du passé de Lefkandi. Les seules véritables villes neuves sont les villes coloniales.

Peut-on arguer de ces continuités pour penser que la cité grecque archaïque puise ses origines dans l'Age du Bronze ? On a évoqué la permanence de la langue depuis le début du IIe millénaire, la « mentalité » grecque d'une manière générale, pour établir un lien entre les communautés du IIe millénaire et les États-cités de l'époque archaïque. Un certain nombre de traits qui sont associés à la formation de ces derniers au VIIIe siècle (art figuratif, pratiques funéraires, formes de la guerre ou de la religion) se retrouvent en effet aussi dans l'archéologie et l'art de l'Age du Bronze. Ces similitudes toutefois ne semblent pas aller au-delà des ressemblances que peuvent présenter des communautés diverses en voie d'organisation. Les différences, quant à elles, sont considérables, dans les structures religieuses, sociales et politiques, dans le mode d'utilisation de l'écriture, dans l'iconographie et les formes artistiques. La coupure avec l'Age du Bronze est à cet égard radicale.

Le trait le plus original de ces cités naissantes est peut-être leur volonté de se recréer un passé au moyen des mythes et des légendes. Ceux-ci ne permettent-ils pas, précisément, d'établir un lien entre l'époque archaïque et le IIe millénaire ? Tout récemment, la fresque des Bateaux de Théra, avec ses représentations de villes, de guerriers, de combat naval, a pu conduire à l'idée que nous avions là, dès avant 1500, un possible témoignage iconographique de l'existence de légendes épiques analogues à celles des textes homériques postérieurs ; des linguistes ont par ailleurs suggéré que l'hexamètre dactylique de l'épopée, inconnu dans les autres littératures indo-européennes, avait pu être transmis à la Grèce par la civilisation minoenne. Cette possible continuité n'implique cependant pas, elle non plus, que l'on puisse trouver la source de l'État-cité dans les sociétés palatiales du IIe millénaire. Mais il n'est pas inutile de souligner, pour conclure, le rôle des mythes et des légendes dans la vision que les États-cités naissants ont pu avoir de leur passé.

Dans *Les Travaux et les Jours*, Hésiode présente une chronologie mythique où se succèdent la génération d'Or, la génération d'Argent, la génération de Bronze (qui ignore encore l'usage du fer), puis celle des Héros, qui ont combattu à Thèbes et sous les murs de Troie, et demeurent désormais dans les Iles des Bienheureux, et enfin la cinquième génération, celle d'Hésiode lui-même, le monde du mal et de l'injustice. L'introduction, dans le mythe traditionnel des « quatre races », des héros de l'épopée est comme l'expression d'une interprétation du passé, vers laquelle vont tendre, sous d'autres formes, les différentes cités. Sans véritable tradition historique, Sparte s'est cependant, au VIe siècle, expressément comparée à Mycènes et, bien que dorienne, a évoqué la grandeur des chefs achéens ; après sa victoire sur Tégée, au VIe siècle, elle en rapporte les ossements d'Oreste pour s'approprier les héros de la tradition prédorienne. On a bien montré comment les mythes et légendes d'Argos s'enracinent dans la géographie de l'Argolide : les références épiques et cultuelles marquent l'espace civique. Sur un autre plan, la propagande mythologique accompagne les luttes entre cités.

Les cités grecques archaïques tentent ainsi de retrouver leurs origines dans un passé héroïque. Ce débat sur le passé, que l'on discerne dans le développement du culte des tombes et des « héros » vers la fin du VIIIe siècle, dans la formation des généalogies et des traditions locales, dans la diffusion des thèmes épiques, sous-tend l'ensemble de l'histoire de cette période. Il a sans doute permis aux sociétés de surmonter les crises et d'assumer les changements de leur époque. L'histoire grecque ne se dégagera que lentement du temps mythique.

Annexes

Cadre chronologique général

La chronologie absolue des phases anciennes repose essentiellement sur des séries de dates obtenues par la méthode du radiocarbone. Les dates obtenues en laboratoire comportent des marges d'inexactitude (elles font généralement l'objet de corrections – « calibration » – d'après des courbes étalonnées sur les résultats fournis par la dendrochronologie) et d'imprécision (par exemple « 3500 ± 100 BC ») ; il s'ensuit que pour chaque période les dates absolues adoptées, qui résultent de moyennes, ne peuvent être qu'approximatives.

En chronologie relative, les divisions ternaires (Bronze ancien, Bronze moyen, Bronze récent) sont elles-mêmes subdivisées généralement en trois phases (I, II et III) qui font parfois l'objet de nouvelles subdivisions. Les appellations régionales (Minoen pour la Crète, Helladique pour la Grèce continentale, Cycladique pour les îles de l'Égée) peuvent correspondre à des différences chronologiques mineures dont nous n'avons pas tenu compte dans ce tableau simplifié. Les périodes sont généralement désignées par des abréviations (HR : Helladique récent ; MR : Minoen récent, etc.).

Pour le IIe millénaire, ce sont les synchronismes égyptiens qui jouent le plus grand rôle. La chronologie égyptienne est bien établie, même si des modifications de quelques années sont apportées encore aujourd'hui aux dates des différentes dynasties. Des dates comme celle du début de la XVIIIe Dynastie (1550) ou celles de Toutankhamon (1336-1327) sont précieuses ; mais la liaison entre les événements du monde égéen et cette chronologie égyptienne, qui s'établit à partir des transferts d'objets entre la Grèce et l'Égypte, ne permet là encore d'établir qu'un cadre approximatif pour l'histoire du monde égéen.

Au premier millénaire, ce n'est guère qu'à partir du

VIe siècle qu'existent des dates historiques exactes (en italique dans le tableau). Le début de l'année, dans les calendriers des cités grecques, ne correspondant pas au début de l'année julienne (la nôtre), le chevauchement éventuel est exprimé sous la forme d'une date double (594/3 pour l'archontat de Solon par exemple).

Dates	Phases	Événements
	Paléolithique inférieur	
35000		
	Paléolithique moyen	
24000		
	Paléolithique supérieur	
8000		
	Mésolithique	
6500		
	Néolithique ancien	Établissement néolithique à Cnossos.
5750		
	Néolithique moyen	
4750		
	Néolithique récent	Colonisation des Cyclades.
3500		
	Bronze ancien I	
2900		
	Bronze ancien II	
2300		Destruction de Lerne, Myrtos.
	Bronze ancien III	
2000		Construction des palais minoens.
	Bronze moyen I	*Égypte : XIIe Dynastie (1979-1801).*
1800		
	Bronze moyen II	
1700		Destruction des premiers palais minoens.
	Bronze moyen III	
1600		

Dates	Phases	Événements
1600		Tombes à fosse de Mycènes.
	Bronze récent I (MR I A)	*Égypte : XVIIIe Dynastie (1550-1300).*
		Destruction d'Akrotiri (Théra).
1500		
	Bronze récent II (MR I B)	
1450		Destruction des seconds palais minoens.
	(MR II)	
1400		
	HR III A 1	Les palais mycéniens.
1370		Destruction du palais de Cnossos.
	HR III A 2	*Akhenaton (1352-1336).*
1330		*Toutankhamon (1336-1327).*
	HR III B 1	
1250		
	HR III B 2	Destruction de Mycènes, Tirynthe. *Destruction d'Ugarit (1196/1191), Bogazköy.*
1180		*Ramsès III (1185-1154).*
	HR III C	
1065		
	Submycénien	
1015		
	Protogéométrique	Bâtiment de Toumba à Lefkandi.
900		
	Géométrique ancien	
850		
	Géométrique moyen	
		Pithécusses (vers 770).
750		Homère.

Dates	Phases	Événements
750	————————	
	Géométrique récent	Syracuse (vers 733).
700	————————	
	Orientalisant (haut archaïsme)	*Destruction de Tarse (696).*
600	————————	Fondation de Marseille.
594/3	Archaïsme	*Archontat de Solon.*
561/0		*Début de la tyrannie de Pisistrate.*
		Cyrus II le Grand (559-529).
		Prise de Sardes (546).
528/7		*Mort de Pisistrate.*
525		*Cambyse en Égypte.*
		Raid de Samiens sur Siphnos.
514		*Assassinat d'Hipparque.*
510		*Chute d'Hippias.*
508/7		*Réformes de Clisthène.*

Cartes

La Grèce des origines – Sites principaux

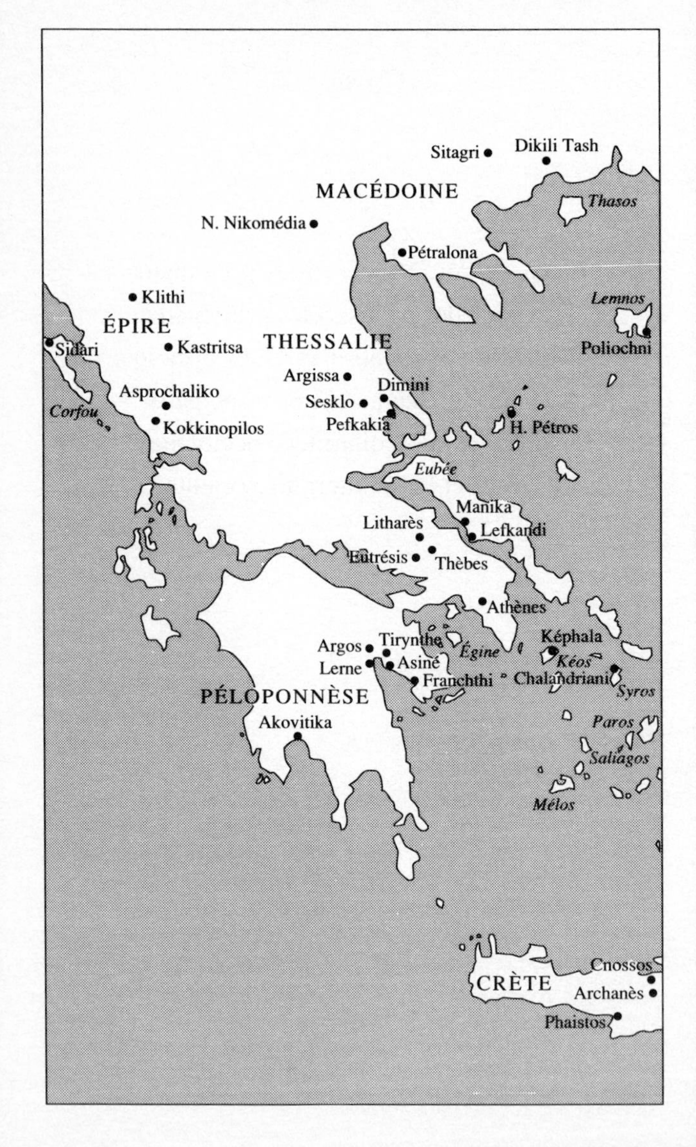

La Grèce des palais – Sites principaux

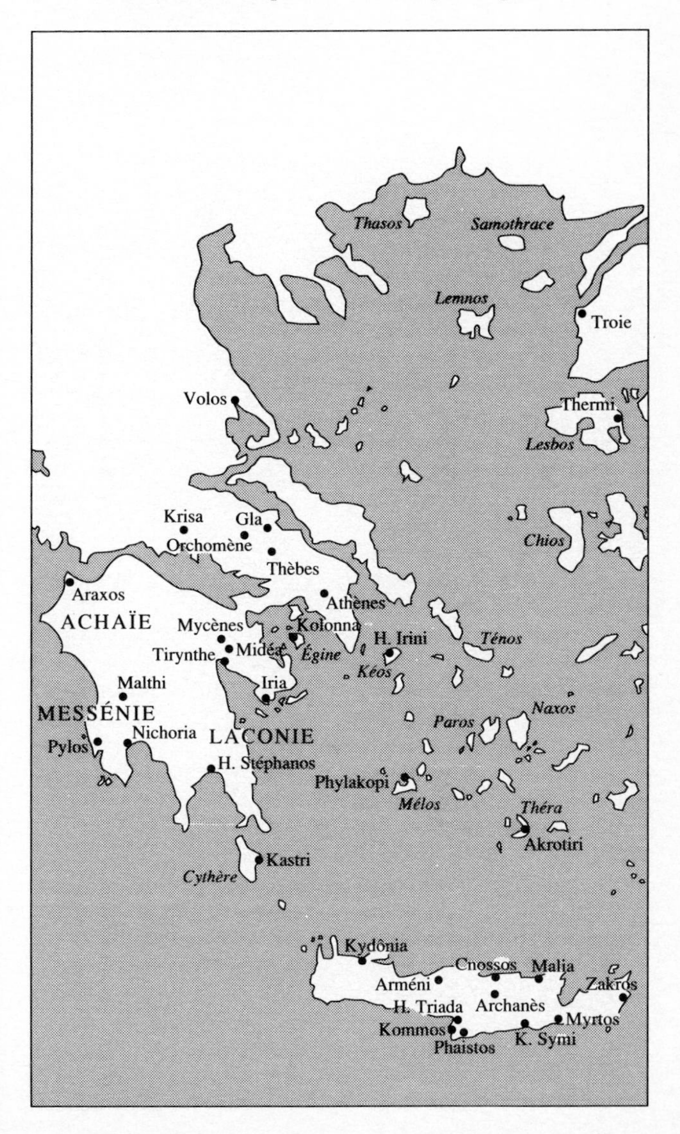

La Grèce des siècles obscurs – Sites principaux

Lesbos
Skyros
Kalapodi
Delphes
Lefkandi
Érétrie
Chios
Smyrne
Ithaque
Thèbes
Éleusis
Céphallonie
Aigeira
Athènes
Andros
Samos
Olympie
Korakou
Pérati
Argos
Laurion
ARCADIE
Égine
Tégée
Nichoria
Sparte
Phylakopi
Cos
Mélos
Ialysos
Rhodes
Éleutherne
Cnossos
Ida
Karphi
Prinias
Kavousi

domaine dorien
domaine ionien
domaine éolien

La Grèce archaïque – Sites principaux

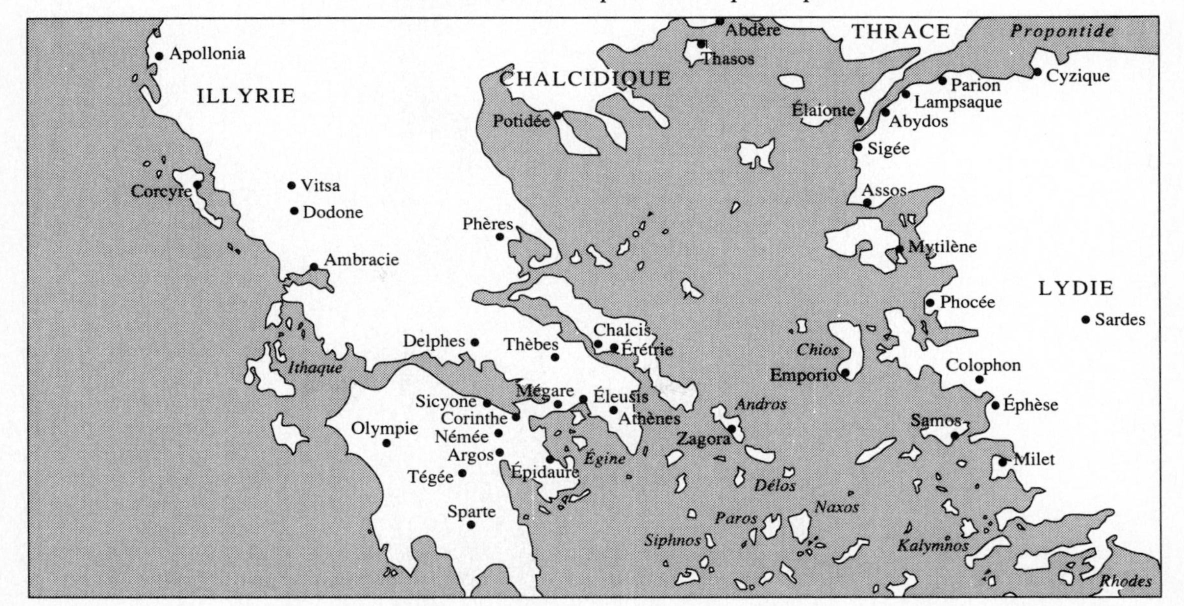

La Grèce et la Méditerranée occidentale

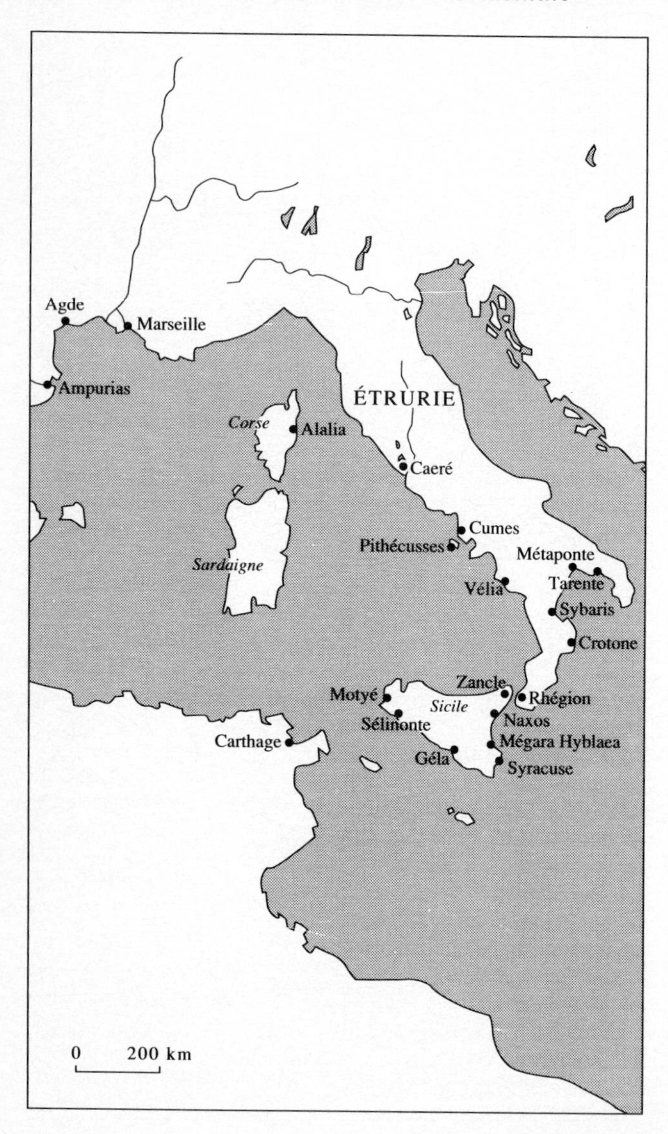

La Grèce et la Méditerranée orientale

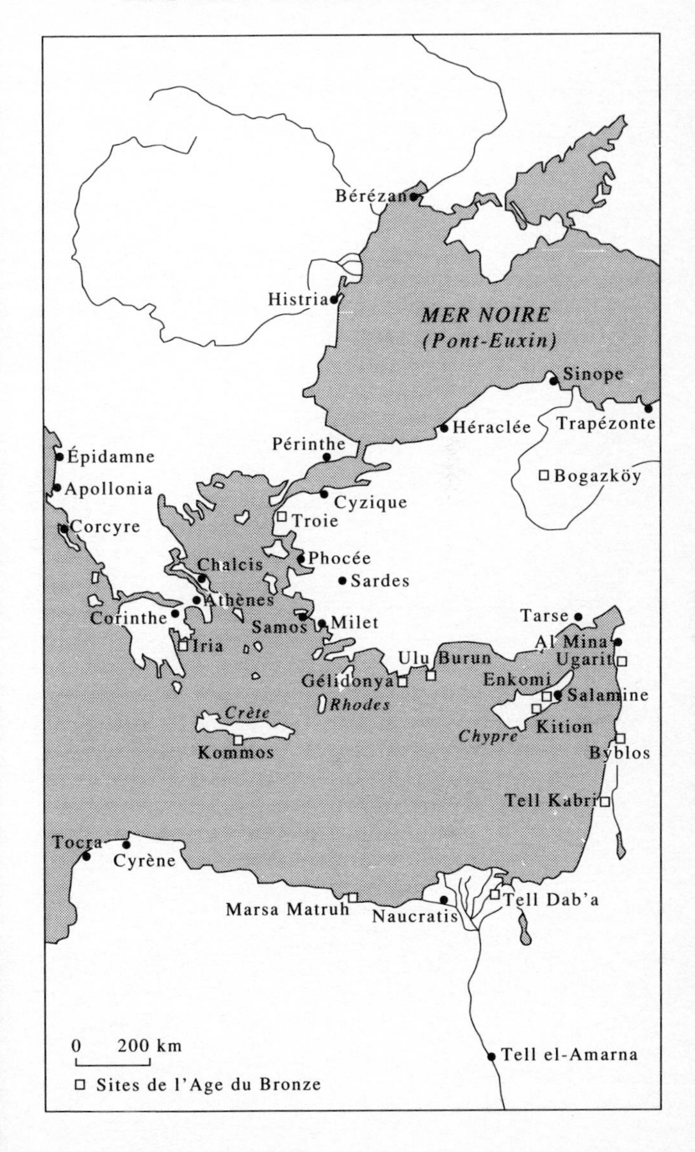

Bref glossaire

Agathoi : terme (les « bons ») désignant la classe supérieure (les aristocrates) par rapport aux *kakoi*.

Agora : espace urbain où se tiennent les assemblées publiques.

Amphictionie : association de peuples voisins autour d'un sanctuaire.

Archontes : les plus hauts magistrats de la cité.

Basileus : fonctionnaire local dans les textes mycéniens ; le terme désigne le roi dans la Grèce archaïque.

Chambre (tombe à) : tombe taillée dans le rocher, à couloir d'accès et chambre funéraire de plan le plus souvent rectangulaire.

Ciste (tombe à) : tombe aménagée, à parois doublées de dalles ou de pierres et couvertes d'une ou plusieurs dalles.

Corè : statue archaïque de jeune fille drapée.

Couros : statue archaïque de jeune homme nu.

Cyclopéen : (construction) en très gros blocs irréguliers.

Dèmos : la masse du peuple (opposée à l'aristocratie) ; peut désigner aussi l'ensemble de la communauté civique.

Dendrochronologie : méthode de datation fondée sur la mesure de l'âge des arbres à partir des cernes annuels ; elle permet notamment de vérifier les résultats obtenus par la méthode du radiocarbone (« calibration »).

Encorbellement : fausse voûte formée par des assises s'avançant en surplomb.

Éphyréen : qualificatif d'un style céramique mycénien (du nom d'Éphyra, ville légendaire fondée par Sisyphe de Corinthe).

Ethnos : communauté politique fondée sur les structures ancestrales d'un peuple ou d'un groupe de peuples.

Eupatrides : nom désignant à Athènes les membres des grandes familles aristocratiques.

Fosse (tombe à) : tombe, plus grande que la tombe à ciste, aménagée au fond d'un puits (ou fosse) rectangulaire de profondeur variable.

Hécatompédon : temple d'une longueur de *cent pieds*.

Hectémore : paysan dépendant redevable d'un (ou plusieurs ?) *sixième* de ses produits.

Hérôon : sanctuaire d'un héros.

Hiéroglyphique (crétois) : système d'écriture syllabique minoen, utilisé principalement à l'époque des premiers palais, qui reste indéchiffré.

Hilotes : population dépendante en Laconie et en Messénie (à la suite de la prise d'Hélos par les Spartiates).

Hoplite : citoyen servant dans l'infanterie lourde (l'armement comprenait le casque, la cuirasse et les jambières, le bouclier, la lance et l'épée).

Kakoi : la classe inférieure (les « mauvais ») par opposition à l'aristocratie *(agathoi)*.

Linéaire A : système d'écriture syllabique minoen, utilisé principalement à l'époque des seconds palais, qui reste indéchiffré.

Linéaire B : système d'écriture syllabique du grec mycénien, déchiffré à partir de 1952 par M. Ventris et J. Chadwick.

Liturgies : charges publiques financées par les citoyens les plus riches.

Lustral : relatif à des cérémonies rituelles de purification (lustrations).

Mégaron : salle principale du palais mycénien.

Mésohelladique : qui appartient à la période de l'Helladique moyen.

Métope : panneau de forme carrée (dans la frise des temples doriques, par extension, dans le décor d'un vase).

Minoen : adjectif dérivé de Minos, titre des souverains crétois et nom du roi légendaire de Cnossos, qualifiant la civilisation crétoise de l'Age du Bronze.

Minyen : adjectif dérivé de Minyas, roi légendaire d'Orchomène, et qualifiant en particulier certaines séries de la céramique helladique du Bronze moyen.

Moustérien : faciès du Paléolithique inférieur et moyen.

Olympiade : période de quatre ans correspondant à l'intervalle entre les jeux Olympiques.

Obole : unité monétaire, valant un sixième de drachme.

Œnochoé : cruche à puiser et verser le vin.

Oligarchie : système politique dans lequel le pouvoir est détenu par un groupe restreint.

Palynologie : étude des pollens et spores végétales.

Peuples de la Mer : coalition de peuplades d'origines diverses (notamment d'Asie Mineure) qui attaquèrent l'Égypte à partir de la fin du XIIIe siècle. Ils furent arrêtés par Ramsès III vers 1175.

Phalange : disposition de combat en rangs serrés des hoplites.

Polis : communauté politique de citoyens liée à un territoire autour d'un centre urbain.

Puits de lumière : espace intérieur ouvert, assurant l'éclairage et la ventilation des édifices minoens.

Radiocarbone : méthode scientifique de datation utilisant un isotope du carbone (carbone 14) pour mesurer à partir de matériaux contenant de la matière organique (os, bois) le temps qui s'est écoulé depuis la mort de cet organisme.

Skyphos : variété de vase à boire à deux anses.

Synœcisme : regroupement de villages pour former une communauté unique.

Téménos : espace sacré d'un sanctuaire (dans les textes mycéniens, désigne le domaine du roi).

Tétradrachme : monnaie d'argent valant quatre drachmes.

Thalassocratie : pouvoir assuré par une suprématie maritime.

Thermoluminescence : méthode scientifique de datation qui donne le temps écoulé depuis qu'une poterie ou une brique a été cuite (plus de 500° C).

Tholos (tombe à) : tombe construite à couloir d'accès et chambre funéraire de plan circulaire, à voûte en encorbellement.

Tumulus : butte artificielle élevée au-dessus d'une ou plusieurs sépultures dont elle signale l'emplacement.

Wanax : titre désignant le souverain dans les textes mycéniens ; appliqué à Apollon *(anax)* dans les textes homériques.

Würm : dernière glaciation du quaternaire entre 80000 et 10000 avant J.-C.

Sigles des revues

AJA	*American Journal of Archaeology*
Annales	*Annales. Économies, sociétés, civilisations*
Annuario	*Annuario della Scuola archeologica di Atene e delle Missioni italiane in Oriente*
BCH	*Bulletin de correspondance hellénique*
BSA	*Annual of the British School at Athens*
CRAI	*Comptes rendus de l'Académie des inscriptions et belles-lettres*
JHS	*Journal of Hellenic Studies*
PP	*La parola del passato*

Orientation bibliographique

L'ampleur du champ chronologique de l'ouvrage et l'abondance de la bibliographie pour chacune des périodes, y compris les plus anciennes, font qu'il est impossible de donner autre chose qu'un choix très restreint parmi les centaines de titres qu'il aurait fallu citer. Nous avons arbitrairement limité ce choix, sauf exception, aux ouvrages et articles publiés dans les vingt-cinq dernières années qui nous ont paru le mieux correspondre aux aspects abordés dans ce livre ; on trouvera aisément les références aux autres ouvrages, notamment aux plus anciens (dont la date n'exclut pas qu'ils méritent encore d'être lus, comme *La Cité grecque* de Glotz), dans les ouvrages indiqués ci-dessous.

Ouvrages généraux et manuels

Amouretti M.-C. et Ruzé F., *Le Monde grec antique*, Paris, Hachette, 1990.

The Cambridge Ancient History (2e édition), Cambridge University Press, notamment :

- vol. III 1. Boardman J. *et al.* (éd.), *The Prehistory of the Balkans ; and the Middle East and the Aegean World, Tenth to Eighth Centuries B.C.*, 1982.
- vol. III 3. Boardman J. et Hammond N.G.L. (éd.), *The Expansion of the Greek World, Eighth to Sixth Centuries B.C.*, 1982.

Carlier P., *La Royauté en Grèce avant Alexandre*, Strasbourg, AECR, 1984.

Dickinson O., *The Aegean Bronze Age*, Cambridge University Press, 1994.

Effenterre H. van, *La Cité grecque, des origines à la défaite de Marathon*, Paris, Hachette, 1985.

Finley M.I., *Les Premiers Temps de la Grèce* (éd. française), Paris, Maspero, 1973.

Mossé Cl. et Schnapp-Gourbeillon A., *Précis d'histoire grecque*, Paris, Armand Colin, 1990.
Murray O., *Early Greece* (2e éd.), Glasgow, Fontana-Collins, 1993.
Musti D., *Storia greca. Linee di sviluppo dall'età micenea all'età romana* (2e édition), Bari, Laterza, 1990.
Treuil R., Darcque P., Poursat J.-C. et Touchais G., *Les Civilisations égéennes du Néolithique et de l'Age du Bronze*, Paris, PUF, 1989.

Chronologie

Bickerman E.J., *Chronology of the Ancient World* (2e édition), Londres, Thames and Hudson, 1980.
Samuel A.E., *Greek and Roman Chronology. Calendars and Years in Classical Antiquity*, Munich, Beck, 1972.
Warren P. et Hankey V., *Aegean Bronze Age Chronology*, Bristol Classical Press, 1989.

Publications de sites et études régionales

Ne sont mentionnés dans cette rubrique que quelques villes ou sites principaux dont l'occupation s'étend sur plusieurs des périodes distinguées dans cet ouvrage. Les autres études sont citées dans les rubriques chronologiques correspondantes.

Argos

Foley A., *The Argolid 800-600 B.C. An Archaeological Survey*, Göteborg, Paul Åström, 1988.
Kelly Th., *A History of Argos to 500 B.C.*, Minneapolis, University of Minnesota Press, 1976.
Piérart M. (éd.), *Polydipsion Argos. Argos de la fin des palais mycéniens à la constitution de l'État classique*, Paris, De Boccard, 1992.

Athènes

The Athenian Agora. Results of Excavations Conducted by the American School of Classical Studies at Athens, Princeton, American School of Classical Studies, depuis 1953 :
- vol. 13. Immerwahr S.A., *The Neolithic and Bronze Ages*, 1971.

- vol. 14. Thompson H.A et Wycherley R.E., *The Agora of Athens. The History, Shape and Uses of an Ancient City Center*, 1972.
Kraiker W. et Kübler K., *Kerameikos. Ergebnisse der Ausgrabungen*, Berlin, Walter de Gruyter, depuis 1939.

Cnossos

Evans A., *The Palace of Minos at Knossos*, I-IV, Londres, Macmillan, 1921-1936.
Hood S. et Smyth D., *An Archaeological Survey of the Knossos Area*, Londres, Thames and Hudson, 1981.
Warren P. *et al.*, « Knossos neolithic, part II », *BSA* 63, 1968, p. 239-276.
Wilson D., « The pottery and architecture of the EM IIA West Court House at Knossos », *BSA* 80, 1985, p. 281-364.

Corinthe

Corinth. Results of Excavations Conducted by the American School of Classical Studies at Athens, Cambridge (Mass.), Harvard University Press, puis Princeton, American School of Classical Studies, depuis 1930.
Salmon J.B., *Wealthy Corinth*, Oxford, Clarendon Press, 1984.

Égine

Walter H. et Felten F., *Alt-Ägina* III. 1. *Die vorgeschichtliche Stadt*, Mayence, Philipp von Zabern, 1981.
Walter H., *Ägina. Die archäologische Geschichte einer griechischen Insel*, Munich, Deutscher Kunstverlag, 1993.

Kalapodi

Felsch R. *et al.*, « Kalapodi. Bericht über die Grabungen... 1978-1982 », *Archäologischer Anzeiger* 1987, p. 1-99 (appendice de P. Ellinger, « Hyampolis et le sanctuaire d'Artémis Élaphébolos... », p. 88-99).
(Voir aussi p. 207 : « Le VIe siècle », Ellinger P.)

Lefkandi

Popham M.R. et Sackett L.H. (éd.), *Lefkandi* I. *The Iron Age Settlement*, Londres, Thames and Hudson, 1980.
Popham M.R., Calligas P.G. et Sackett L.H. (éd.), *Lefkandi* II. *The Protogeometric Building at Toumba.* 1 : *The Pottery*, Londres, Thames and Hudson, 1990 ; 2 : *The Excavation, Architecture and Finds*, Oxford, British School of Archaeology, 1993.

Mélos (Phylakopi)

Renfrew C. et Wagstaff M. (éd.), *An Island Polity. The Archaeology of Exploitation on Melos*, Cambridge University Press, 1982.
Renfrew C., *The Archaeology of Cult. The Sanctuary at Phylakopi*, Londres, Thames and Hudson, 1985.

Nichoria

McDonald W.A. et Wilkie N.C. (éd.), *Excavations at Nichoria in Southwest Greece*, vol. II. *The Bronze Age Occupation*, Minneapolis, University of Minnesota Press, 1992.
McDonald W.A., Coulson W.D.E. et Rosser J. (éd.), *Excavations at Nichoria in Southwest Greece*, vol. III. *Dark Age and Byzantine Occupation*, Minneapolis, University of Minnesota Press, 1983.

Samos

Shipley G., *A History of Samos 800-188 B.C.*, Oxford, Clarendon Press, 1987.

Sparte

Cartledge P., *Sparta and Laconia : a Regional History 1300-362 B.C.*, Londres, Routledge, 1979.
Ducat J., « Sparte archaïque et classique. Structures économiques, sociales, politiques » [bulletin de bibliographie 1965-1982], *Revue des études grecques* 96, 1983, p. 194-225.

Sources écrites

Bérard F., Feissel D., Petitmengin P. et Sève M., *Guide de l'épigraphiste* (2e édition), Paris, ENS, 1989.
(Voir aussi p. 201 : « Les textes ».)

Écritures minoennes

Godart L. et Olivier J.-P., *Recueil des inscriptions en linéaire A*, Paris, Geuthner, 1976-1985.
Olivier J.-P., Godart L. et Poursat J.-Cl., *Corpus hieroglyphicarum inscriptionum Cretae*, Paris, De Boccard, 1995.

Linéaire B

Bennett E. et Olivier J.-P., *The Pylos Tablets Transcribed*. I : *Texts and Notes* ; II : *Hands, Concordances, Indices*, Rome, Ateneo, 1973-1976.
Chadwick J. *et al.*, *Corpus of Mycenaean Inscriptions from Knossos*, Cambridge University Press, depuis 1986.
Farnoux A. et Driessen J., « Inscriptions peintes en linéaire B à Malia », *BCH* 115, 1991, p. 71-93.
Hallager E., Vlasakis M. et Hallager B.P., « New linear B tablets from Khania », *Kadmos* 31, 1992, p. 61-87.
Melena J.L. et Olivia J.-P., *TITHEMY. The Tablets and Nodules in Linear B from Tiryns, Thebes and Mycenae (Minos suppl. 12)*, University de Salamanque, 1991.
Piteros Chr., Olivier J.-P. et Melena J.L., « Les inscriptions en linéaire B des nodules de Thèbes (1982) », *BCH* 114, 1990, p. 103-184.
Sacconi A., *Corpus delle iscrizioni vascolari in lineare B*, Rome, Ateneo, 1974.

Inscriptions archaïques

Effenterre H. van et Ruzé F., *Nomima. Recueil d'inscriptions politiques et juridiques de l'archaïsme grec*, Rome, École française de Rome, 1994.

Guarducci M., *Epigrafia greca dalle origini al tardo impero*, Rome, Istituto poligrafico, 1987.
Jeffery L.H., *The Local Scripts of Archaic Greece* (2e édition revue par Johnston A.W.), Oxford, Clarendon Press, 1990.
Meiggs R. et Lewis D., *A Selection of Greek Historical Inscriptions to the End of the Fifth Century B.C.* (2e édition), Oxford, Clarendon Press, 1988.

Homère, Hésiode

Pour les textes d'Homère (*Iliade*, *Odyssée*) et d'Hésiode (*Théogonie*, *Les Travaux et les Jours*, *Fragments*), il existe plusieurs éditions avec traduction (collection des Belles Lettres, Paris ; Loeb Classical Library, etc.) ; ce n'est pas toujours le cas pour d'autres auteurs archaïques, dont nous citons seulement les éditions principales ou les plus récentes.

Poètes lyriques

Bonnard A. et Lasserre F., *Archiloque. Fragments*, Paris, Les Belles Lettres, 1958 (avec traduction).
Campbell D.A., *Greek Lyric*, vol. I-IV, Londres, Harvard University Press, 1982-1992 (I : Sappho, Alcée ; II : Anacréon, Alcman – avec traduction).
Davies M., *Poetarum melicorum Graecorum fragmenta*, vol. I, Oxford University Press, 1991 (Alcman, Stésichore, Ibycos).
Diehl E., *Anthologia lyrica graeca* (2e édition), Leipzig, Teubner, 1936.
Lobel E. et Page D.L., *Poetarum Lesbiorum fragmenta*, Oxford, Clarendon Press, 1955 (Sappho, Alcée).
Page D.L., *Poetae Melici Graeci*, Oxford, Clarendon Press, 1962 (Alcman, Anacréon, Simonide).
–, *Supplementum lyricis graecis*, Oxford, Clarendon Press, 1974.
West M.L., *Iambi et elegi graeci* (2e édition), Oxford, 1989-1992 (Archiloque, Callinos, Mimnerme, Solon, Théognis, Tyrtée, Xénophane).

Philosophes présocratiques

Conche M., *Anaximandre. Fragments et témoignages*, Paris, PUF, 1991 (avec traduction).
Diels H. et Kranz W., *Die Fragmente der Vorsokratiker* (6e édition), Berlin, Weidmann, 1951-1952.

Dumont J.-P., *Les Présocratiques*, Paris, Gallimard, 1988 (traduction d'après Diels-Kranz).

Pour les auteurs plus tardifs, d'Hérodote et Thucydide à Pausanias, on se reportera aux indications données dans les volumes suivants de cette collection.

La Grèce des origines (chapitre 1)

Paléolithique/Mésolithique

Bailey G., « The Paleolithic of Klithi in its wider context », *BSA* 87, 1992, p. 1-28.

Kourtessi-Philippakis G., *Le Paléolithique de la Grèce continentale. État de la question et perspectives de recherche*, Paris, Publ. de la Sorbonne, 1986.

Perlès C., *Les Industries lithiques taillées de Franchthi (Argolide, Grèce)*, Bloomington, Indiana University Press. T. I. *Présentation générale et Industries paléolithiques*, 1987. T. II. *Les Industries du Mésolithique et du Néolithique initial*, 1990.

Néolithique

Broodbank C. et Strasser T.F., « Migrant farmers and the Neolithic colonization of Crete », *Antiquity* 65, 1991, p. 233-245.

Cherry J.F., « The first colonization of the Mediterranean islands : a review of recent research », *Journal of Mediterranean Archaeology* 3, 1990, p. 145-221.

Coleman J.E., *Keos* I. *Kephala : a Late Neolithic Settlement and Cemetery*, Princeton, American School of Classical Studies, 1977.

Demoule J.-P. et Perlès C., « The Greek Neolithic : a new review », *Journal of World Prehistory* 7, 1993, p. 355-416.

Perlès C., « Systems of exchanges and organization of production in Neolithic Greece », *Journal of Mediterranean Archaeology* 5, 1992, p. 115-164.

Theocharis D.R. (éd.), *Neolithic Greece*, Athènes, Banque nationale de Grèce, 1973.

Bronze ancien

Cadogan G. (éd.), *The End of the Early Bronze Age in the Aegean*, Leyde, Brill, 1986.

Cosmopoulos M.B., *The Early Bronze 2 in the Aegean*, Jonsered, Paul Åström, 1991.
Davis J.L., « The Islands of the Aegean », *AJA* 96, 1992, p. 699-756.
Forsén J., *The Twilight of the Early Helladics. A Study of the Disturbances in East, Central and Southern Greece towards the End of the Early Bronze Age*, Jonsered, Paul Åström, 1992.
Pullen D.J., « A lead seal from Tsoungiza, Ancient Nemea, and Early Bronze Age Aegean sealing systems », *AJA* 98, 1994, p. 35-52.
Renfrew C., *The Emergence of Civilization : the Cyclades and the Aegean in the Third Millenium*, Londres, Methuen, 1972.
Rutter J.B., « The prepalatial Bronze Age of the Southern and Central Greek Mainland », *AJA* 97, 1993, p. 745-797.
Tzavella-Evjen H., *Lithares, an Early Bronze Age Settlement in Boeotia*, Los Angeles, Univ. of California Inst. of Archaeology, 1985.
Warren P.M., *Myrtos. An Early Bronze Age Settlement in Crete*, Londres, Thames and Hudson, 1972.
Wiencke M., « Change in Early Helladic II », *AJA* 93, 1989, p. 495-509.

« L'arrivée des Grecs »

Drews R., *The Coming of the Greeks. Indo-European Conquests in the Aegean and Near East*, Princeton University Press, 1988.
Renfrew C., *L'Énigme indo-européenne. Archéologie et langage* (éd. française), Paris, Flammarion, 1990.
Sakellariou M., *Les Proto-Grecs*, Athènes, Ekdotikè Athenon, 1980.

La Grèce au temps des palais (chapitre 2)

Ouvrages généraux

Barber R.L.N., *The Cyclades in the Bronze Age*, Londres, Duckworth, 1987.
Effenterre H. van, *Les Égéens*, Paris, Armand Colin, 1986.
French E.B. et Wardle K.A. (éd.), *Problems in Greek Prehistory*, Bristol Classical Press, 1988.
Gesell G., *Town, Palace, and House Cult in Minoan Crete*, Göteborg, Paul Åström, 1985.

Hägg R. et Marinatos N. (éd.), *Sanctuaries and Cults in the Aegean Bronze Age*, Lund, Paul Åström, 1981.
–, *The Minoan Thalassocracy : Myth and Reality*, Stockholm, Paul Åström, 1984.
–, *The Function of the Minoan Palaces*, Stockholm, Paul Åström, 1987.
Hägg R., Marinatos N. et Nordquist G.C. (éd.), *Early Greek Cult Practice*, Stockholm, Paul Åström, 1988.
Hägg R. et Nordquist G.C. (éd.), *Celebrations of Death and Divinity in the Bronze Age Argolid*, Stockholm, Paul Åström, 1990.
Hood S., *The Minoans*, Londres, Thames and Hudson, 1971.
–, *The Arts in Prehistoric Greece*, Londres, Penguin Books, 1978.
Hope Simpson R. et Dickinson O.T.P.K., *A Gazetteer of Aegean Civilization in the Bronze Age*. I : *The Mainland and Islands*, Göteborg, Paul Åström, 1979.
Kemp B.J. et Merrillees R.S., *Minoan Pottery in Second Millenium Egypt*, Mayence, Philipp von Zabern, 1980.
Krzyszkowska O. et Nixon L. (éd.), *Minoan Society*, Bristol Classical Press, 1983.
Laffineur R. (éd.), *Thanatos. Les Coutumes funéraires en Égée à l'Age du Bronze*, Université de Liège, 1987.
–, *Transition. Le Monde égéen du Bronze moyen au Bronze récent*, Université de Liège, 1989.
Laffineur R. et Basch L. (éd.), *Thalassa. L'Égée préhistorique et la Mer*, Université de Liège, 1991.
Lévy E. (éd.), *Le Système palatial en Orient, en Grèce et à Rome*, Leyde, Brill, 1987.
Pelon O., *Tholoi, Tumuli et Cercles funéraires*, Paris, De Boccard, 1976.
Rutkowski B., *The Cult Places of the Aegean*, New Haven, Yale University Press, 1986.

Premiers palais

Dickinson O.T.P.K., *The Origins of Mycenaean Civilization*, Göteborg, Paul Åström, 1977.
Heltzer M., « Trade relations between Ugarit and Crete », *Minos* 23, 1988, p. 7-13.
–, « The trade of Crete and Cyprus with Syria and Mesopotamia and their eastern tin-sources in the XVIII-XVII century B.C. », *Minos* 24, 1989, p. 7-27.
Levi D., *Festòs e la civiltà minoica,* I, Rome, Ateneo, 1976.
Müller S., « Les tumuli helladiques : où ? quand ? comment ? », *BCH* 113, 1989, p. 1-42.

Nordquist G.C., *A Middle Helladic Village. Asine in the Argolid*, Uppsala University, 1987.

Seconds palais

Bietak M., « Minoan wall-paintings unearthed at ancient Avaris », *Egyptian Archaeology* 2, 1992, p. 26-28.
Caskey M.E., *Keos* II, 1. *The Temple at Ayia Irini : the Statues*, Princeton, American School of Classical Studies, 1986.
Crouwel J.H., *Chariots and Other Means of Land Transport in Bronze Age Greece*, Amsterdam, Allard Pierson Museum, 1981.
Doumas C., *Thera, Pompeii of the Aegean*, Londres, Thames and Hudson, 1983.
–, *The Wall-Paintings of Thera*, Athènes, Thera Foundation, 1992.
Graziadio G., « The process of social stratification at Mycenae in the Shaft Grave Period : a comparative examination of the evidence », *AJA* 95, 1991, p. 403-440.
Hardy D.A. (éd.), *Thera and the Aegean World III*, Londres, Thera Foundation, 1990.
Immerwahr S.A., *Aegean Painting in the Bronze Age*, Philadelphie, Pennsylvania State University Press, 1990.
Manning S. et Weninger B., « Archaeological wiggle matching and chronology in the Aegean Late Bronze Age », *Antiquity* 66, 1992, p. 636-663.
Morgan L., *The Miniature Wall Paintings from Thera : a Study in Aegean Culture and Iconography*, Cambridge University Press, 1988.
Morris S.P., « A tale of two cities : the miniature frescoes from Thera and the origins of Greek poetry », *AJA* 93, 1989, p. 511-535.

La puissance mycénienne

Åström P., *The Cuirass Tomb and Other Finds at Dendra* I, Göteborg, Paul Åström, 1977.
Bass G.F., *Cape Gelidonya : a Bronze Age Shipwreck*, Philadelphie, American Philosophical Society, 1967.
Bass G.F., Pulak C., Collon D. et Weinstein J., « The Bronze Age shipwreck at Ulu Burun : 1986 campaign », *AJA* 83, 1989, p. 1-29.
Blegen C.W. et Rawson M., 1966, *The Palace of Nestor in Western Messenia*, I, Princeton University Press, 1966.

Cline E., « Amenhotep III and the Aegean : a reassessment of Egypt-Aegean relations in the 14th century B.C. », *Orientalia* 56, 1987, p. 1-36.

–, « Contact and trade or colonization ? Egypt and the Aegean in the 14th-13th centuries B.C. », *Minos* 25-26, 1990-1991, p. 7-36.

Dietz S., *The Argolid at the Transition to the Mycenaean Age*, Copenhague, Aarhus University Press, 1991.

Gale N.H. (éd.), *Bronze Age Trade in the Mediterranean*, Göteborg, Paul Åström, 1991.

Harding A., *The Mycenaeans and Europe*, Londres, Academic Press, 1984.

Höckmann O., « Lanze und Speer im spätminoischen und mykenischen Griechenland », *Jahrbuch des Römisch-Germanischen ZentralMuseums, Mainz* 27, 1980, p. 13-158.

Hooker J.T., *Mycenaean Greece*, Londres, Routledge, 1977.

Kanta A., *The Late Minoan III Period in Crete. A Survey of Sites, Pottery, and their Distribution*, Göteborg, Paul Åström, 1980.

Karageorghis V., « Le commerce chypriote avec l'Occident au Bronze récent : quelques nouvelles découvertes », *CRAI* 1993, p. 577-588.

McDonald W.A. et Thomas C.G., *Progress into the Past : the Rediscovery of Mycenaean Civilization* (2e édition), Bloomington, Indiana University Press, 1990.

Marazzi M., Tusa S. et Vagnetti L., *Traffici micenei nel Mediterraneo*, Tarente, Istituto... della Magna Grecia, 1986.

Mountjoy P., *Mycenaean Pottery. An Introduction*, Oxford, Oxbow, 1993.

Taylour W., *The Mycenaeans* (2e édition), Londres, Thames and Hudson, 1983.

Les textes

Chadwick J., *Le Déchiffrement du linéaire B* (éd. française), Paris, Gallimard, 1973.

Godart L., *Le Pouvoir de l'écrit. Aux pays des premières écritures*, Paris, Errance, 1990.

Hooker J.T., *Linear B : an Introduction*, Bristol Classical Press, 1980.

Olivier J.-P., *Les Scribes de Cnossos*, Rome, Ateneo, 1967.

Olivier J.-P. (éd.), *Mykenaïka*, Paris, De Boccard, 1992.

Ventris M. et Chadwick J., *Documents in Mycenaean Greek* (2e édition), Cambridge University Press, 1973.

La fin des palais

Bryce T.R., « Ahhiyawans and Mycenaeans – an Anatolian viewpoint », *Oxford Journal of Archaeology* 8, 1989, p. 297-310.
–, « The nature of Mycenaean involvement in Western Anatolia », *Historia* 38, 1989, p. 1-21.
Drews R., *The End of the Bronze Age. Changes in Warfare and the Catastrophe ca. 1200 B.C.*, Princeton University Press, 1993.
Müller S., « Delphes et sa région à l'époque mycénienne », *BCH* 116, 1992, p. 445-496.
Popham M., « Pylos : reflections on the date of its destruction and on its Iron Age reoccupation », *Oxford Journal of Archaeology* 10, 1991, p. 315-324.
Vanschoonwinkel J., *L'Égée et la Méditerranée orientale à la fin du IIe millénaire. Témoignages archéologiques et sources écrites*, Louvain, Université catholique, 1991.

Les siècles dits obscurs (chapitre 3)

Les sources : lectures d'Homère

Crielaard J.-P. (éd.), *Homeric Questions* (à paraître).
Dickinson O.T.P.K., « Homer, the poet of the Dark Age », *Greece and Rome* 33, 1986, p. 20-37.
Finley M.I., *Le Monde d'Ulysse* (2e édition), Paris, Maspero, 1978.
Latacz J. (éd.), *Zweihundert Jahre Homer-Forschung. Rückblick und Ausblick*, Stuttgart-Leipzig, Teubner, 1991.
Morris I., « The use and abuse of Homer », *Classical Antiquity* 5, 1986, p. 81-138.
Powell B.B., *Homer and the Origin of the Greek Alphabet*, Cambridge University Press, 1991.

Les siècles obscurs : études générales

Coulson W.D.E., *The Greek Dark Ages : a Review of the Evidence and Suggestions for Future Research*, Athènes, Braggioti, 1990.
Deger-Jalkotzy S. (éd.), *Griechenland, die Ägaïs und die Levante während der « Dark Ages »*, Vienne, Österreichischen Akademie der Wissenschaften, 1983.
Desborough V.R. d'A., *The Greek Dark Ages*, Londres, Ernest Benn, 1972.

Matz F. et Buchholz H.G. (éd.), *Archaeologia Homerica. Die Denkmäler und das frühgriechische Epos*, Göttingen, Vandenhoeck et Ruprecht, depuis 1967.
Musti D. *et al.* (éd.), *La Transizione dal Miceneo all'alto arcaismo. Dal palazzo alla città*, Rome, CNR, 1991.
Schnapp-Gourbeillon A., « Les "siècles obscurs" de la Grèce », *Annales* 29, 1974, p. 1465-1474.
Snodgrass A.M., *The Dark Age of Greece. An Archaeological Survey of the Eleventh to the Eighth Centuries B.C.*, Édinburgh University Press, 1971.

La fin du monde mycénien

Mountjoy P.A., « LH III C late versus Submycenaean. The Kerameikos Pompeion cemetery reviewed », *Jahrbuch des Deutschen Archäologischen Instituts* 103, 1988, p. 1-33.

La Grèce géométrique

Cambitoglou A., *Zagora 1. Excavation of a Geometric Settlement on the Island of Andros, Greece*, Sydney University Press, 1971.
Cambitoglou A. *et al.*, *Zagora 2*, Athènes, Société archéologique, 1988.
Coldstream J.N., *Greek Geometric Pottery*, Londres, Methuen, 1968.
–, *Geometric Greece*, Cambridge, Ernest Benn, 1977.
Coulson W.D.E., « The "Protogeometric" from Polis reconsidered », *BSA* 86, 1991, p. 43-64.
Gras M., Rouillard P. et Teixidor J., *L'Univers phénicien*, Paris, Arthaud, 1989.
Hooker J., « New reflexions on the Dorian invasion », *Klio* 61, 1979, p. 353-360.
Kopcke G. et Tokumaru I. (éd.), *Greece between East and West : 10th-8th Centuries B.C.*, Mayence, Philipp von Zabern, 1992.
Mazarakis-Ainian A., « Geometric Eretria », *Antike Kunst* 30, 1987, p. 3-24.
–, « Late Bronze Age Apsidal and Oval Buildings in Greece and adjacent areas », *BSA* 84, 1989, p. 269-288.
Negbi O., « Early Phoenician presence in the Mediterranean islands : a reappraisal », *AJA* 96, 1992, p. 599-615.
Smithson E.L., « The tomb of a rich Athenian lady, ca 850 B.C. », *Hesperia* 37, 1968, p. 77-116.

Continuités et ruptures

Darcque P., « Les vestiges mycéniens découverts sous le Télestérion d'Éleusis », *BCH* 105, 1981, p. 593-605.
Langdon S., « The return of the Horse-leader », *AJA* 93, 1989, p. 185-201.
Lebessi A. et Muhly P., « Aspects of Minoan cult. Sacred enclosures. The evidence from the Syme sanctuary (Crete) », *Archäologischer Anzeiger* 1990, p. 315-336.
Mazarakis-Ainian A., « Contribution à l'étude de l'architecture religieuse grecque dans les âges obscurs », *Antiquité classique* 54, 1985, p. 5-48.
Rolley Cl., *Les Trépieds à cuve clouée* (*Fouilles de Delphes*, V, 3), Paris, De Boccard, 1977 [chap. 6, p. 131-146].
Voyatzis M., « Votive riders seated side-saddle at early Greek sanctuaries », *BSA* 87, 1992, p. 259-279.

La société

Morris I., *Burial and Ancient Society. The Rise of the Greek City-State*, Cambridge University Press, 1987.
Whitley J., *Style and Society in Dark Age Greece. The Changing Face of a Pre-Literate Society 1100-700 B.C.*, Cambridge University Press, 1991.
–, « Social diversity in Dark Age Greece », *BSA* 86, 1991, p. 341-365.

La Grèce au temps des États-cités (chapitre 4)

Études générales

Boardman J., *The Greek Overseas* (3e édition), Londres, Thames and Hudson, 1980.
Bourriot F., *Recherches sur la nature du* génos *: études d'histoire sociale athénienne*, Lille, Atelier de reproduction des thèses, 1976.
Cook R.M., « The Francis-Vickers chronology », *JHS* 109, 1989, p. 164-170.
Garlan Y., *La Guerre dans l'Antiquité*, Paris, Fernand Nathan, 1972.
Gras M., *La Méditerranée archaïque*, Paris, Armand Colin (à paraître).
Jeffery L.H., *Archaic Greece. The City-States c. 700-500 B.C.*, Londres, Methuen, 1976.

Marinatos N. et Hägg R. (éd.), *Greek Sanctuaries : New Approaches*, Londres, Routledge, 1993.
Mossé Cl., *La Colonisation dans l'Antiquité*, Paris, Fernand Nathan, 1970.
–, *La Grèce archaïque d'Homère à Eschyle*, Paris, Éd. du Seuil, 1984.
Mossé Cl. (éd.), *La Grèce ancienne*, Paris, Éd. du Seuil, 1986.
Rich J. et Wallace-Hadrill A. (éd.), *City and Country in the Ancient World*, Londres, Routledge, 1991.
Rolley Cl., *La Sculpture grecque*. 1. *Des origines au milieu du* v*e siècle*, Paris, Picard, 1994.
Roussel D., *Tribu et Cité. Étude sur les groupes sociaux dans les cités grecques aux époques archaïque et classique*, Paris, Les Belles Lettres, 1976.
Sakellariou M.B., *The Polis-State*, Paris, De Boccard, 1985.
Snodgrass A.M., *La Grèce archaïque* (éd. française), Paris, Hachette, 1986.
Stanton G.R., *Athenian Politics c. 800-500 B.C. A Source-Book*, Londres, Routledge, 1990.
Starr C.G., *The Economic and Social Growth of Early Greece (800-500 B.C.)*, Oxford University Press, 1977.
Vernant J.-P., *Mythe et Pensée chez les Grecs* (3e édition), Paris, La Découverte, 1985.
Vidal-Naquet P., *Le Chasseur noir. Formes de pensée et de société dans le monde grec* (2e édition), Paris, La Découverte/Maspero, 1983.

La « Renaissance » du VIII*e siècle*

Antonaccio C.M., « Contesting the past : hero cult, tomb cult, and epic in early Greece », *AJA* 98, 1994, p. 389-410.
Boardman J., « Al Mina and history », *Oxford Journal of Archaeology* 9, 1990, p. 169-190.
Descoeudres J.-P. (éd.), *Greek Colonists and Native Populations*, Oxford, Clarendon Press, 1990.
Dominguez A.J., *La colonization griega en Sicilia*, Oxford, British Arch. Reports, 1989.
Grecia, Italia e Sicilia nell'VIII e VII secolo a. C. (*Atti del Convegno Internazionale Atene 15-20 ottobre 1979*), I, *Annuario* 59, 1981 ; II, *Annuario* 60, 1982 ; III, *Annuario* 61, 1983.
Malkin I., *Religion and Colonization in Ancient Greece*, Leyde, Brill, 1987.
Marek Ch., « Euboia und die Entstehung der Alphabetschrift bei den Griechen », *Klio* 75, 1993, p. 27-44.

Morgan C., « Corinth, the Corinthian gulf and Western Greece during the eighth century B.C. », *BSA* 83, 1988, p. 313-338.

–, *Athletes and Oracles. The Transformation of Olympia and Delphi in the Eighth Century B.C.*, Cambridge University Press, 1990.

Morgan C. et Whitelaw T., « Pots and politics : ceramic evidence for the rise of the Argive state », *AJA* 95, 1991, p. 79-108.

Morris I., « Tomb cult and the "Greek Renaissance" : the past in the present in the 8th century B.C. », *Antiquity* 62, 1988, p. 750-761.

Polignac F. de, *La Naissance de la cité grecque*, Paris, La Découverte, 1984.

Ridgway D., *Les Premiers Grecs d'Occident. L'aube de la Grande-Grèce* (éd. française), Paris, De Boccard, 1992.

Rolley Cl. *et al.*, « Bronzes grecs et orientaux : influences et apprentissages », *BCH* 107, 1983, p. 111-132.

Rouillard P., *Les Grecs et la Péninsule Ibérique du* VIIIe *au* IVe *siècle avant Jésus-Christ*, Paris, De Boccard, 1991.

Schnapp-Gourbeillon A., « Naissance de l'écriture et fonction poétique en Grèce archaïque : quelques points de repères », *Annales* 37, 1982, p. 713-723.

Sherratt E.S., « Reading the texts : archaeology and the homeric question », *Antiquity* 64, 1990, p. 807-824.

Whitley J., « Early states and hero cults : a re-appraisal », *JHS* 108, 1988, p. 173-182.

(Voir aussi p. 203 : « La Grèce géométrique ».)

Le VIIe *siècle*

Johnston A. et Jones R.E., « The SOS Amphora », *BSA* 73, 1978, p. 103-114.

Lebessi A., *Le Sanctuaire d'Hermès et d'Aphrodite à Symi Viannou*, I (en grec), Athènes, Société archéologique, 1985.

Morgan C., « The origins of pan-Hellenism », dans N. Marinatos et R. Hägg (éd.), *Greek Sanctuaries : New Approaches*, Londres, Routledge, 1993, p. 18-44.

Morris S.P., *The Black and White Style. Athens and Aigina in the Orientalizing Period*, New Haven, Yale University Press, 1984.

Mossé Cl., *La Tyrannie dans la Grèce antique* (2e édition), Paris, PUF, 1989.

Osborne R., « A crisis in archaeological history ? The seventh century B.C. in Attica », *BSA* 84, 1989, p. 297-322.

Parker V., « The dates of the Messenian wars », *Chiron* 21, 1991, p. 25-47.

–, « Some dates in early Spartan history », *Klio* 75, 1993, p. 45-60.
Stroud R.S., *Drakon's Law on Homicide*, Berkeley, Univ. of California Press, 1968.

Le VIe *siècle*

Austin M.M., « Greek tyrants and the Persians », *Classical Quarterly* 40, 1990, p. 289-306.
Boardman J., « Image and politics in sixth century Athens », dans H.A.G. Bridjer (éd.), *Ancient Greek and Related Pottery*, Amsterdam, Allard Pierson series, 1984, p. 239-247.
Cawkwell G.L., « Sparta and her allies in the sixth century », *Classical Quarterly* 43, 1993, p. 364-376.
Childs W.A.P. (éd.), *Athens Comes of Age*, Princeton, Archaeological Institute of America, 1978.
Davies J.K., *Athenian Propertied Families, 600-300 B. C.*, Oxford, Clarendon Press, 1971.
Des Courtils J. et Moretti J.-C. (éd.), *Les Grands Ateliers d'architecture dans le monde égéen du* VIe *siècle av. J.-C.*, Paris, De Boccard, 1993.
Ducat J., « La confédération béotienne et l'expansion thébaine à l'époque archaïque », *BCH* 97, 1973, p. 59-73.
Ehrenberg V., *From Solon to Socrates. Greek History and Civilization during the Sixth and Fifth Centuries B.C.*, Londres, Methuen, 1968.
Ellinger P., *La Légende nationale phocidienne*, Paris, De Boccard, 1993.
Figueira T.J. et Nagy G. (éd.), *Theognis of Megara : Poetry and the Polis*, Baltimore, Johns Hopkins University Press, 1985.
Frost F.J., « The Athenian military before Cleisthenes », *Historia* 33, 1984, p. 283-294.
Kraay C.M., *Archaic and Classical Greek Coins*, Berkeley, University of California Press, 1976.
Kroll J.H. et Waggoner N., « Dating the earliest coinage of Athens, Corinth and Aegina », *AJA* 88, 1984, p. 325-340.
Lambert S.D., *The Phratries of Attica*, Ann Arbor, University of Michigan Press, 1993.
Lehmann G.A., « Der erste Heiligekrieg – eine Fiktion ? », *Historia* 29, 1980, p. 242-246.
Lévêque P., « Formes de contradiction et voies de développement à Athènes de Solon à Clisthène », *Historia* 27, 1978, p. 522-549.
Lévy E., « Notes sur la chronologie athénienne au VIe siècle. I. Cylon », *Historia* 27, 1978, p. 513-521.
Lloyd G.E.R., *Les Débuts de la science grecque* (éd. française), Paris, Maspero, 1974.

Morel J.-P., « Les Phocéens d'Occident : nouvelles données, nouvelles approches », *PP* 204-207, 1982, p. 478-500.

Parke H.W., « Croesus and Delphi », *Greek, Roman and Byzantine Studies* 25, 1984, p. 209-232.

Parker V., « Zur griechischen und vorderasiatischen Chronologie des sechsten Jahrhunderts v. Chr. unter besonderer Berücksichtigung der Kypselidenchronologie », *Historia* 42, 1993, p. 385-417.

Picard O., *Les Grecs devant la menace perse*, Paris, SEDES, 1980.

Robertson N., « The myth of the First Sacred war », *Classical Quarterly* 28, 1978, p. 38-73.

Vernant J.-P., *Les Origines de la pensée grecque* (2e édition), Paris, PUF, 1969.

Viviers D., *Recherches sur les ateliers de sculpteurs et la cité d'Athènes à l'époque archaïque. Endoios, Philergos, Aristoklès*, Bruxelles, Académie royale de Belgique, 1992.

Weidauer L., *Probleme der frühen Elektronprägung*, Fribourg, Office du Livre, 1975.

Solon

Gallant T.W., « Agricultural systems, land tenure, and the reforms of Solon », *BSA* 77, 1982, p. 111-124.

Lévy E., « Réformes et dates de Solon », *PP* 28, 1973, p. 88-91.

Mossé Cl., « Comment s'élabore un mythe politique. Solon père fondateur de la démocratie athénienne », *Annales* 34, 1979, p. 425-437.

Robertson N., « Solon's axones and kyrbeis and the sixth century background », *Historia* 35, 1986, p. 147-176.

Sakellariou M., « L'idée du juste dans la pensée de Solon », *CRAI* 1993, p. 589-601.

Athènes sous la tyrannie

Camp II J.M., « Before democracy : the Alkmaionidai and Peisistratidai », dans W.D.E. Coulson *et al.* (éd.), *The Archaeology of Athens and Attica under the Democracy*, Oxford, Oxbow, 1994, p. 7-12.

Frost F., « Toward a history of Peisistratid Athens », dans J.W. Eadie et Ober J. (éd.), *The Craft of the Ancient Historian. Essays in Honor of Ch. G. Starr*, Lanham, University Press of America, 1985, p. 57-78.

Lavelle B.M., *The Sorrow and the Pity : a Prolegomenon to a His-*

tory of Athens under Peisistratids c. 560-510 B.C. (*Historia* 80), Stuttgart, Steiner, 1993.

Shapiro H.A., *Art and Cult under the Tyrants in Athens*, Mayence, Philipp von Zabern, 1989.

Stahl M., *Aristokraten und Tyrannen im archaischen Athen*, Stuttgart, Steiner, 1987.

Index des noms de personnes

Index des noms de lieux

Table

RÉALISATION : PAO ÉDITIONS DU SEUIL
IMPRESSION : IMP. HÉRISSEY, ÉVREUX (8-96)
DÉPÔT LÉGAL : AVRIL 1995 – N° 1312-8 (74127)

Collection Points

SÉRIE HISTOIRE

H1. Histoire d'une démocratie : Athènes
Des origines à la conquête macédonienne
par Claude Mossé

H2. Histoire de la pensée européenne
1. L'éveil intellectuel de l'Europe du IXe au XIIe siècle
par Philippe Wolff

H3. Histoire des populations françaises et de leurs attitudes devant la vie depuis le XVIIIe siècle
par Philippe Ariès

H4. Venise, portrait historique d'une cité
par Philippe Braunstein et Robert Delort

H5. Les Troubadours, *par Henri-Irénée Marrou*

H6. La Révolution industrielle (1770-1880)
par Jean-Pierre Rioux

H7. Histoire de la pensée européenne
4. Le siècle des Lumières
par Norman Hampson

H8. Histoire de la pensée européenne
3. Des humanistes aux hommes de science
par Robert Mandrou

H9. Histoire du Japon et des Japonais
1. Des origines à 1945, *par Edwin O. Reischauer*

H10. Histoire du Japon et des Japonais
2. De 1945 à 1970, *par Edwin O. Reischauer*

H11. Les Causes de la Première Guerre mondiale
par Jacques Droz

H12. Introduction à l'histoire de notre temps
L'Ancien Régime et la Révolution
par René Rémond

H13. Introduction à l'histoire de notre temps
Le XIXe siècle, *par René Rémond*

H14. Introduction à l'histoire de notre temps
Le XXe siècle, *par René Rémond*

H15. Photographie et Société, *par Gisèle Freund*

H16. La France de Vichy (1940-1944)
par Robert O. Paxton

H17. Société et Civilisation russes au XIXe siècle
par Constantin de Grunwald

H18. La Tragédie de Cronstadt (1921), *par Paul Avrich*

H19. La Révolution industrielle du Moyen Age
par Jean Gimpel

H20. L'Enfant et la Vie familiale sous l'Ancien Régime
par Philippe Ariès

H21. De la connaissance historique
par Henri-Irénée Marrou

H22. André Malraux, une vie dans le siècle
par Jean Lacouture

H23. Le Rapport Khrouchtchev et son histoire
par Branko Lazitch

H24 Le Mouvement paysan chinois (1840-1949)
par Jean Chesneaux

H25. Les Misérables dans l'Occident médiéval
par Jean-Louis Goglin

H26. La Gauche en France depuis 1900
par Jean Touchard

H27. Histoire de l'Italie du Risorgimento à nos jours
par Sergio Romano

H28. Genèse médiévale de la France moderne, XIVe-XVe siècle
par Michel Mollat

H29. Décadence romaine ou Antiquité tardive, IIIe-VIe siècle
par Henri-Irénée Marrou

H30. Carthage ou l'Empire de la mer, *par François Decret*

H31. Essais sur l'histoire de la mort en Occident
du Moyen Age à nos jours, *par Philippe Ariès*

H32. Le Gaullisme (1940-1969), *par Jean Touchard*

H33. Grenadou, paysan français
par Ephraïm Grenadou et Alain Prévost

H34. Piété baroque et Déchristianisation en Provence
au XVIIIe siècle, *par Michel Vovelle*

H35. Histoire générale de l'Empire romain
1. Le Haut-Empire, *par Paul Petit*

H36. Histoire générale de l'Empire romain
2. La crise de l'Empire, *par Paul Petit*

H37. Histoire générale de l'Empire romain
3. Le Bas-Empire, *par Paul Petit*

H38. Pour en finir avec le Moyen Age
par Régine Pernoud

H39. La Question nazie, *par Pierre Ayçoberry*

H40. Comment on écrit l'histoire, *par Paul Veyne*

H41. Les Sans-culottes, *par Albert Soboul*

H42. Léon Blum, *par Jean Lacouture*

H43. Les Collaborateurs (1940-1945), *par Pascal Ory*

H44. Le Fascisme italien (1919-1945)
par Pierre Milza et Serge Berstein

H45. Comprendre la révolution russe, *par Martin Malia*

H46. Histoire de la pensée européenne
6. L'ère des masses, *par Michaël D. Biddiss*

H47. Naissance de la famille moderne
par Edward Shorter

H48. Le Mythe de la procréation à l'âge baroque
par Pierre Darmon

H49. Histoire de la bourgeoisie en France
1. Des origines aux Temps modernes
par Régine Pernoud

H50. Histoire de la bourgeoisie en France
2. Les Temps modernes, *par Régine Pernoud*

H51. Histoire des passions françaises (1848-1945)
1. Ambition et amour, *par Theodore Zeldin*

H52. Histoire des passions françaises (1848-1945)
2. Orgueil et intelligence, *par Theodore Zeldin* (épuisé)

H53. Histoire des passions françaises (1848-1945)
3. Goût et corruption, *par Theodore Zeldin*

H54 Histoire des passions françaises (1848-1945)
4. Colère et politique, *par Theodore Zeldin*

H55. Histoire des passions françaises (1848-1945)
5. Anxiété et hypocrisie, *par Theodore Zeldin*

H56. Histoire de l'éducation dans l'Antiquité
1. Le monde grec, *par Henri-Irénée Marrou*

H57. Histoire de l'éducation dans l'Antiquité
2. Le monde romain, *par Henri-Irénée Marrou*

H58. La Faillite du Cartel, 1924-1926
(Leçon d'histoire pour une gauche au pouvoir)
par Jean-Noël Jeanneney

H59. Les Porteurs de valises
par Hervé Hamon et Patrick Rotman

H60. Histoire de la guerre d'Algérie, 1954-1962
par Bernard Droz et Évelyne Lever

H61. Les Occidentaux, *par Alfred Grosser*

H62. La Vie au Moyen Age, *par Robert Delort*

H63. Politique étrangère de la France
(La Décadence, 1932-1939)
par Jean-Baptiste Duroselle

H64. Histoire de la guerre froide
1. De la révolution d'Octobre à la guerre de Corée, 1917-1950
par André Fontaine

H65. Histoire de la guerre froide
2. De la guerre de Corée à la crise des alliances,1950-1963
par André Fontaine

H66. Les Incas, *par Alfred Métraux*

H67. Les Écoles historiques, *par Guy Bourdé et Hervé Martin*

H68. Le Nationalisme français, 1871-1914, *par Raoul Girardet*

H69. La Droite révolutionnaire, 1885-1914, *par Zeev Sternhell*

H70. L'Argent caché, *par Jean-Noël Jeanneney*

H71. Histoire économique de la France du XVIIIe siècle à nos jours
1. De l'Ancien Régime à la Première Guerre mondiale
par Jean-Charles Asselain

H72. Histoire économique de la France du XVIIIe siècle à nos jours
2. De 1919 à la fin des années 1970
par Jean-Charles Asselain

H73. La Vie politique sous la IIIe République
par Jean-Marie Mayeur

H74. La Grèce archaïque d'Homère à Eschyle
par Claude Mossé

H75. Histoire de la « détente », 1962-1981
par André Fontaine

H76. Études sur la France de 1939 à nos jours
par la revue « L'Histoire »

H77. L'Afrique au XXe siècle, *par Elikia M'Bokolo*

H78. Les Intellectuels au Moyen Age, *par Jacques Le Goff*

H79. Fernand Pelloutier, *par Jacques Julliard*

H80. L'Église des premiers temps, *par Jean Daniélou*

H81. L'Église de l'Antiquité tardive, *par Henri-Irénée Marrou*

H82. L'Homme devant la mort
1. Le temps des gisants, *par Philippe Ariès*

H83. L'Homme devant la mort
2. La mort ensauvagée, *par Philippe Ariès*

H84. Le Tribunal de l'impuissance, *par Pierre Darmon*

H85. Histoire générale du XXe siècle
1. Jusqu'en 1949. Déclins européens
par Bernard Droz et Anthony Rowley

H86. Histoire générale du XXe siècle
2. Jusqu'en 1949. La naissance du monde contemporain
par Bernard Droz et Anthony Rowley

H87. La Grèce ancienne, *par la revue « L'Histoire »*

H88. Les Ouvriers dans la société française
par Gérard Noiriel

H89. Les Américains de 1607 à nos jours
1. Naissance et essor des États-Unis, 1607 à 1945
par André Kaspi

H90. Les Américains de 1607 à nos jours
2. Les États-Unis de 1945 à nos jours
par André Kaspi

H91. Le Sexe et l'Occident, *par Jean-Louis Flandrin*

H92. Le Propre et le Sale, *par Georges Vigarello*

H93. La Guerre d'Indochine, 1945-1954
par Jacques Dalloz

H94. L'Édit de Nantes et sa révocation
par Janine Garrisson

H95. Les Chambres à gaz, secret d'État
par Eugen Kogon, Hermann Langbein et Adalbert Rückerl

H96. Histoire générale du XXe siècle
3. Depuis 1950. Expansion et indépendance (1950-1973)
par Bernard Droz et Anthony Rowley

H97. La Fièvre hexagonale, 1871-1968, *par Michel Winock*

H98. La Révolution en questions, *par Jacques Solé*

H99. Les Byzantins, *par Alain Ducellier*

H100. Les Croisades, *par la revue « L'Histoire »*

H101. La Chute de la monarchie (1787-1792)
par Michel Vovelle
H102. La République jacobine (10 août 1792 - 9 Thermidor an II)
par Marc Bouloiseau
H103. La République bourgeoise
(de Thermidor à Brumaire, 1794-1799)
par Denis Woronoff
H104. La France napoléonienne (1799-1815)
1. Aspects intérieurs, *par Louis Bergeron*
H105. La France napoléonienne (1799-1815)
2. Aspects extérieurs
par Roger Dufraisse et Michel Kérautret (à paraître)
H106. La France des notables (1815-1848)
1. L'évolution générale
par André Jardin et André-Jean Tudesq
H107. La France des notables (1815-1848)
2. La vie de la nation
par André Jardin et André-Jean Tudesq
H108. 1848 ou l'Apprentissage de la République (1848-1852)
par Maurice Agulhon
H109. De la fête impériale au mur des fédérés (1852-1871)
par Alain Plessis
H110. Les Débuts de la Troisième République (1871-1898)
par Jean-Marie Mayeur
H111. La République radicale ? (1898-1914)
par Madeleine Rebérioux
H112. Victoire et Frustrations (1914-1929)
par Jean-Jacques Becker et Serge Berstein
H113. La Crise des années 30 (1929-1938)
par Dominique Borne et Henri Dubief
H114. De Munich à la Libération (1938-1944)
par Jean-Pierre Azéma
H115. La France de la Quatrième République (1944-1958)
1. L'ardeur et la nécessité (1944-1952)
par Jean-Pierre Rioux
H116. La France de la Quatrième République (1944-1958)
2. L'expansion et l'impuissance (1952-1958)
par Jean-Pierre Rioux
H117. La France de l'expansion (1958-1974)
1. La République gaullienne (1958-1969)
par Serge Berstein
H118. La France de l'expansion (1958-1974)
2. L'apogée Pompidou (1969-1974)
par Serge Berstein et Jean-Pierre Rioux
H119. La France de 1974 à nos jours
par Jean-Jacques Becker (à paraître)
H120. La France du XXe siècle (Documents d'histoire)
présentés par Olivier Wieviorka et Christophe Prochasson

H121. Les Paysans dans la société française
par Annie Moulin
H122. Portrait historique de Christophe Colomb
par Marianne Mahn-Lot
H123. Vie et Mort de l'ordre du Temple, *par Alain Demurger*
H124. La Guerre d'Espagne, *par Guy Hermet*
H125. Histoire de France, *sous la direction de Jean Carpentier et François Lebrun*
H126. Empire colonial et Capitalisme français
par Jacques Marseille
H127. Genèse culturelle de l'Europe (Ve-VIIIe siècle)
par Michel Banniard
H128. Les Années trente, *par la revue « L'Histoire »*
H129. Mythes et Mythologies politiques, *par Raoul Girardet*
H130. La France de l'an Mil, *collectif*
H131. Nationalisme, Antisémitisme et Fascisme en France
par Michel Winock
H132. De Gaulle 1. Le rebelle (1890-1944)
par Jean Lacouture
H133. De Gaulle 2. Le politique (1944-1959)
par Jean Lacouture
H134. De Gaulle 3. Le souverain (1959-1970)
par Jean Lacouture
H135. Le Syndrome de Vichy, *par Henri Rousso*
H136. Chronique des années soixante, *par Michel Winock*
H137. La Société anglaise, *par François Bédarida*
H138. L'Abîme 1939-1944. La politique étrangère de la France
par Jean-Baptiste Duroselle
H139. La Culture des apparences, *par Daniel Roche*
H140. Amour et Sexualité en Occident, *par la revue « L'Histoire »*
H141. Le Corps féminin, *par Philippe Perrot*
H142. Les Galériens, *par André Zysberg*
H143. Histoire de l'antisémitisme 1. L'âge de la foi
par Léon Poliakov
H144. Histoire de l'antisémitisme 2. L'âge de la science
par Léon Poliakov
H145. L'Épuration française (1944-1949), *par Peter Novick*
H146. L'Amérique latine au XXe siècle (1889-1929)
par Leslie Manigat
H147. Les Fascismes, *par Pierre Milza*
H148. Histoire sociale de la France au XIXe siècle
par Christophe Charle
H149. L'Allemagne de Hitler, *par la revue « L'Histoire »*
H150. Les Révolutions d'Amérique latine
par Pierre Vayssière
H151. Le Capitalisme « sauvage » aux États-Unis (1860-1900)
par Marianne Debouzy
H152. Concordances des temps, *par Jean-Noël Jeanneney*

H153. Diplomatie et Outil militaire
par Jean Doise et Maurice Vaïsse
H154. Histoire des démocraties populaires
1. L'ère de Staline, *par François Fejtö*
H155. Histoire des démocraties populaires
2. Après Staline, *par François Fejtö*
H156. La Vie fragile, *par Arlette Farge*
H157. Histoire de l'Europe, *sous la direction de Jean Carpentier et François Lebrun*
H158. L'État SS, *par Eugen Kogon*
H159. L'Aventure de l'Encyclopédie
par Robert Darnton
H160. Histoire générale du XXe siècle
4. Crises et mutations de 1973 à nos jours
par Bernard Droz et Anthony Rowley
H161. Le Creuset français, *par Gérard Noiriel*
H162. Le Socialisme en France et en Europe, XIXe-XXe siècle
par Michel Winock
H163. 14-18 : Mourir pour la patrie, *par la revue « L'Histoire »*
H164. La Guerre de Cent Ans vue par ceux qui l'ont vécue
par Michel Mollat du Jourdin
H165. L'École, l'Église et la République, *par Mona Ozouf*
H166. Histoire de la France rurale
1. La formation des campagnes françaises
(des origines à 1340)
sous la direction de Georges Duby et Armand Wallon
H167. Histoire de la France rurale
2. L'âge classique des paysans (de 1340 à 1789)
sous la direction de Georges Duby et Armand Wallon
H168. Histoire de la France rurale
3. Apogée et crise de la civilisation paysanne
(de 1789 à 1914)
sous la direction de Georges Duby et Armand Wallon
H169. Histoire de la France rurale
4. La fin de la France paysanne (depuis 1914)
sous la direction de Georges Duby et Armand Wallon
H170. Initiation à l'Orient ancien, *par la revue « L'Histoire »*
H171. La Vie élégante, *par Anne Martin-Fugier*
H172. L'État en France de 1789 à nos jours
par Pierre Rosanvallon
H173. Requiem pour un empire défunt, *par François Fejtö*
H174. Les animaux ont une histoire, *par Robert Delort*
H175. Histoire des peuples arabes, *par Albert Hourani*
H176. Paris, histoire d'une ville, *par Bernard Marchand*
H177. Le Japon au XXe siècle, *par Jacques Gravereau*
H178. L'Algérie des Français, *par la revue « L'Histoire »*
H179. L'URSS de la Révolution à la mort de Staline, 1917-1953
par Hélène Carrère d'Encausse

H180. Histoire médiévale de la Péninsule ibérique
par Adeline Rucquoi
H181. Les Fous de la République, *par Pierre Birnbaum*
H182. Introduction à la préhistoire, *par Gabriel Camps*
H183. L'Homme médiéval
collectif sous la direction de Jacques Le Goff
H184. La Spiritualité du Moyen Age occidental (VIIIe-XIIIe siècle)
par André Vauchez
H185. Moines et Religieux au Moyen Age
par la revue « L'Histoire »
H186. Histoire de l'extrême droite en France
ouvrage collectif
H187. Le Temps de la guerre froide, *par la revue « L'Histoire »*
H188. La Chine, tome 1 (1949-1971)
par Jean-Luc Domenach et Philippe Richer
H189. La Chine, tome 2 (1971-1994)
par Jean-Luc Domenach et Philippe Richer
H190. Hitler et les Juifs, *par Philippe Burrin*
H192. La Mésopotamie, *par Georges Roux*
H193. Se soigner autrefois, *par François Lebrun*
H194. Familles, *par Jean-Louis Flandrin*
H195. Éducation et Culture dans l'Occident barbare (VIe-VIIIe siècle)
par Pierre Riché
H196. Le Pain et le Cirque, *par Paul Veyne*
H197. La Droite depuis 1789, *par la revue « L'Histoire »*
H198. Histoire des nations et du nationalisme en Europe
par Guy Hermet
H199. Pour une histoire politique, *collectif*
sous la direction de René Rémond
H200. « Esprit ». Des intellectuels dans la cité (1930-1950)
par Michel Winock

H201. Les Origines franques (Ve-IXe siècle)
par Stéphane Lebecq
H202. L'Héritage des Charles (de la mort de Charlemagne
aux environs de l'an mil), *par Laurent Theis*
H203. L'Ordre seigneurial (XIe-XIIe siècle)
par Dominique Barthélemy
H204. Temps d'équilibres, Temps de ruptures
par Monique Bourin-Derruau
H205. Temps de crises, Temps d'espoirs, *par Alain Demurger*
H206. La France et l'Occident médiéval
de Charlemagne à Charles VIII
par Robert Delort (à paraître)
H207. Royauté, Renaissance et Réforme (1483-1559)
par Janine Garrisson
H208. Guerre civile et Compromis (1559-1598)
par Janine Garrisson

H209. La Naissance dramatique de l'absolutisme (1598-1661) *par Yves-Marie Bercé*
H210. La Puissance et la Guerre (1661-1715) *par André Zysberg* (à paraître)
H211. L'État et les Lumières (1715-1783) *par André Zysberg* (à paraître)

H212. La Grèce préclassique, *par Jean-Claude Poursat*
H213. La Grèce au Vᵉ siècle, *par Edmond Lévy*
H214. Le IVᵉ Siècle grec, *par Pierre Carlier*
H215. Le Monde hellénistique (323-188), *par Pierre Cabanes*
H216. Les Grecs (188-31), *par Claude Vial*

H225. Douze Leçons sur l'histoire, *par Antoine Prost*
H226. Comment on écrit l'histoire, *par Paul Veyne*
H227. Les Crises du catholicisme en France, *par René Rémond*
H228. Les Arméniens, *par Yves Ternon*
H229. Histoire des colonisations, *par Marc Ferro*

Collection Points

SÉRIE ESSAIS

DERNIERS TITRES PARUS

150. Travail de Flaubert, *ouvrage collectif*
151. Journal de Californie, *par Edgar Morin*
152. Pouvoirs de l'horreur, *par Julia Kristeva*
153. Introduction à la philosophie de l'histoire de Hegel *par Jean Hyppolite*
154. La Foi au risque de la psychanalyse *par Françoise Dolto et Gérard Sévérin*
155. Un lieu pour vivre, *par Maud Mannoni*
156. Scandale de la vérité, *suivi de* Nous autres Français *par Georges Bernanos*
157. Enquête sur les idées contemporaines *par Jean-Marie Domenach*
158. L'Affaire Jésus, *par Henri Guillemin*
159. Paroles d'étranger, *par Élie Wiesel*
160. Le Langage silencieux, *par Edward T. Hall*
161. La Rive gauche, *par Herbert R. Lottman*
162. La Réalité de la réalité, *par Paul Watzlawick*
163. Les Chemins de la vie, *par Joël de Rosnay*
164. Dandies, *par Roger Kempf*
165. Histoire personnelle de la France, *par François George*
166. La Puissance et la Fragilité, *par Jean Hamburger*
167. Le Traité du sablier, *par Ernst Jünger*
168. Pensée de Rousseau, *ouvrage collectif*
169. La Violence du calme, *par Viviane Forrester*
170. Pour sortir du XXe siècle, *par Edgar Morin*
171. La Communication, Hermès I, *par Michel Serres*
172. Sexualités occidentales, Communications 35 *ouvrage collectif*
173. Lettre aux Anglais, *par Georges Bernanos*
174. La Révolution du langage poétique, *par Julia Kristeva*
175. La Méthode
     2. La vie de la vie, *par Edgar Morin*
176. Théories du symbole, *par Tzvetan Todorov*
177. Mémoires d'un névropathe, *par Daniel Paul Schreber*
178. Les Indes, *par Édouard Glissant*
179. Clefs pour l'Imaginaire ou l'Autre Scène *par Octave Mannoni*
180. La Sociologie des organisations, *par Philippe Bernoux*
181. Théorie des genres, *ouvrage collectif*
182. Le Je-ne-sais-quoi et le Presque-rien
     3. La volonté de vouloir, *par Vladimir Jankélévitch*

183. Le Traité du rebelle, *par Ernst Jünger*
184. Un homme en trop, *par Claude Lefort*
185. Théâtres, *par Bernard Dort*
186. Le Langage du changement, *par Paul Watzlawick*
187. Lettre ouverte à Freud, *par Lou Andreas-Salomé*
188. La Notion de littérature, *par Tzvetan Todorov*
189. Choix de poèmes, *par Jean-Claude Renard*
190. Le Langage et son double, *par Julien Green*
191. Au-delà de la culture, *par Edward T. Hall*
192. Au jeu du désir, *par Françoise Dolto*
193. Le Cerveau planétaire, *par Joël de Rosnay*
194. Suite anglaise, *par Julien Green*
195. Michelet, *par Roland Barthes*
196. Hugo, *par Henri Guillemin*
197. Zola, *par Marc Bernard*
198. Apollinaire, *par Pascal Pia*
199. Paris, *par Julien Green*
200. Voltaire, *par René Pomeau*
201. Montesquieu, *par Jean Starobinski*
202. Anthologie de la peur, *par Éric Jourdan*
203. Le Paradoxe de la morale, *par Vladimir Jankélévitch*
204. Saint-Exupéry, *par Luc Estang*
205. Leçon, *par Roland Barthes*
206. François Mauriac
 1. Le sondeur d'abîmes (1885-1933), *par Jean Lacouture*
207. François Mauriac
 2. Un citoyen du siècle (1933-1970), *par Jean Lacouture*
208. Proust et le Monde sensible, *par Jean-Pierre Richard*
209. Nus, Féroces et Anthropophages, *par Hans Staden*
210. Œuvre poétique, *par Léopold Sédar Senghor*
211. Les Sociologies contemporaines, *par Pierre Ansart*
212. Le Nouveau Roman, *par Jean Ricardou*
213. Le Monde d'Ulysse, *par Moses I. Finley*
214. Les Enfants d'Athéna, *par Nicole Loraux*
215. La Grèce ancienne, tome 1
 par Jean-Pierre Vernant et Pierre Vidal-Naquet
216. Rhétorique de la poésie, *par le Groupe μ*
217. Le Séminaire. Livre XI, *par Jacques Lacan*
218. Don Juan ou Pavlov
 par Claude Bonnange et Chantal Thomas
219. L'Aventure sémiologique, *par Roland Barthes*
220. Séminaire de psychanalyse d'enfants, tome 1
 par Françoise Dolto
221. Séminaire de psychanalyse d'enfants, tome 2
 par Françoise Dolto
222. Séminaire de psychanalyse d'enfants
 tome 3, Inconscient et destins, *par Françoise Dolto*
223. État modeste, État moderne, *par Michel Crozier*

224. Vide et Plein, *par François Cheng*
225. Le Père : acte de naissance, *par Bernard This*
226. La Conquête de l'Amérique, *par Tzvetan Todorov*
227. Temps et Récit, tome 1, *par Paul Ricœur*
228. Temps et Récit, tome 2, *par Paul Ricœur*
229. Temps et Récit, tome 3, *par Paul Ricœur*
230. Essais sur l'individualisme, *par Louis Dumont*
231. Histoire de l'architecture et de l'urbanisme modernes
    1. Idéologies et pionniers (1800-1910), *par Michel Ragon*
232. Histoire de l'architecture et de l'urbanisme modernes
    2. Naissance de la cité moderne (1900-1940)
    par Michel Ragon
233. Histoire de l'architecture et de l'urbanisme modernes
    3. De Brasilia au post-modernisme (1940-1991)
    par Michel Ragon
234. La Grèce ancienne, tome 2
    par Jean-Pierre Vernant et Pierre Vidal-Naquet
235. Quand dire, c'est faire, *par J. L. Austin*
236. La Méthode
    3. La Connaissance de la Connaissance, *par Edgar Morin*
237. Pour comprendre *Hamlet*, *par John Dover Wilson*
238. Une place pour le père, *par Aldo Naouri*
239. L'Obvie et l'Obtus, *par Roland Barthes*
240. Mythe et Société en Grèce ancienne
    par Jean-Pierre Vernant
241. L'Idéologie, *par Raymond Boudon*
242. L'Art de se persuader, *par Raymond Boudon*
243. La Crise de l'État-providence, *par Pierre Rosanvallon*
244. L'État, *par Georges Burdeau*
245. L'Homme qui prenait sa femme pour un chapeau
    par Oliver Sacks
246. Les Grecs ont-ils cru à leurs mythes ?, *par Paul Veyne*
247. La Danse de la vie, *par Edward T. Hall*
248. L'Acteur et le Système
    par Michel Crozier et Erhard Friedberg
249. Esthétique et Poétique, *collectif*
250. Nous et les Autres, *par Tzvetan Todorov*
251. L'Image inconsciente du corps, *par Françoise Dolto*
252. Van Gogh ou l'Enterrement dans les blés
    par Viviane Forrester
253. George Sand ou le Scandale de la liberté
    par Joseph Barry
254. Critique de la communication, *par Lucien Sfez*
255. Les Partis politiques, *par Maurice Duverger*
256. La Grèce ancienne, tome 3
    par Jean-Pierre Vernant et Pierre Vidal-Naquet
257. Palimpsestes, *par Gérard Genette*
258. Le Bruissement de la langue, *par Roland Barthes*

259. Relations internationales
1. Questions régionales, *par Philippe Moreau Defarges*
260. Relations internationales
2. Questions mondiales, *par Philippe Moreau Defarges*
261. Voici le temps du monde fini, *par Albert Jacquard*
262. Les Anciens Grecs, *par Moses I. Finley*
263. L'Éveil, *par Oliver Sacks*
264. La Vie politique en France, *ouvrage collectif*
265. La Dissémination, *par Jacques Derrida*
266. Un enfant psychotique, *par Anny Cordié*
267. La Culture au pluriel, *par Michel de Certeau*
268. La Logique de l'honneur, *par Philippe d'Iribarne*
269. Bloc-notes, tome 1 (1952-1957), *par François Mauriac*
270. Bloc-notes, tome 2 (1958-1960), *par François Mauriac*
271. Bloc-notes, tome 3 (1961-1964), *par François Mauriac*
272. Bloc-notes, tome 4 (1965-1967), *par François Mauriac*
273. Bloc-notes, tome 5 (1968-1970), *par François Mauriac*
274. Face au racisme
1. Les moyens d'agir
sous la direction de Pierre-André Taguieff
275. Face au racisme
2. Analyses, hypothèses, perspectives
sous la direction de Pierre-André Taguieff
276. Sociologie, *par Edgar Morin*
277. Les Sommets de l'État, *par Pierre Birnbaum*
278. Lire aux éclats, *par Marc-Alain Ouaknin*
279. L'Entreprise à l'écoute, *par Michel Crozier*
280. Nouveau Code pénal
présentation et notes de Me Henri Leclerc
281. La Prise de parole, *par Michel de Certeau*
282. Mahomet, *par Maxime Rodinson*
283. Autocritique, *par Edgar Morin*
284. Être chrétien, *par Hans Küng*
285. A quoi rêvent les années 90 ?, *par Pascale Weil*
286. La Laïcité française, *par Jean Boussinesq*
287. L'Invention du social, *par Jacques Donzelot*
288. L'Union européenne, *par Pascal Fontaine*
289. La Société contre nature, *par Serge Moscovici*
290. Les Régimes politiques occidentaux
par Jean-Louis Quermonne
291. Éducation impossible, *par Maud Mannoni*
292. Introduction à la géopolitique
par Philippe Moreau Defarges
293. Les Grandes Crises internationales et le Droit
par Gilbert Guillaume
294. Les Langues du Paradis, *par Maurice Olender*
295. Face à l'extrême, *par Tzvetan Todorov*
296. Écrits logiques et philosophiques, *par Gottlob Frege*

297. Recherches rhétoriques, Communications 16
ouvrage collectif
298. De l'interprétation, *par Paul Ricœur*
299. De la parole comme d'une molécule, *par Boris Cyrulnik*
300. Introduction à une science du langage
par Jean-Claude Milner
301. Les Juifs, la Mémoire et le Présent, *par Pierre Vidal-Naquet*
302. Les Assassins de la mémoire, *par Pierre Vidal-Naquet*
303. La Méthode
4. Les idées, *par Edgar Morin*
304. Pour lire Jacques Lacan, *par Philippe Julien*
305. Événements I
Psychopathologie du quotidien, *par Daniel Sibony*
306. Événements II
Psychopathologie du quotidien, *par Daniel Sibony*
307. Les Origines du totalitarisme
Le système totalitaire, *par Hannah Arendt*
308. La Sociologie des entreprises, *par Philippe Bernoux*
309. Vers une écologie de l'esprit 1.
par Gregory Bateson
310. Les Démocraties, *par Olivier Duhamel*
311. Histoire constitutionnelle de la France, *par Olivier Duhamel*
312. Le Pouvoir politique en France, *par Olivier Duhamel*
313. Que veut une femme ?, *par Serge André*
314. Histoire de la révolution russe
1. Février, *par Léon Trotsky*
315. Histoire de la révolution russe
2. Octobre, *par Léon Trotsky*
316. La Société bloquée, *par Michel Crozier*
317. Le Corps, *par Michel Bernard*
318. Introduction à l'étude de la parenté
par Christian Ghasarian
319. La Constitution, *introduction et commentaires*
par Guy Carcassonne
320. Introduction à la politique
par Dominique Chagnollaud
321. L'Invention de l'Europe, *par Emmanuel Todd*
322. La Naissance de l'histoire (tome 1), *par François Châtelet*
323. La Naissance de l'histoire (tome 2), *par François Châtelet*
324. L'Art de bâtir les villes, *par Camillo Sitte*
325. L'Invention de la réalité, *sous la direction de Paul Watzlawick*
326. Le Pacte autobiographique, *par Philippe Lejeune*
327. L'Imprescriptible, *par Vladimir Jankélévitch*
328. Libertés et Droits fondamentaux
sous la direction de Mireille Delmas-Marty
et Claude Lucas de Leyssac
329. Penser au Moyen Age, *par Alain de Libera*
330. Soi-Même comme un autre, *par Paul Ricœur*